RONSO KAIGAI MYSTERY

論創海外ミステリ92

THE CASE BOOK OF DEPARTMENT OF IMPOSSIBLE CRIMES

不可能犯罪課の事件簿

James Yaffe
ジェイムズ・ヤッフェ
上杉真理 訳

論創社

The Case Book of Department of Impossible Crimes

(2010)

by James Yaffe

目次

不可能犯罪課《DIC》

D. I. C. (Department of Impossible Crimes)

エラリー・クイーンのルーブリック

この短編は郵便で届きました。そこに同封されていた手紙には、以下の文章があったのです。「これは、ぼくが初めて書きあげることができた探偵小説です。ぼくの自己満足のために、そして、学校で国語担当の先生が出した課題の自由作文として書きました。これがちゃんとしたものになっていることを望みます」

作品に目を通した本誌編集者は、間を置かずに作者に手紙を書き、ジェイムズ・ヤッフェがわずか十五歳である——ハイスクールの第三学年である——という、驚くべき事実を知りました。

本誌編集者の見解を述べるならば、この短編は、十五歳の作家が書いたものとしては（ある基本部分が著名作品と類似しているにもかかわらず）非常に創意に富んでいます。いやいや、真実を曲げてはいけませんね。この短編に見られるいくつかの要素は、たとえどんな年齢のどんな探偵作家が書いたとしても、非常に創意に富んでいると言わざるを得ません。

探偵小説の未来については、多くの人々（その中には著名な評論家も何人か含まれています）が、ことあるごとに、悲観的な主張を発表してきました。ですが、そんなに悲観することはありません。実を言うと、ロンドン・アカデミー誌の一九〇五年（！）の十二月三十日号の中に、すでにこんなことが書かれているのです。「文学における探偵は、すでに衰えを見せ始めている。……彼はもはや新たな居場所を切り開くことはない。……これから先、彼はドードー鳥と共に忘却の彼方へと飛び去っていくしかないのだ。……」

ジェイムズ・ヤッフェのような若き作家が次々と現れる限り、私たちは探偵小説の未来に対して、何の恐れも抱く必要はありません。探偵小説はいつまでも続き——（より重要なことなのですが）栄え、発展し、広がっていき——そう、新たな道を切り開き、新たな世界を発見するのです。私たちは、ジェイムズ・ヤッフェの探偵小説に対して、輝かしき未来を予言しておきましょう。彼の場合は、歳を重ねるという単純な過程が、現在の文章に見られる無視できない未熟さを消し去り、構想の華やかさはより際立ってくるに違いありません。そして、もし才人ヤッフェの輝かしき未来が現実のものとなったならば、みなさんは絶えることなく思い起こしてくれるでしょうね。彼の最初の功績を読んだのは、「エラリー・クイーンズ・ミステリマガジン」だったということを——。この雑誌のページは、すべての人に向けて開かれているのです——かつての大家に向けても、現在の大家に向けても、そして、おそらくは最も重要な、探偵小説の未来の書き手として重荷を背負う意志をもった初心者に向けても。

あちこちカットはしましたが、本誌編集者は、元の原稿に対する重要な変更は、たった一つしかしていません――それは、題名を変えたことです。元の題名は「エレベーターの中の死体（The Body in the Elevator）」でした。私たちはただ単に、自分たちのCID（Curiosities in Detection＝推理における好奇心）課にはかって小説的ひねりを加え、頭文字を逆にしただけに過ぎません。変えられた題名は――「DIC――不可能犯罪課」。

（EQMM一九四三年七月号より）

空欄、空欄、空欄、空欄、〝t〟。この頭《かしら》の四文字さえわかれば、万事解決。間違いない。

「『倒れ伏す』という意味の五文字の単語とは何だろう？　最後の文字は〝t〟なんだが」

「さあ、それどころじゃないね」ニューヨーク市警殺人捜査局のフレッジ警視は答えた。「さて、ちょっと耳を貸してもらおうか。事件を抱えたんだ。殺しだよ。捜査班は、てこずらされてくたくたさ。そこで、きみの出番と相成った」

ポール・ドーンはご機嫌になった。手を貸してくれと来られると、実にうれしい。だが、手放しで喜ぶのも悔しいというものだ。机の上の煙草を箱から一本抜き取り、火を点けた。マッチを振って火を消し、ぽんと投げて紙くず入れにぴたりと収めた。「命中、どうだい？」ポールはなかなかハンサムな青年である。たいてい、どこか遠く夢見るような表情を浮かべている。たとえば、身体は仕事椅子にしっかりと落ち着けながらも、北極の不毛な氷の地を果敢に探検する自分を想像したりしているのだ。

「ちゃんと聞けよ、ポール」フレッジ警視は促した。「これはふざけた話じゃないんだぞ、いいか。いつもいつもきみに頼んでいるわけじゃないだろ？　どうしても、というときだけだ。だから、そのクロスワード・パズルとやらをやめて、話を聞いてくれ」

白髪交じりのスタンリー・フレッジは、殺人捜査局の老練刑事だが、ポール・ドーンは、フレッジのことをあまり気にかけてはいなかった。ただし、それは彼を理解できないからに過ぎない。フレッジはともかく行動派で、それはポールの思うところと食い違っている。ポールの行動哲学とは、安楽椅子に座って、酒瓶をかわいがりながら、いろいろな考えを頭の中でさまよわせるというものだった。

彼は、フレッジがうさぎのように赤い小さな目で心配そうに見つめているのに気づき、我に返った。

「それはぼくの分野かい?」

「もちろん。今までにないほどの不可能犯罪と言える」

「では、どうぞ」ポールは椅子に寄りかかり、無意識に鉛筆の先でこつこつと机を叩きながら、耳を傾けた。というのも、彼は不可能犯罪――なし得るはずのない犯罪――の解決に情熱を傾けており、DIC――不可能犯罪課《デパートメント・オブ・インポッシブル・クライムス》という、殺人捜査局内のあまり知られていない小さな部署を預からせてくれと、市警本部長に直訴したほどなのだ。

「問題はこうだ」フレッジは語りはじめた。「ジョージ・シーブルックという金持ちの老株屋が、昨夜殺された。昨夜は、数少ない親戚――甥のフィリップと、その妻アグネスと一緒に過ごしていたらしい。

九時頃、シーブルックは帰ることにした。十時までには帰宅したいということだったそうだ。別れの挨拶を交わしたあと、甥夫婦は叔父をエレベーターまで送っていった」

スタンリー・フレッジの大きく突き出た喉仏が、ポールの注意を引いた。それは警視が喋るたび、軽く弾みながら上下する。特に「エレベーター」という言葉が出ると、ポールは楽しくてたまらない。音節の流れに乗って、行ったり来たり弾むだけではなく、わずかに横へ揺れたりもする。

フレッジが「エレベーター」という言葉をもっと言ってくれないかなと、ポールは願った。

「甥夫婦のシーブルックは」と警視は続けた。「レキシントン・アームズという小さなアパートメントに住んでいる。五階の二間《ふたま》の部屋だ。レキシントン・アームズには、エレベーター――やった、喉仏！――が一基しかない。それは自動式で、押しボタンで上下する。いいかね。三階のボタンを押せば、そのまま三階に行くあれだよ。

ともかく、ジョージ・シーブルックはエレベーター――また来た、喉仏！――に乗った。そして、一階のボタンを押した。フィリップ・シーブルックとアグネス・シーブルックの二人は、叔父が一階を押すのを見ている。それは、ほかの五階の住人、ミセス・バトルマンも見た。ミセス・バトルマンは、ドアマットの上に置かれている夕刊をちょうど取りに出たところだった。彼女もシーブルックがエレベーターに入るのを見た。そして、ボタンを押すのも見た。ミセス・バトルマン、フィリップ・シーブルック、アグネス・シーブルックは、エレベーターが下がりはじめたとき、ジョージ・シーブルックはすこぶる健全な状態だったと口を揃えている」

フレッジの言葉に引っかかりを覚え、ポールは目下の問題に注意を移した。自在に逃げ回るかわいい喉仏を見守るのは、またあとにしよう。「すこぶる健全な状態、とはどういう意味だい？」

「生きている、ということさ」警視は咳払いをして、話を続けた。「いいかね、ポール。同時に、レキシントン・アームズのほかの二人の店子《たなこ》が、一階でそのエレベーターを待っていた。一人は医師のハーバート・マーティンで、往診から帰ってきたところだった。もう一人は速記タイピストのフローラ・キングズリー。このミス・キングズリーは、偶然にも何年か前、シーブルックのもとで働いていたことがある。

ともかく、その二人は一階で待っていた。九時頃に。彼らはエレベーターのドアの上にある階数表示で、それが五階から一階に降りてくるのを見た。二人とも表示からずっと目を離さずにいたが、誓ってそれが途中の階で停まることはなかったという。つまり、ジョージ・シーブルックが五階で乗ったときから、一階に着いたときまで、エレベーターはまったく停まらなかったということだ。

さて、エレベーターの構造について少し話しておこう。良質なぶ厚い木製で、壁、床、天井すべて頑丈な造りになっている。中に秘密の抜け穴や隠された入り口はない。だから、エレベーターに出入りするには、ドアを通るしかない。そして、エレベーターが動いているあいだは、ドアは開かないという仕組みだ。エレベーターは五階から一階に動いてきたのだから、ドアは開くはずがない。それに、ドアはエレベーターに乗る唯一の入り口なのだから、ジョージ・シーブルックが降りているあいだ、誰も出入りなどできないということになる。わかったか?」

ポールはうなずいた。「でも、だからどうなったというんだい、フレッジ」

「要するに」警視は身を乗り出し、切羽詰った口調で続けた。「ジョージ・シーブルックは、エレベーターに乗ったときは生きていた。中にはほかに誰もいない。それはまったく停止せず、まっすぐ下がった。しかし、それが一階に着いて、マーティン医師とキングズリー老嬢がドアを開けてみると、ジョージ・シーブルックは中の床に倒れ、死んでいた。背中にナイフが突き刺さったままな」

フレッジは机の上を拳でどんと叩き、語気を荒らげた。「これが不可能犯罪でなければ、何を以《もっ》てそう言う！」

一転して、沈黙が部屋を満たした。

ポール・ドーンは考えはじめた。ゆっくりと力を抜いたやり方で——とはいえ、どういうかたちであれ、考えを集中させるということは、彼が骨を折っている証なのだ。いつもは考えを頭の中で自由に遊ばせ、それが好きな方向へ広がってゆくに任せることで、よりよい結論を得る。だが、今は「エレベーター不可能犯罪事件」について、考えをめぐらせている。ポールはこうして必ず事件に題名をつける。そうすると、すべてがすっきりと整理できていく。

彼は鉛筆で、机上の事件簿を軽く叩いている。スタンリー・フレッジの喉仏のことは、すっかり頭にない。

「どうだい、ポール」フレッジは催促した。「どう思う？」

「どう思うって？」

「この事件だよ。不可能な殺しだろ」

「そうは思いたくないね」ポールは答えた。「でも、面白そうだな」

「面白いってのは、万事解決したらの話だよ」

ポールはほぼ完璧な煙草の煙の輪を作り、そのできばえに悦に入った。「目に浮かぶよ」突然そう言ったので、フレッジが不思議そうな顔をして彼を見た。ポールは目を閉じた。「犠牲者のジョージ・シーブルックが見える。おそらく、一人きりで乗っていると端《はな》から信じ込んで、エレベーターにいる。すると、前触れもなしに何かが起こった。機械が回転しはじめる。自動式何とかという、よくわからないしろものがぶーんと唸り声を上げ、ナイフがジョージ・シーブルックの背中に突き立てられる。そして、殺人犯は姿を消した。三文ドラマのようじゃないか。いかにもドラマだね。話を聞いた限りじゃ、現実離れした展開だからな」

「それでも」警視は悩みながら、顎を撫でた。「それが現実のようなんだよ」

「おかしな話だな」ポールは言った。「豚は飛べない。車はカンガルーに姿を変えない。殺人犯がどう願ったところで、エレベーター・シャフトの上に消えるなんてことは無理だ。この事件はかなり込み入ってるな」

「謎だらけか、上等だ」フレッジは気が重そうに首を振った。「どうだい？　食指が動いたか？」

「ああ、まあね」もちろん、動くに決まっているとポールは思った。何しろ、この何週間というもの、この半分も興味をそそられる事件に出くわしていない。だからといって、ひどく憂鬱になるということでもないのだが。退屈なものと腕が鳴るもの。それが相乗効果というものだ。

「ところで、フレッジ、『倒れ伏す』という意味の五文字の単語は思いついたかい？　ほら、最後の文字が〝t〟の」

「いや、まったく頭になかった」警視は憮然として言った。「この事件だが、引き受けてくれるか?」

「任せてくれ」

彼はまた煙の輪を吹かし、それがいつものように高い合格点の与えられる大きさであることに満足した。

「こいつは」独り言ながら、ポールは思わず声を出した。「なかなかのものだな」

レキシントン・アームズの自動式エレベーターを見たとたん、漏れた感想だった。ひと目でわかる。十分に頑丈な造りだ。何をも立ち入らせないかのようでさえある。壁に疑わしき割れ目はない。天井に不自然な隆起などない。床に隠蔽された溝もない。ドアが閉まれば、とポールは想像した。虫けらですら、このエレベーターに潜り込むのは難しいだろう。工事屋が初めから、床に二、三の跳ね上げ戸や、壁に何枚かの引き戸を取りつけておいたなら、すべての問題は片づくのに、と思う。だが、こういった話は彼好みの難問であり、あの「倒れ伏す」という意味の五文字と同じように厄介でよろしい。一度か二度、倒れ伏してみれば、案外答えが出ないとも限らないという考えが頭をよぎる。

彼は無理やり目下の問題に頭を引き戻した。

「きっちりしてるだろ?」スタンリー・フレッジは言った。「ここに入り込む隙があるとは思えん。だが、何者かがそれをやってのけた。ぞっとするよ、ポール。透明人間の殺し屋が野放しになっているとと思ったら、とても落ち着いてなどいられるもんか。さ、さっさとやるぞ」

そのものずばりのフレッジ哲学だ、とポールは思った。スタンリー・〝さっさとやる〟・フレッジ警視。この手の猪突猛進型の人間は、ポールの神経に触る。

「何をさっさとやるんだい？」彼は訊いた。

「事情聴取！　手がかりの収集！　事件解決！　以上。行くぞ」

ポールはどこ吹く風で煙草を一服し、レキシントン・アームズの狭いロビーに置かれた一脚の椅子に腰を下ろした。「ぼくはここで、さっさとやることにするよ」彼は言った。「警視に、ちょいと質問がある」

「私が殺《や》ったとでも言うのかね」

ポールは、その言葉は無視した。「まず、指紋はどうだった？　何か見つかったかい？」

フレッジはふんと鼻を鳴らした。「あり過ぎるほどな。たぶん、昨日、このエレベーターに乗った全員だろう。それでも、一番鮮明なのはジョージ・シーブルックのものだった」

「一階のボタンに、彼の親指の指紋は残っていたかい？」

「ああ、もちろん。手始めに調べたのはそこだったしな」

「ほかの押しボタンに、シーブルックの指紋は見つけたか？」

フレッジは訝《いぶか》しげな表情で彼を見た。「どうして、そんなことを訊く？」

「見つけたのか？」

「ああ、確かにあったよ」

ポールはたとえ大きな興味や関心を抱いたとしても、それを表情には出さない。穏やかでさりげない顔を保っている。目はかなり眠たげだ。彼は、答えのわかった質問はあっさり飛ばすことにした。「検死官はどう言っていた？」代わりにそう訊いた。

「刺殺。即死。おい！　ちょっと待てよ！」フレッジは見るからに肩透かしを食らったような顔をした。「シーブルックのほかの指紋は、どこのボタンで発見したか、訊かないのか？」

「五階だろうね」ポールは上の空という調子で答えた。「検死官は、シーブルックの健康状態をどう言っていた？」

フレッジの首が赤く染まった。「シーブルックの指紋が五階ボタンにあった、となぜわかった？」

「頭を働かせろよ」ポールは我慢強く説明を始めた。「帰り、五階から降りるときに、一階のボタンを押した。だから、夕方、一階から上がるときには当然、五階のボタンを押したと考えただけさ。そうだろう？」

フレッジは、ためらいがちにうなずいた。ポールはまた煙の輪を浮かべた。「もう一度、聞かせてくれ。検死官は、シーブルックの健康状態をどう言っていた？」

「弱っていた、ということだ。シーブルックは病気持ちだったらしい」

「彼の主治医は何と言っていた？」

「シーブルックの医者？　遺体の第一発見者のハーバート・マーティン先生か。まだ話を訊いていないが」

「どうして訊かなかった?」

「さほど重要だとは思わなかったからな」

「重要だと思わなかった、だと!」ポールは失望と、もっと脳みそを使えという思いの混じった視線を投げた。フレッジの顔は、黒みがかった朱色に染まった。作戦成功、とポールは思った。恥じ入るがよい。おのれの凡庸さと、こちらの優秀さを思い知ることだ。してやったりと、ポールはひそかに自画自賛した。

「いつ事情聴取を始める?」フレッジが遠慮がちに尋ねた。

「凶器のナイフが、どういったものかわかればすぐ」

「よくある折りたたみ式小型ナイフだよ。犯人は三度ほど突き刺している」

「指紋は?」

「一つも残っていない。少し汚れがあるだけだ。ナイフを握っていたやつは手袋をはめていたのかもしれない」

ポールはしぶしぶ椅子から重い腰を上げた。フレッジ警視はようやく勇んで聞き込みに取りかかれるとわかり、上機嫌になった。ポールはその理由を百も承知だ。警視は「容疑者の叩き屋」として知られている。冷淡な目撃者から何とかして情報をひねり出すのが好きなのだ。全面的に友好的かつ協力的な態度で情報を提供してくれる目撃者より、そちらを好む傾向さえある。

「このエレベーターは使用禁止と命じてある」フレッジは言った。「ただし、われわれは使ってよろしい」そろって中に入ると、フレッジはドアを引いて閉め、次に内側の鋼鉄製の扉を閉めた。

そして、親指で五階のボタンを押した。「初めは、フィリップ・シーブルック夫妻だな」昇るあいだ、フレッジはエレベーターの隅にある、白いチョークで書かれた大きな×印を指差した。

「死体のあった場所だ」

×印がその場所か。

「マーティン医師とキングズリー老嬢が発見したとき、シーブルックはその隅にぐったりと倒れ込んでいたらしい。壁に寄りかかり、その背中にナイフが刺さっていたそうだ」

エレベーターが停止した。二人は五階の廊下へ出た。

「5E」警視はそう言って、呼び鈴を押した。「さあて、解決すべくさっさとやるぞ」

ポールはその言葉に顔をしかめた。

事情聴取については、ポール・ドーンにも流儀がある。静かにさりげなく目撃者に接して、怒鳴るなど威圧的な手法を取るスタンリー・フレッジよりも多くの情報をうまく引き出す。ポールはそのやり方を「敵に油断させる」ことだと言っているが、それはもっとも適切な表現だろう。アグネス・シーブルックは、魅力的な笑顔と空っぽのオツムを持つ、髪がブロンドのかわいい女だった。夫は、彼女より物知りに見えた。小柄な青年で、あちこちにやや贅肉がついており、黒ぶちめがねの奥から大きな目をのぞかせている。二人の刑事の登場に、彼は少し慌てたようだった。

「はっきり言って」彼は憤慨して言った。「騒がしすぎやしませんか。しょっちゅう警官が来て、つまらないことばかり訊く。おかげで今日は仕事にも行けませんでしたよ」

「申し訳ありません、シーブルックさん」フレッジはなだめるように言った。「ですが、仕事なのでどうにもならんのですよ。お話を訊くのは、これが最後だと思いますから」

「そうしてください。もう十分です。はっきり言って――」

フレッジは咳をした。「さて、シーブルックさん。もう一度、昨夜のことを聞かせてくれませんか?」

「百万遍言いましたよ。ぼくたちはジョージ叔父さんと夕食をとった。九時になり、叔父さんが帰るので、一緒にエレベーターまで行った。エレベーターがやって来る。叔父さんはさよならを告げた。そして、一階のボタンを押した。そのとき、またさよならと言った。で、エレベーターのドアが閉まった。以上、終わりです」

「お隣のバトルマン夫人も同じことを見ていましたか?」

「ええ。あの皺くちゃ婆さん、夕刊を取りに出てきましたから。野次馬根性で、ジョージ叔父さんを見たかっただけだと思いますがね。大物金融家だってことで。ともかく、覗き見好きの婆さんなんですよ」

「覗き見好きのお婆さんなんかじゃないわ、フィル!」シーブルックの妻が、いさめるように初めて声を上げた。「魅力的で教養のある女性よ。私の知っている素敵なお姉さまの一人だわ」

「お姉さまか」フィルは冷笑した。「七十五歳を過ぎても〝お姉さま〟だなんて、冗談じゃないよ」

「ジョージ・シーブルックさんはエレベーターのドアが閉まったとき、確かに生きていらしたのですね？」

「死んでいるようには見えませんでしたわ」アグネス・シーブルックがおずおずと答えた。

フィリップは威圧するかのように、胸を張った。「死人と生きている人間の区別くらいつきますよ、刑事さん」彼は言った。

「それでは」フレッジが切り口を変えた。「動機についてはどうでしょう？　シーブルックさん、何者かがあなたの叔父さんを殺したいと思った。その理由について、思い当たるようなことは？」

「わかりませんね」フィリップはフレッジを居丈高に睨みつけた。「それはあなたの仕事でしょう、刑事さん」

「ま、それはそうですな」フレッジはアグネスのほうを向いた。「何かわかりませんか？」

「もちろん」彼女は口を開いた。「ジョージ叔父さんを殺したいと思う人はたくさんいますわ」

「えっ！　誰です？」

「ええと、たとえば、フィリップと私」

フィリップは顔に血を昇らせた。「馬鹿なことを言うもんじゃない、アグネス」そう怒鳴った。

「いいえ、馬鹿じゃないわ」彼女は警視に顔を向けた。「早晩わかってしまうことですもの。私たちはジョージ・シーブルックが好きではありませんでした。そう思う人は少なくなかったのです。恐ろしく自信過剰で尊大で独善的、我が物顔に振舞う人――そんな言葉しか思い浮かばないのですが――でしたから。ともかく、ちょっと嫌な感じの老人でした。フィリップが私と結婚するのを嫌がり、私に対して半年のテスト期間を設けました。結婚してからこの半年というもの、ジョージ・シーブルックは毎週のようにこのアパートへ夕食をとりにやって来ました。どうしてか、わかります？　そうすれば、私を観察して、合格かどうかを判定できるからです。ええ、私たちはそれがとても嫌でした。お金持ちの親戚だからって、とやかく干渉されたり詮索されたりしてはたまりませんわ。私は、この手で彼を殺したいと思ったことも一度や二度ではなかった」

やれやれ驚いた、とポールは思った。鈍いのかと思っていたら、なかなか頭が働くではないか。彼は質問をすることにした。いきなりこんな告白をされてはそのほかに手はないだろう。「すみません、奥さん――」彼の声は静かだったが、みなその響きにぎくりとした。「ちょっとわからないのですが――叔父さんをそれほど煙たがっていたのであれば、なぜずっとこれまで我慢して従ってきたのですか？」

「私も今、それを訊こうと思っていた」フレッジが言った。

「金ですよ！」フィリップ・シーブルックがいきなり大声を上げた。「何を考えてるんです？ジョージ叔父さんは大金持ちだけど、ぼくには金がない。でも、たった一人、生き残っている親族なんですよ。そこまで言ってもわからないなら――」

「すべてをもらう立場にあったということですね？」フレッジが訊いた。

「そうです！　ぼくは全財産をもらう。叔父さんの弁護士から今朝、電話がありましたからね。ぼくはそれを、特に申し訳ないとも卑しいとも思わない。正直に言って、叔父さんが亡くなってほっとしているくらいです。ロックフェラーのような給料をもらったことなどありませんから」

少しのあいだ、張りつめた沈黙が落ちた。

よし、こうなってくると面白い、とポール・ドーンは思った。完璧な動機が細い帯封でぴちっとそろえられ、彼の膝にどんと振り込まれているといった例もそうあるものではない。とはいうものの、フレッジ警視は躊躇している。通常なら、こういった告白をした容疑者は逮捕するものだ。だが、今回ばかりはそうはいかない。フレッジにはなすすべがない。ポールは、完全犯罪に見える殺人事件の犯人を、警視はどうやって検挙するのだろうと考え、にやりとした。

かくいうポールも、ふと不安に駆られ、この件をどう解決すればよいかと考えた。事実は歴然としてある。犯人はあのエレベーターに入ったのだ――誰も入れるはずのないその中に。

「では、失礼する前に、何かほかに質問はあるかね、ポール？」フレッジが立ち上がりながら言った。

「あっと――ええ。一つだけ」彼は例によって、眠たげな顔をシーブルック夫妻に向けた。「シーブルックさん――ちょっと教えてもらえませんか？『倒れ伏す』という意味で、〝t〟で終わる五文字の単語とは何でしょう？」

シーブルック夫妻はぽかんとした表情で見返し、それを潮《しお》に、二人の刑事は暇《いとま》を告げた。廊下に出たとき、フレッジは完全にお手上げといった体《てい》だった。「おい、ポール、どういうつもりだ？」

「自殺かもしれないな」ポールはつぶやくように言った。

「自殺！」フレッジは恐ろしく冷淡な声で訊いた。「だったら教えてくれよ。あれは自分で背中にナイフを突き刺して死んだって言うのか？」

「案外」ポールは棘《とげ》を含んだ調子で切り返した。「軽業のできる男だったんじゃないのか」


ハーバート・マーティンは、大柄で元気でたくましい、よくありがちな患者扱いのうまい内科医だった。街なかにある彼の診察室を訪ねたポールとフレッジは、大仰な挨拶で迎えられた。

「お座りください、お二人とも！　ようこそいらっしゃいました。私でお役に立てることがあれば、何なりと。恐ろしい事件でしたね。いやはや、まったく。で、どんなことをお訊きになりたいですか？」

医師は話すあいだ、てきぱきと仕事を片づけようとするかのように、まるまるしたハムのような手をしきりにこすり合わせていた。

「事件が起こったときの様子を、もう一度お聞かせ願いたいのです、先生」フレッジは、ていねいだが硬い態度を崩さない。

「事件のときの様子？　さあてと」医師は口をつぐみ、思い返した。「往診から、ちょうどアパートに帰ったところでした。患者はこの何年も診ている老婦人です。心気症でしてね、どこか悪いところはないかと状態を診るのに、ずいぶんお金を使ってくれるんですよ。実のところ、馬並みに健康なんですがね。いや、馬も負けるくらいだな。ですが、私にも生活がありますから。ま、それはともかく、私が着いたとき、エレベーターのドアが閉まった。だから、ボタンを押して、エレベーターを待ったのです。階数表示の番号が1から5へ上がっていきました。そして、また下がってきた。そうするうちに、ほかの住人――女性です――が帰宅したので、一緒に待ちました」

「フローラ・キングズリーさんですね?」

「ええ、あとでそう知りました。私は越してきたばかりですし、ご近所とはあまり親しくつき合わないほうなので。近頃のニューヨーク人の悪いところですね。自分のことにばかりかまけて。おっと、脱線しました。キングズリーさんと私はエレベーターが着くのを待った。それが一階で停まったので、私はドアを引いて開けた。すると――そこで彼を見つけたのです」ポールには、マーティン医師がかすかに震えているように見えた。「彼はエレベーターの隅で、壁に背を向け、身体を丸めるようにしていました。私はすぐに駆け寄り、キングズリーさんには下がっているように言いました。彼女はドアの前に立ち、見守っていた。彼のそばにしゃがむとナイフが見えたんですよ。キングズリーさんは悲鳴を上げました。『死んでいる』そう私は言いました。『電話で警察を呼んで!』少しのあいだ、彼女は立ちすくんでいましてね。過度に興奮させたくなかったので、警察に電話するよう頼んだんです。何分かすると彼女は戻り、また二人で警察を待ちました。やがてあなたが駆けつけたのです、警視」

もっともらしい説明ではある、とポールは思った。「先生」けだるい口調で呼びかけた。「あなたはジョージ・シーブルックさんの主治医でしたね?」

「はい。そうです」マーティンの視線は、まっすぐで断固としていた。

「体調はよくなかったんでしょう、彼は？」

「ええ。心臓が悪かったですし、腎臓も。よくふらふらと失神を起こしましたし、頭痛もひどかった。さぞかし苦しかったでしょうね」

「その苦しさとは、どうでしょう、自分で死にたくなるほどだったと思いますか？」

医師は一瞬、言葉に詰まった。そして、最終的に言った。「かもしれませんね」

「断定はできないということですかね」

「それが精一杯のところですよ」

「ありがとうございました、マーティン先生」

「ああ、ところで」マーティンが言った。「難問でしょう――あの殺人がどう行われたのか」

「ええ、おっしゃるとおりです」ポールは答えた。「難問と言えば、『倒れ伏す』という意味の五文字の言葉をご存じですか？　最後の文字が〝t〟なんですが」

「クロスワード・パズルですか？」マーティンは楽しそうに言った。「昔はよくやりましたよ。最近はご無沙汰ですがね」

「思いつきませんか？」ポールが催促した。

「はて」

ポールには、フローラ・キングズリーがその六十年の人生を独身で通している理由がわかった。やつれた白い顔に、固く結んだ唇。鋭く恐ろしげな二つの目。まるで、ボリス・カーロフ（『フランケンシュタイン』の怪物役が有名）主演の映画から抜け出してきたように見える。今流行りのヘア・スタイルも、かえって悪霊じみた印象を強めているに過ぎない。

「どういったご質問でしょうか？」ミス・キングズリーは抑揚のない金属的な声で訊いた。

「キングズリーさん、昨夜の事件について、あなたのお話をお聞かせください」

彼女は暗記した文章を読み上げるかのように、簡潔明瞭に語った。それは、マーティン医師の証言をほぼ裏づけるものだった。ポールは、死体を目にしたときの彼女の反応について、特に注目した。

「ひどくうろたえてしまって」彼女は言った。「マーティン先生が、死んでいると言ったので、そのあと悲鳴を上げたはずですわ。とても恥ずかしい行為でした」

「あなたはシーブルックさんのもとで働いたことがありますね、キングズリーさん？」

「はい。そうです」彼女は口を真横に結んだ。「何年も前のことですが」

「なぜお辞めになったのですか？」

「彼が仕事から手を引いたからですわ」

「どうしてそうしたのか、おわかりですか？」

「いえ」

ポールは急にけだるそうな口調で話しはじめた。「キングズリーさん、シーブルックさんは仕事で失敗をしたから辞めた、ということは考えられますか？」

彼女は椅子のひじ掛けをぎゅっと握った。

「ええ。そうですわね」

「当時、シーブルックさんが事業に失敗したのは、株主の資本金を横領したからだという噂がありましたよね？」

「結局、わからずじまいだったんです！」彼女は飛び上がって、叫んだ。そのように感情を露わにしたのは、それが初めてだった。そして、よろよろと椅子に座り直した。「すみません」そう詫びた。「ええ。その噂は聞いていましたわ」

「それは本当だったと思いますか？」

彼女はこくりとうなずいた。

「ありがとうございました。そうそう――クロスワード・パズルはなさいますか、キングズリーさん？」

彼女は一瞬、藪から棒に何を言い出すのかという顔つきでポールを見た。そして、表情を硬くした。立ち上がり、二人を真正面に見すえた。

「お引き取りいただけますか？」

「まだお答えをいただいていないのですがね」ポールはていねいに言った。

「ええ。そうですけど、それが何か？　ごきげんよう」

その夜、二人は市警本部にいた。

「袋小路だ」スタンリー・フレッジは怒鳴った。「行き止まり」スタンリー・フレッジはわめいた。「立ち往生」スタンリー・フレッジは金切り声を出した。「問題は、あのエレベーターだ。くそっ、頭に来る。エレベーターに少しでも手がかりがあれば――何とかあぶり出してみせるんだが。犯人はどうやって、あそこに入った？　何が起きた？　こっちの頭がおかしいのか？　これは全部、悪夢だと？　まったく、どうやってエレベーターに乗ったんだ！」

「犯人は乗っていないのさ」ポールが冷静に答えた。

フレッジの口がぽかんと開いた。目の玉が飛び出しそうになっている。

「何だと？」

「犯人はあのエレベーターには乗っていない――そう言ったんだよ」

「手口がわかったのか？」

ポール・ドーンは落ち着いた手つきで煙草に火をつけた。一服し、煙を鼻から出した。「少し前にわかっていた。問題は」そう言った。「どう証明するかだった」

「で――」フレッジは戸惑い顔で、唾を飲み込んだ。「できたのか？」

「ああ。明日の朝、ぼくの課へ来てくれたら、説明するよ」彼は椅子から立ち上がった。「早いほうがいいな。朝刊が来る十時半頃。ぼくは忙しくなるから――クロスワード・パズルで」

ポール・ドーンはスコッチを一瓶、机の引き出しに入れている――薬として。フレッジ警視は謎解きを聞き終えると、驚きのあまり、そのボトルの半分をごくごくと三口で流し込んだ。

「いたって単純明快」ポールは言った。「お安い御用だ。ぼくにはその一部始終が見えた」

そして、それは単純な手口だった。しごく単純な。「だが、巧妙だ」ポールはかぶせるようにつけ加えた。巧妙と言えば、手口を説明するポールもその極みなのだが。

「事件を想像しながら、よく見つめること、これがすべてさ。ぼくがこの手の不可能犯罪の解決が得意なのは、そのおかげなんだ。あいにく、たくさんのものを持ち合わせていないからね。率先力とか行動力とか。でも、想像力だけは確実にあるよ」

フレッジ警視とて、それを否定するはずもない。

「いきさつはこうだ」ポールは話しはじめた。「こういう不可能な殺人の謎を解くには、感情に左右されず、厳しい見方をしなければならない。幽霊や透明人間、ラジコン製の複雑な機械装置などを勘定に入れてはだめだ。不可能犯罪などあってたまるかと、しっかり頭に叩き込んでおく必要がある。

だから、ぼくはまず、それを念頭に置いた。ジョージ・シーブルックは殺された。何者かがエレベーターに入り、ナイフを彼の背中に突き立てた。犯人がエレベーターに入るには、明らかに出入り口から入らなければならない。だが、エレベーターには一つしかそれがない。その目で何度も確かめたから、わかっていると思うが。入り口は一つだけだったよな。ぼくも何度も確かめた。入り口は一つだけだった。それはエレベーターのドアだ。だから、殺人犯はドアが開いたとき、入ったに違いない。

だが、エレベーターのドアは動いているとき開かない仕組みになっている。この事件の過程で、そのドアが開いたのは、二回だけだ。エレベーターが五階に昇ったときと、一階に降りたとき。

つまり、ジョージ・シーブルックが殺されたのは、エレベーターが五階もしくは一階に停まったときということになる。

では、その二回について考えてみよう。エレベーターに乗ったとき、シーブルックは生きていた。エレベーターのボタンを押したときも生きていた。ドアが閉まったときも然り。部外者と見なされる一人の婦人を含む、三人がそれぞれそのことを認めている。そこから判断すると、エレベーターが五階にあったとき、シーブルックは殺されてはいない。

となると、彼が殺されたのは、一階だ！」

「だが、エレベーターのドアが一階で開いたとたん」フレッジが反論した。「シーブルックが背中をナイフで刺され、床に倒れていたのを見たと、二人が言っているんだぞ！」

「本当に見たのか？　そこがそもそもの間違いだったのさ。われわれは何を知っている？　何を推測しているんだ？　目撃者は、シーブルックをドアの外から見ているんだぞ。シーブルックの背中は壁に向いていた。だが、彼らはシーブルックが背中をナイフで刺され、床に倒れていたと言った。ミス・キングズリーはドアの外にずっと立っていた。その証言とは違って、シーブルックの背中のナイフなどとうてい見てはいないいんだよ」

フレッジは子どもが授業中に指名されるのを求めるかのように、ポールに向かって手を振った。「待て！」警視は言った。「話がとんとん進み過ぎるぞ。ミス・キングズリーがナイフを見ていないとしても――マーティン医師は見ている！」

「そうか?」ポールは一呼吸置き、会心の笑みを浮かべた。「まさにそこが肝心なんだ、フレッジ。マーティン医師はシーブルックの背中のナイフを見たのか? それとも、見たと言っているだけなのか?

事実をつなぎ合わせてみよう。マーティンによれば、ミス・キングズリーが悲鳴を上げ、そのあとで彼が『死んでいる!』と言ったということだった。ミス・キングズリーの話では、まずマーティンが『死んでいる!』と言い、それから彼女が悲鳴を上げたという。どちらかが嘘をついているのはなぜだ? ぼくの推理では、マーティンは意図的に『死んでいる!』と叫び、嘘をついた。大声で言って、ミス・キングズリーの頭にシーブルックが死んでいるのを見たかのような錯覚を植えつけたんだ。彼女が実際に見たのは、床に倒れたシーブルックというだけだったのに。

さて、シーブルックは死んでいなかったということであれば、いったい彼に何があったのか? ここで偶然も偶然、ぼくの人生でもこんな不思議な符合はあるのかということがあった。『倒れ伏す』という意味の五文字の話を覚えているか。最後の文字が〝t〟の。そう、それがまさにシーブルックの状態だった。彼が教えてくれたよ。彼は『倒れ伏していた』。つまり、失神(faint)していたんだ!

わかるだろう? シーブルックはエレベーターで降りるあいだに、失神の発作を起こした。そうなりがちだとマーティン医師も言っていたよな。エレベーターが一階に着いたとき、マーティンはシーブルックが倒れているのを見た。そのとたん、何が起こったのかわかったんだ。で、ある考えがひらめいた。シーブルックが失神しているという事実をどう悪用するかを思いついたのさ。

　すぐに彼は、シーブルックが死んでいることにして、一芝居打ちはじめた。それもこれも、ミス・キングズリーをうまく利用するためだ。まず、倒れたシーブルックのもとへ駆け寄った。そして、『死んでいる！』と叫んだ。そこにナイフが突き刺さっているかのように、シーブルックの背中を指差した。シーブルックの位置から考えると、ミス・キングズリーに彼の背中は見えない。その間ずっと、マーティンは彼女をシーブルックから適度な距離に置いておいた。すべてを冷酷かつ実務的に処理していたようだ。狂言を終えた頃、マーティン医師は哀れなミス・キングズリーに本物の死体を見たかのように信じ込ませてしまったのさ。

　そして、彼女を遠ざけた——警察に電話をしてくれと頼んだんだ。

　そこが、マーティン医師が怪しいとするもう一つの点だ。シーブルックがエレベーターに乗ってから、彼と二人きりになったのは、全員のなかでマーティンしかいない。

　ミス・キングズリーが電話をしているあいだ、マーティンはシーブルックのそばにしゃがみ、治療用のゴム手袋をはめた。診察鞄に入っているからね。それに、往診から帰宅したところだから、診察鞄を持っていたことはわかっている。彼ははめた手袋で、シーブルックの背中にナイフを突き刺し、また手袋を鞄に戻した。

　マーティンは絶対にばれないと思っていただろうよ。ミス・キングズリーがしっかり頑張ってくれる限り——そして、彼女はそうするだろうとマーティンは確信していた——何も心配することはないと。彼女は必ずマーティンの後ろ盾になる。マーティンはまだシーブルックを殺していなかったのに、すでにシーブルックは死んでいたと証言してね。わかったかい？」

フレッジ警視は深いため息をつき、眉の上の汗をぬぐった。「もう一つだけ、疑問がある。動機を教えてくれ。そのあとで、マーティン医師を逮捕するよ」

「動機は」ポール・ドーンが言った。「端から明白だよ。ミス・キングズリーは認めたよな。シーブルックの会社は、かつて彼の怪しい取引のせいで倒産したと。大勢の株主が、その倒産で大損をした。その中の一人が、長いあいだ、恨みを抱きつづけていたとしても不思議はない。マーティンの過去を洗ってみてはどうだ？」

「さて、引き上げるとするか」フレッジ警視は愛想よく言った。「仕事にかかるよ。おっと、ところで、ちょいとばかり骨が折れたな。ひょっとして、気付けの一杯を持っていやしないかね？」

ポールは持っていた。そして、そのとき、警視はボトルの半分を空《から》にしたのだった。

キロシブ氏の遺骨
Mr. Kiroshibu's Ashes

エラリー・クイーンのルーブリック

本誌一九四三年七月号において、私たちは、当時わずか十五歳のジェイムズ・ヤッフェの手になる最初の探偵小説をお目にかけました。このたびは、才人ヤッフェの第二の成果を――ポール・ドーンと彼の〈不可能犯罪課〉のもう一つの冒険をお目にかけましょう。

今や十六歳となった才人ヤッフェに対して、私たちはいつも、尋常ならざる言動を期待してしまいます。例えば、この第二作の原稿に添えられた手紙の中で、私たちの少年作家は、以下の驚くべき文章を記しているのですよ。「付け加えておくと、ぼくは、『キロシブ氏の遺骨』の中で不可能犯罪を成し遂げるのに使われている手段が完璧に有効であることを、あなたに請け合います。ぼくは、これを自分で試してみましたから」

本誌編集者のさらなるコメントが、この小説の末尾で見つかると思います。おっと、フェアプレイでいかなければなりませんね――まずは、作品を読んでください！

（ＥＱＭＭ一九四四年三月号より）

彼はフロリダ特別列車の食堂車で席に着いた。向かい側には、小柄で落ち着いた雰囲気の日本人男性が座っている。その紳士は、べっこう縁の眼鏡の奥から彼を見上げ、愛想よく笑いかけた。ポール・ドーンは笑みを返すと、メニューに顔をうずめた。日本人は茹でたアーティチョークに専心しはじめた。

ポールはアスパラガスのスープに気を引かれたが、そのままメニューの選択に集中することはできなかった。視線はメニューの上端よりも先を盗んでいる。どうしても日本人に目が行ってしまう。身なりのよい男だ。嫌みなまでに隙がない。男はアーティチョークを、あのエチケット術の大家ミス・ポストも顔負けの、上品でそつのない作法で食べ終えた。まるで想像力のない典型――ポールはそう片づけることにした。ユーモアのセンスの欠如。過度に細心。

この手のこせこせと細かなことにこだわる人間は、人生の楽しみというものをあまりに多く見失いがちだ、とポールは考えている。ポール・ドーンにとっての人生の〝楽しみ〟は三つある。一つはクロスワード・パズルで、もう一つは想像力。想像力を働かせていると、浮世の憂さを忘れ、違う世界へすっと移っていける。そして、ニューヨーク市警殺人捜査局の中のよく知られていない部署であり、ポールが最高主任であるDIC――不可能犯罪課の仕事だ。

一つ、興味をそそるものがある。日本人はテーブルの上に、壺を置いている。黒ずんだ銅製の壺で、どことなく花瓶を思わせる形だが、口はきっちりと封じてある。腹にはぐるりと緑がかった色の装飾が施されており、龍のような模様だと、ポールは思った。非常に珍しい。ポールはその風変わりな黒い壺が気になってしかたがない。何が入っているのだろう？　なぜ、この日本人はわざわざそれをテーブルに持ってきているのか？

そのまま壺に目を奪われていると、日本人もこちらを見ていることに気づき、ポール・ドーンははっとした。目を上げ、東洋的な穏やかな笑みの浮かぶ顔を見た。

「このようなものを置きまして、どうも」紳士は小声で言った。

ポールはメニューにするりと視線を戻した。

だが、日本人は笑いかけてくる。会話を持ちたいのだろう。ポールは気さくで親しみの持てる顔つきのようで、他人に話しかけられやすい。いつでもそうなのだ。鉄道の駅でも、ホテルのロビーでも、エレベーターでも、見知らぬ人に声をかけられ、聞きたくもない厄介話に延々つき合わされるはめになる。

「この壺がお気に召しましたか」日本人が言った。「美術品がお好きなようで、うれしい限りです」

ポールは顔をしかめた。せっかくの休暇が台無しになりそうだ。マイアミ・ビーチまでの道中を、ずっとこの日本人との芸術談義でつぶしていく光景が頭をよぎる。「少々、変わったものですね」ポールは不機嫌に言った。

日本人は微笑んだ。「変わった目的に使うものですから。申し遅れましたが、私はハワード・

キロシブ博士です。東洋陶器業のキロシブ・ブラザーズ社の者です。当社をご存じではないでしょうか」

ポールは首を振り、ここで会話が終わることを願った。が、そうではなかった。

「著名な犯罪捜査官のポール・ドーンさんですね」ハワード・キロシブは言った。「よく新聞で写真を拝見しておりますので、あなただとすぐにわかりましたよ」

ポールはうなずき、うれしそうなふりをした。

「ご活躍ぶりについては、私のみならず、亡くなった兄ヘンリーもよく存じております。演繹的推理法は日系人のあいだでも、知られていないわけではないのですよ」

ポールは、キロシブ博士が関心を持ってくれていると聞いてうれしいと答えた。そしてまた、テーブルに立つ奇妙な黒い壺に目をやった。壺は物言わず、異質な存在感を示している。

ハワード・キロシブは笑いながらうなずき、楽しげに瞳をきらりと光らせた。「ドーンさん、あなたは謎の解決にご尽力されている方です。よろしければ、私のちょっとした問題について、お力をお貸しくださいませんでしょうか」

ポールは休暇中であることを、ぼそぼそと告げた。

「それはそれは、申し訳ありません」キロシブ博士は、悲しそうに床に目を落とした。「専門家にご助言をいただけたら、これほどありがたいことはないと思ったものですから。今、あなたがお目に留めた黒い壺のことで、少し事情がありましてね」

ポールは目を上げた。やはり、その壺には、品のよろしいキロシブ博士を煩わす何かがあったというわけか！　ポールは俄然、興味をそそられた。

「どのような問題です？」

キロシブは笑顔になった。「お気にかけてくださり、ありがとうございます。ドーンさん、実はこの長旅の途中で、いつこの壺が盗まれやしないかと心配なのです」

「なぜですか？」

「中身が価値の高いものでしてね」

「何が入っているんです？」ポールは興味のなさそうな顔を作りながら、訊いた。

「それが、込み入った話といいますか」キロシブはくぐもった声で答えた。「かいつまんでお話しましょう。一週間前、私の兄であり、共同経営者であったヘンリーが、悲しくも、誉れあるご先祖様の仲間入りをしました」

「亡くなったということですか？」

「そうです。資産分与に当たり、ヘンリーは私に、社の経営権や多くの利権を譲渡してくれました――ただし、一つ、条件があったのです。条件とは、ドーンさん、一般的にはあまりなじみのないものでして」

ポールは煙草に火をつけ、煙をたっぷりと吐き出し、申し分のない大きさの輪を作った。「どのような条件です、キロシブ博士？」

「兄は遺体を焼く――火葬する――ように言いました。そして、こよなく愛していた地、フロリダはマイアミ・ビーチへ遺骨を運び、海に撒いてくれと」

「つまり、あなたはマイアミ・ビーチへ行き、それを大西洋へ散骨するというわけですね」

「そのとおりです」

「では、その壺には――」

「兄の遺骨が入っています」


ポール・ドーンは、新たな煙の輪がねじれて消えていくさまを見ていた。

これまで、人間の骨と夕食をともにしたことはない。これは新しい経験なので、その感覚を味わってみようと思う。目を閉じて、死者のすぐそばでスープを飲む自分を想像する。とはいえ、もちろん、遺骨は別物だ。遺体とはまったく違う。その骨の山から一つを拾い上げて、「これはキロシブ氏の右目」とか「これは胃の一部」などと言えはしない。あやふやで、はかないものだ、遺骨とは。

ポールは、キロシブが絹のように柔らかな低い声で、「よろしければ、ご覧になりますか?」と言うのを聞き、はっとして顔を上げた。

「何をです?」

「兄の遺骨ですよ」

ポール・ドーンは肩をすくめた。「そうおっしゃるなら」

ハワード・キロシブは自然で落ち着いた笑みを浮かべていたが、兄の入る黒い壺の蓋をはずしたとき、さらに口元を緩ませた。

ヘンリー・キロシブは、どういうこともない灰色っぽい代物で、壺の半分ほどを満たすだけだった。

ハワード・キロシブはきっちりと蓋を閉じ直し、得意げな様子で、静かに微笑みつづけている。何を言えばよいものかわからず、ポールはとりあえずこう言った。「重さはどれくらいですか？」そして、冷たい発言だったとすぐさま後悔した。その灰の塊が、落ち着いたドクター・キロシブの愛する兄の名残であることを、つかの間忘れていたのだ。

だが、日本人は気分を害さなかった。「骨はとても軽いのですが、壺がひどく重いのですよ。どうぞ、お手に取ってみてください」

壺を持ったとたん、ポールは落としそうになった。信じ難いほど重い。せいぜい五ポンドほどに見えたが、優に二十ポンドはありそうだ。

「ちょっとわからないのですが」ポールは言った。「人間の遺骨は——その、たいへんに——個人的で特別なものです。つまり、売り物にはならないのではありませんか。商品として、といいますか、商売になるかを考えると、お兄さんの遺骨は値打ちがない。だったらなぜ、買い手のつかない——商品を、泥棒がわざわざ狙うのかということです」

キロシブ博士はうなずいた。「ごもっともです、ドーンさん。ですが、一つ大事なことをお忘れですよ。泥棒がほしいのは、遺骨ではなく——壺でしょうから」

ポールは不思議そうな顔をした。「中身が価値のあるものだから、誰かに奪われそうだと、先ほどおっしゃったじゃありませんか」

「そうそう、私の言いたいのはそこなんですよ。壺を盗むのは、遺骨が入っているから。つまり、こういうことです。稀有な特徴を持つ東洋陶器の蒐集家は、国中に数え切れないほどいます。最近まで、わが手にあるこの黒い壺に、特徴というべきものは何もなく――だから、そういった蒐集家には、価値のない壺だった。ですが、この数日で希少価値が出たのです。兄の遺骨をマイアミまで運ぶために使われた、ということで。世界でも有数の陶器業者の遺骨ですよ。そして、まさしくその人の骨壺なのですから。それをコレクションの一つに加えたなら、器の蒐集家であれば誰でも、してやったりという誇らしげな気持ちで、胸がいっぱいになりますよ。おわかりでしょう？　それに、もし遺骨がそのまま壺に入っているとなれば、値打ちは限りなく上がります！」

不可能犯罪課で日々仕事をこなしていると、奇妙な話はたくさん耳にするものだし、得意の想像力をたくましくして、おおよそは柔軟に受け止めてきた。だが、人間の遺骨が窃盗の対象とは、これまた初耳だ。どうも胡散臭い話に思える。「お兄さんの遺骨を、お宝として、誰かがほしがると確信していらっしゃるのですか？」

キロシブはこくりとうなずいた。「ありていに言えば、そうなります」

ポールはため息をついた。「では、このぼくにどうしろと？」

キロシブは待っていたと言わんばかりに、身を乗り出した。「遺骨を預かってください。お部屋にお持ちいただきたいのです。隠してください。お守り願います。どうか被害の及ばないように。そして、マイアミ・ビーチに着いたら、このまま無傷の状態でお返しいただけませんか。その代わりと言っては何ですが、十分な謝礼をお支払いします。お約束しますよ」

ポール・ドーンの心は少し動いた。この件はまずまず興味深いし、仕事もたやすそうだ。だが、不可能犯罪の類ではない。それに今のところは、事件でも何でもない。ポールは常に、不可能犯罪を専門としてきた。ニューヨークでは、ただ難解だというだけではなく、一見、発生不可能と思われる事件でなければ、扱わないことにしている。

「申し訳ないですが」ポールは言った。「お引き受けできませんね」

日本人紳士は、見るからに残念そうな顔をした。「お気持ちは変わりませんか？」

「あいにくですが」

キロシブは席を立ち、通路を歩いていった。ポールが当惑顔で、その後姿を見ていると、ハワード・キロシブはドアを抜け、次の客車へと消えた。

それを限りに、ポール・ドーンはその日本人紳士の生きている姿を見ることはなかった。


「南アフリカの水牛」を意味する六文字の単語は、その夜十一時半にはすっきりと桝目を埋めているはずだった。ポール・ドーンは新しいパジャマを着て、八番下段のベッドに座り、眠れないでいた。ポールが顎先を掻きこすると、パジャマがかさこそと身をこする。クロスワード・パズルの雑誌が前に開いてある。さすがの辣腕刑事も、十四問目を表す言葉の海を泳ぎ、まるでどこにもたどりつけないような顔をしていた。一問目から十三問目までは、一時間半ほどですっかり片づいたのだが。

軽くノックするような音が、連続する思考を断ち切った。誰かがベッドの頭のほうを叩いている。

「お引き取りを」ポールは言った。

車室係だった。「ドーンさん、起きてらっしゃいますか？」

「いや、もう眠っていました。お引き取りください」

チョコレート色の大きな手が、寝台を覆うカーテンのひだを割って入り、暗がりの中を探るように動いた。ポールが不思議なものでも見るようにしていると、それは肩にぶつかってきた。

「あっと！　ドーンさん、起きてください。事故がありましたんで！」

ポールはベッドの中で座り直した。「衝突したとでも？」

「いやいや、そういうことではなくて。あなたが乗車しているから、すぐに呼んでこいと、車掌が言うもんで」

ポールはうんざりした。クロスワード・パズルの途中で邪魔されるのは、ごめんなのだ。

「今すぐというなら、パジャマのままでいいんだな」

「はい」

「この青パジャマで行くからな！」ポールは、しぶしぶながらベッドを離れることにした。寝台を覆うカーテンのボタンを外し、床にあるスリッパをベッドから下ろしたつま先で探す。すると、急にぞくりと震えを覚えた。寒い夜だし、汽車も風を切っている。ベッドにもぐりこんでいられたら、どんなにいいだろう。そう思いながらも、ポールはおとなしく車室係のあとをついて、カーテンのかかる旅行客を入れた箱が並ぶ暗い通路を行き、次の客車へ入った。

車掌はくたびれた中年男で、鼻先に眼鏡が斜めにずり下がっていた。見ると、特別個室の閉じたドアの前で、心配顔を浮かべている。そして、その隣には、大柄で太った中国人紳士が紫色のバスローブ姿で立っていた。車掌は「シムズ」と姓だけ名乗り、中国人を「ミスター・オスカー・クン」と紹介した。

「お顔を見て、安心しましたよ、ドーンさん」シムズは言い、唇を舐めた。「警察の方ですからね、いやどうも」

「ただし、休暇中のね」ポールは恩に着せた。「何かありましたか?」

シムズはかっぷくのいい中国人に顔を向けた。「よろしければご説明ください、クンさん」

「承知しました」オスカー・クンは朗々たるバリトンで話しはじめた。口を動かすたび、二重顎が小刻みに揺れる。「私は、隣の特別個室にいます。五分前、ぐっすり寝入っていたところを、リボルバーと思しき銃声でたたき起こされましてね。それは間違いなく、この部屋から聞こえました。ですから、ベッドから飛び起きて、この部屋のドアをノックしたのです。返事はありませんでした。それで、また何度もノックをしてみました。やはり、返事はありません。ドアを開けようと思いましたが、中からしっかり鍵がかかっています。で、車掌を呼んだという次第です」

「そして、私があなたをお呼びしました」シムズが続けた。「この個室で、何かが起こったのです、ドーンさん。誰かが銃を撃ち、中からは何の反応もない——それに、施錠してある。ドアを壊して入るつもりですが、そのとき刑事さんに立ち会っていただきたいと思いまして」

ポールは言った。「部屋の客は何という方ですか?」

「日本人《ジャップ》の男です。キロ何とか博士という」

「キロシブ」つまり、あの小柄な日本人紳士が、この密室にいるということか——兄の遺骨とともに。キロシブは何か起こるのではと恐れていた。そして、何かが起こったのだ。

シムズと車室係、ポール・ドーン、おまけに巨漢ミスター・クンが一緒になって体当たりすれば、そのドアなどひとたまりもなかった。鍵は簡単に壊れ、ドアは大きな音を立てて開いた。

キロシブの個室は、ほかの個室と同じようなものだった。上と下のベッドに、小さなソファ、洗面台がある。全体的に見て、部屋はきちんと整っている。上のベッドはぴちっと閉じて固定されたままだ。

四人の目は下のベッドに留まった。カーテンが引きちぎられ、ベッドはひどく乱れている。毛布がはみ出して床に垂れたうえ、いくつかの枕も端に押しやられ、一面、波打つように皺くちゃだ。すさまじい乱闘があったに違いない。

そして、その上に、ハワード・キロシブがいた。入り口からでも、額に開いた恐ろしい穴が見え、そこからほとばしった血が顔に流れている。彼は、ゆったりとした白い着物姿で両手を脇にだらりと広げ、くつろぐかのように横たわっていた。ベッドの中で、遺体だけがただ静かにじっと死を迎えている様子だった。唇にはまだ、皮肉にも半分面白がっているような笑みが刻まれている。

「動かしたり触ったりしないほうがいい」ポール・ドーンは言った。「車室係、乗客に医者がいたら探して、すぐにここへ連れてきてくれ」

車室係は慌てて出ていった。

「どうお考えです、ドーンさん?」憂い顔のシムズが訊いた。

「遺体の近くに銃は見当たらない。となれば、殺しでしょうな」

車掌は戸惑いを見せた。「でも、そんなことができますかね。ドアは内側から鍵がかけられていたんですよ。もし殺人なら、犯人はどこへ行ったんです?」

「ちょっと、すみません」オスカー・クンが口を挟んだ。「犯人は密室の現場から出ていけないのですから、つまりまだここにいるということです。部屋を捜してみてはどうでしょう」

「捜すったって」シムズが言った。「ほかにつながった部屋があるわけじゃなし、クロゼットもなければ、いいですか。誓って言いますが、秘密の通路などあるわけもない!」

ミスター・クンは、表情を変えずにうなずいた。「おっしゃるとおり。ですが、ここは一つ、ベッドやソファの下、上のベッドなど見てみましょうよ」

「上のベッド!」シムズは大声を上げた。「きちんと閉じてあるのに、誰が隠れたりできますか。窒息してしまいますよ」

「案外、もうそうなっているかも」ポール・ドーンが言った。「見てみますか」

彼らはベッドの下を見た。そして、上のベッドの中。ソファの下。犯人の影もない。隠れた開口部はないかと壁を叩き、窓を当たる。壁はしっかりと頑丈だし、窓もきちんとはまり、弾痕もない。

シムズ車掌は、狐につままれたような顔をして言った。「キロシブは部屋の中で撃たれて死んだ。でも、銃など影も形もない。ドアは内側から閉まっている。ほかに出入り口もない。おまけに部屋は死体だけで、もぬけの殻。犯人はどこへ行ったんでしょうか？　煙となって消えたとでも？」

「そうかもしれませんよ」オスカー・クンが、唐突に言った。「なぜなら、床に灰がある」

ポールはしゃがみ込んだ。部屋の中央の床に、ヘンリー・キロシブの遺骨が納まっていた黒い壺が転がっている。そして、今となっては床のあちこちにその中身がこぼれ散っていた。ポールはそっとそれをすくい、壺に入れた。

「犯人にこれを持ち去る暇はなかったようだな」

彼らはドアをばたんと閉め、部屋を出た。

アーウィン・ウィルキンズ医師は、妻を連れ、マイアミ・ビーチへ旅するところで、温かい寝床から引きずり出されて冷たい遺体を見ることには強い難色を示した。だが結局、死亡の確認を行い、見てのとおりの情報を伝えた。死亡時刻は午後十一時十五分頃。即死。額こめかみの上部に被弾――。

「一つ言っておきたいことがあります」ウィルキンズ医師は、調べが終わり、遺体が運ばれていったあとに告げた。「あの方はベッドで亡くなったのではありません。部屋の中央で殺害され、床に倒れました。犯人は死体を下のベッドへ引きずり、あの位置に寝かせたのです。床のそここここに引きずった血のあとが見えますからね。それでは、皆さん。ご健闘を！」

ポール・ドーンは車掌とともに残された。

「やれやれ、それにしても」シムズが、頭をかきながら言った。「どうして犯人は、こんなことをしたがったのか。死体をそこいらじゅう動かすなんて。意味がわかりませんよ」

「おそらく」ポールが答えた。「部屋の真ん中に空間を作るために、死体をベッドへ置いた」

「何のための空間です？」

「消えるための、だな。いいかい、そういったことは、どこでもできるわけじゃない。特に、死体が転がっている床では無理でしょう。消えるなんてことは、飛行機で飛び立つようなものだからね。空間が必要なんですよ」

シムズは、また頭をかきむしった。「そんなもんですかね」

ポールは真顔になった。「次の駅の警察に、捜査依頼の連絡をしてくれましたか？」

「はい。ですが、まだしばらくは停車しないんですよ。私はてっきり、あなたが扱ってくださるものと思っていました、ドーンさん」

これは今や不可能犯罪である——ポール・ドーンの管轄の。彼は答えた。「いいでしょう、わかりました」

「いろいろと事情聴取をなさりたいですか、ドーンさん？　乗客全員を起こすのはどうも難しいでしょうが、もしどうしてもとおっしゃるなら……」

「では、まずあなたから始めよう、シムズ」ポールは言った。「キロシブについて、聞かせてください。いったい誰なのか、どのような人物か、といったことを」

「それが、何も知らないんですよ、ドーンさん。二度ほど口を利いただけですから。一度は、彼が切符を寄こしたとき。二度目は、あの壺のことを訊いてきました」

ポールの目がきらりと光った。「で、どんなことを知りたいと？」

「手荷物車両には、どういった荷物を引き受けるのかと訊かれました。それで、大きな荷物しか預からないと答えました。たとえば、トランクとか、みかん箱のようなもの、ペットの類です。彼は、そうですかと礼を言いました。それで終わりです」

「初めはあれを列車に預けようとした。そして、次はぼくの手に……」ポールはそう独り言を言った。「ところで、シムズ、キロシブにはどんな印象を持ちましたか？」

シムズは少しのあいだ考えた。「物静かな人でしたね。自分を出さないような。おわかりでしようか。というより――こそこそしている感じ」

ポールはソファによりかかった。「日本人が嫌いなんだね、シムズ？　なぜです？」

「息子がソロモン諸島に出兵しているんですよ、ドーンさん」


オスカー・クンは、ニューヨークにある中国領事館で仕事をしている。今回のマイアミ・ビーチ行きは出張だったのだが、妻と息子を連れていた。太った中国人のオスカーは、ミセス・クンとオスカー・クン・ジュニアをポール・ドーンに紹介した。妻は中年のおとなしい女性で、夫と似たような愛嬌のある笑みを浮かべている。息子は、あらゆる点で父とは反対の、爪楊枝のように細く小さな少年だった。彼は両親がポールの質問に答えているあいだ、ソファの端にかしこまって座っていた。

「繰り返しになりますが、ドーンさん」オスカー・クンは言った。「事件が起こったとき、下のベッドにいた私は、高いびきで寝ていました。我が愛する息子は上のベッドにいたので、この話が間違いないことを証明してくれますよ」

「リベット打ち機が立てる音より、うるさかったよ、パパ《ポップ》」オスカー・ジュニアが、広東訛りよりもニューヨークっ子のアクセントがずっと勝っている調子で話した。

「いやいや、実に生き生きとした表現で言ってくれるものですな。突然の銃声でたたき起こされ、慌ててぶかぶかの毛織り地のスリッパに足を突っ込み、夜更けでしたが飛び出していったんです。その後の次第は、ご存じのとおりです」

「ドアの前にいたとき、キロシブの部屋からは何も聞こえなかったのですか？」

「ええ、まったく。とはいえ、私も年ですから、耳には自信がないのですが」

「では、クン夫人、あなたは？　ずっと眠っていらしたのですか？」

ポールは、ミセス・クンが不安げに夫へちらりと目をやるのを見逃さなかった。オスカー・クンは、それとわからないほどわずかにうなずいた。夫人は言った。「ずっと何も聞こえませんでした」

「熟睡なさっていたと？」

「はい」

ポール・ドーンはミスター・クンに顔を向けた。「キロシブ博士の印象はどうでしたか？」

クンが答える前に、オスカー・ジュニアが甲高い声で口を挟んだ。「いけすかない顔だったよ」

クンは息子に顔を向けた。「今時の若者言葉で言えば、〝口にチャーック！〟というところだよ」

そして、ポールに向き直った。「若い者はすぐに感覚で物を言いたがりますからね、ドーンさん。しかし、私の持った印象も、息子のそれとそう違いません。キロシブ博士の外見はあまりいい感じとは言えなかった」

ポールは身を乗り出した。「何か嫌なことでもされたり、言われたりしたのですか、クンさん？」

クンはその質問を見通していたというように、笑みを浮かべた。「おそらく民族間の反目という固定観念にとらわれているのでしょう、ドーンさん。中国人の私、クンと、日本人のキロシブ博士という。あの立派な博士を、ただ日本人だからという理由で、私が排除したのではないかとお思いですね。いわば、主義の違いによる殺人と。違いますよ、ドーンさん。まったく見当違いです。昔は私も血気盛んな青年でした。でも、もうすっかり落ち着きましたし、頭に血も昇らなくなりましたよ」

ポール・ドーンはかすかに赤面した。このたっぷりと肉のついた中国人紳士は、思っていたより切れるらしい。こういった曲者《くせもの》を侮るのは禁物だ。「そういう大仰な意味ではなく、よくあるような行き違いはなかったかということだったのですよ、クンさん。以前、キロシブ博士とお会いしたことはありますか？」

「いえ、幸いにも」

「では、クン夫人は？」

「存じませんわ」

「キロシブ博士の名前は聞いたことがありますか、クンさん」

クンは答えた。「ええ。東洋陶器のキロシブ・ブラザーズ社の名は、中国大使館にも聞こえています——いやもっと言えば、ＦＢＩにも知られていますよ」

ポールは眉をひそめた。「キロシブ・ブラザーズ社が、何か不正なことでもしたのですか？」

「いえ、不正をしたわけではありませんよ、ドーンさん。ただ嫌疑をかけられていましてね。開戦してからというもの、キロシブ・ブラザーズ社はいろいろなことで怪しまれていまして。麻薬の密輸、破壊工作、スパイ活動、さらには——殺人。ひどく興味深い会社ですよ」

「なるほど、ひどいな。ところで、先日キロシブ博士の共同経営者が亡くなったとか」ポールが言った。

「先ほど、ヘンリー・キロシブの遺骨を見ましたよね。ですから、死んだんでしょうな」

「彼の死因について、疑わしい点は？」

「確か、肺炎という話でしたね」

「クンさん、この殺人事件について、何かお考えはありませんか？　どうそれがなされたか、誰がやったのかなど」

「神ですわ」答えたのは、クン夫人だった。

「妻は、若い世代の眼には、自分が迷信にとらわれた時代遅れの人間にしか見えないということを、少しも恥じてはいないのですよ」オスカー・クンが言った。「とはいえ、私も妻の意見には賛成です。ハワード・キロシブは罪と暴力に満ちた人生の報いとして、しかるべき最期を迎えた。神の裁きを受けたのです」

ポールは、そんな馬鹿なという顔をした。「もし神が裁いたなら、なぜそれらしい死に様ではなかったのでしょう？　たとえば、稲妻に撃たれるとか」

「それこそ、神のみぞ知る、ですよ」

ポール・ドーンはオスカー・クンの個室のドアを閉めた。だが、すぐさまドアが勢いよく開き、入り口にオスカー・クン・ジュニアが出てきた。ジュニアはポールについて、廊下に出た。

「ぼくなりの推理を、ちょっと話したくて」

ポールは興味深げに少年を見た。「キロシブは神に殺されたと思うのかい？」

「ふん、まさか！　あの部屋にいた誰かにやられたんだよ」

「誰に？」

オスカー・ジュニアはポールに近づき、重大な秘密でも打ち明けるかのようにささやいた。

「あいつの兄さんさ」

「兄さん！」

「そう。あのキロシブは兄さんを殺したんだ。だから、その兄さんの霊魂が遺骨の中にまだ宿っていて、キロシブに復讐した。で、殺したんだよ。どう、すっきりしてるでしょう？」

「なあるほどねえ。すると、遺骨はどうやって銃を始末したの？」

「それはまだ推理中なんだ」


フロリダ特別列車の車室係は、びくついた若者で、本名はジョージ（黒人車室係の呼び名）ではなかった。

「サム」ポール・ドーンは尋ねた。「この一件について、何か知っていることはないかい？」

サムは何も知らないと言い、しきりにそのことを説明した。キロシブ博士の鞄を運びはしたが、ただそれだけだ。その後はその日本人を見ていない。この殺人事件に関して、思い当たることなどまったくありはしない。自分はただの貧しい車室係で、こうして必死で稼ぎを得ながら通信教育で学んでいる。殺人犯などとは一切無関係でありたい。くわばらくわばら、と。

ポール・ドーンも考えあぐねていた。施錠されたドア、見つからない拳銃、ひっくり返っていた骨壺、遺体をきちんとベッドに横たえてから消えた犯人。まるでつじつまが合わない。キロシブは殺されていたが、殺しなど成り立たない状況なのだ。

ポールは殺人現場である個室へ戻った。壺は半分ほど遺骨が入った状態で、床に置かれたままだ。考え込みながら、手に取ってみる。とても軽い。

片手に顎を乗せ、占い師が水晶玉を覗き込むように、壺をじっくり見つめた。頭の中で何かがうごめき始めた。あれだけ重かった壺が、このように軽いとは。先ほどより、ずっとずっと軽い！　すべてが見えた！　ポールは遺骨がこぼれそうになるほど、勢いよく床に壺を置いた。

夜中の一時だというのに、眼をぎらぎらと光らせた若い男が、車掌を大声で探しながら、フロリダ特別列車の通路を駆け抜けていく。そのあまりいただけない光景を、何人かの乗客が目を丸くして見ていた。その彼は、喫煙室のソファで身体を丸めて寝ていたシムズを見つけた。

「シムズ！」彼は怒鳴った。「もうやめるぞ！」

シムズは寝言のようにぶつぶつ何かを言った。

「ほら、やめるって言ってるんだぞ！」

「何をです？」

「この殺人事件。特別個室の不可能犯罪。やめることにした。もうたくさんだ」

「捜査から降りるってことですか？」

「超能力者の仕業に違いないからだよ！」

ポールは頭をかきむしるシムズのもとをあとにした。倒れるように寝床へ入り、「南アフリカの水牛」を示す六文字の単語をパズルに書き入れると、二分後にはあの大男の中国人、ミスター・クン並みの大いびきをかいていた。

マイアミ・ビーチは暑くて陽気で、カーキ色の軍服を着た男たちで溢れていた。ポール・ドーンは十日ほど滞在するあいだ、肌を焼くことに専念していた。ハワード・キロシブとその兄の遺骨のことなど、すっかり頭にはなかった。

ポールがホテルの隣にあるバーにいると、背後から聞き覚えのある声がした。

「ドーンさん。またお目にかかれるとは、うれしいですな」

振り向くと、そこにはオスカー・クンのでっぷりとした身体と、愛嬌のある二重顎があった。

「オスカー・クンさん！　これはこれは。さあ、座って。ハイボールでもいかがです？」

オスカー・クンはバーの小さなスツールに、窮屈そうに巨体をよじって収めた。「失礼を言うようだが、アメリカ人の酒、ハイボールってものは、内臓がやられがちになりますからね。よろしければ、トム・コリンズを少しいただきますよ」

バーテンは注文に取りかかり、二人は改めて顔を見合わせた。

ポールが言った。「お変わりないですね、クンさん」

中国人紳士は会釈をした。「警察のほうも、貫禄も。変わらないようですね、ドーンさん。キロシブ事件の捜査の進展についての記事を読む限り」

「堂々巡りだそうですね」ポールが答えた。「殺しの手口が依然として割り出せない。まあ、ぼくは早めに手を引いてよかったと思ってます」

「地元の刑事は、頭を使わず、ただがむしゃらにやるからでしょうな」クンが言った。「それにしても、ずっと変だなと思っていることがあるんですよ。ドーンさん、あなたのような凄腕なら、仕事や事件を中途半端のまま放っておくなんてことには我慢ならないでしょう。キロシブ事件から降りた理由はわかりませんが、答えを知らずして、断じてあなたが引き下がるはずもない」

ポール・ドーンは年配の男の目をじっと見つめ、そこにからかうような輝きがあるのを感じた。この中国人はポールの秘密を見抜いていたらしい。

「わかりましたよ、クンさん。白状しましょう。ぼくは犯人も殺しの手口もわかっています。そして、まさかとはお思いでしょうが、それを地元警察に言うつもりはないんですよ」

ポール・ドーンはオスカー・クンの目に宿る疑問に答えようとしていた。

「初めにぴんと来たのは、あの遺骨の入った黒い壺を持ったときでした。彼が殺されたあと、壺は車室の床に転がっていた。それを手にしてみると、軽かったんですよ！　あの晩、キロシブ博士は食事の席で同じ壺を見せてくれたんですが、そのときはものすごく重かった。だから、まったくおかしな話だと思いましてね。

夕食のときに持った壺には、遺骨が入っていた。事件発生後の壺にも、同じように遺骨が入っていた。そこで考えられる答えは一つ。夕食のとき、あの壺には遺骨のほかに何かが入っていたということです。そして、それが何にせよ、殺しのあとにはなくなっていた。つまり、壺から抜き取られたんですよ。その謎の代物は犯人が取ったと考えるのが妥当です。殺人の動機は強奪です。だが、キロシブも言っていたように、遺骨が目当てではない。その下に隠されていた何かがほしかった。

いったいそれは何だったんでしょうね？　なぜキロシブ博士は、それが盗難に遭うと考えたのか？　そして、どうしてそんな変わったところに隠したのか？　いまだにその辺がよくわからない――だからといって、答えが変わるわけじゃありません」

ミスター・オスカー・クンは恐れ入ったというようにうなずいた。「実に鋭いですなあ、ドーンさん。キロシブ博士の壺の遺骨の下に隠されていたもの、それは麻薬を入れた、いくつかの小さな金属容器だったんですよ。キロシブ博士は、日本政府の手先だった。マイアミ・ビーチの駐屯兵たちを破滅させるために、麻薬を撒き散らす命を受けていた。私はアメリカ政府の意向を受けて、麻薬がマイアミ・ビーチに着くのを阻止しようとしたんです。やりおおせましたよ」

「そうでしたか、なるほど」ポール・ドーンは言った。「キロシブに、遺骨なんて毒にも薬にもならないものは買い手のつかない棚ざらし《ドラッグ》と同じですよ、と言ってやったんですが、そのとおりだったんですね。やりましたね、クンさん。そして、息子さん、オスカー・クン・ジュニアも。あの子は、要領のいい若き殺し屋だ」

オスカー・クンはため息をついた。「それが一番つらいところです。我が子に、その手を汚すよう仕向けなければならなかったことが。いくら正義のためであろうと、若いオスカーが、この重い事実を特に気にも留めていないようであろうと。実際、息子は『面白かった』と言うだけなんですよ。残酷な現代っ子とでもいうか」

「何と、末恐ろしい!」ポール・ドーンは言った。

「ところで、ちょっと教えてください、ドーンさん。どういった推理で、謎を解いたのですか?」

「あの殺人は、目の錯覚を利用して行われたんですよ」ポールが言った。「あれは不可能な犯罪です。いや、一見、不可能なものだ。それができた方法は一つしか見えてこなかった。ドアは内側から施錠されていましたよね。だから、犯人は部屋を出ることはできない。つまり、ぼくたちが部屋へ入ったとき、あなたが指摘したように、犯人はまだ中にいた。

だとすれば、どこにいたのか？　秘密の抜け穴などどこにもなかった。ドアの陰に潜んでいたわけでもない。ベッドやソファの下にもいない。上のベッドにも。まるで煙と消えたようだった。あれだけ捜したのに、いなかったんですからね。

でも、一つだけ、見落としたところがあったんです。あの部屋で一箇所だけ、触れもしなかった場所がある。ベッドですよ！　ベッドは、キロシブ博士の遺体が占領していた。だから、近づいてもみなかった。ところが、身を隠すにはベッドが絶好の場所だったんです。ベッドの上は格闘があったかのように、乱れていましたよね。でも、なぜそうだったのか？　キロシブは部屋の真ん中で殺された。だったら、ベッドが荒れ放題なわけがない。犯人が意図して乱さない限りは。とすれば、なぜ犯人はそうする必要があったのでしょうか、クンさん？　乱雑なベッドほど人の目を欺きやすいものはないからです。子どもの頃、ぼくも親に寝ていると思わせるために、枕をそれらしい形にしてベッドの中に押し込んでおいたものです。そのトリックは、いつもうまくいきましたよ。布団やシーツのでこぼこや皺、折り目は格好の目くらましになる、これが結論です。つまり、三フィートかそこら離れた場所から乱れたベッドを見た場合、人がその中にいるのかどうかの見極めはできないんですよ。

ましてやベッドの上に遺体があれば、そのほかのところに注意は向かない。それに、隠れていたのが、まだ十三歳の痩せっぽちの男の子であれば、間違いなく狭い空間に身体を押し込むことはできる。で、あなたのすごい息子さんなら、それができたと睨んだ。息子さんは部屋に入り、キロシブ博士を父親のリボルバーで撃ち、壺から麻薬を抜いて、死体をベッドに上げた。そして、自分もベッドに上がり、死体の下に潜んだ。そのあと、ぼくたちが去って見つかる危険がなくなったら、こっそり部屋を抜け出した。きわどいところだったでしょうが、あの子はまんまとやってのけた――いや、もちろん、事前にオスカー・クン・シニアから、入念な手ほどきは受けていたでしょうが」

クンはポール・ドーンを称賛の目で見つめた。そして、からからと笑った。「ドーンさん、いやはや、たいした腕ですな。それにしても、どうして地元警察に言わないのですか？」

ポールはかすかに笑った。「ぼくもあなたと同じように、どうしても日本人が憎いんですよ、クンさん」

今や、あなたは本作を――不可能犯罪を解く男、ポール・ドーンの第二の事件を――読み終えました。そして、私たちは、楽しんでもらえたことを信じています。ではここで、本誌編集者は、以下の型破りな質問をさせてもらうことにしましょう。

ヤッフェ氏の物語における〈誤り〉とは何でしょうか？　あなたはそれを指摘できますか？　それとも、あなたは木を見て森が見えなくなってしまいましたか？　この〈ミステリ小説の中のミステリ〉の解決を知りたいならば、次のページに進んでください。

「キロシブ氏の遺骨」における〈誤り〉

オスカー・クン・ジュニアは「部屋に入り、キロシブ博士を父親のリボルバーで撃ち、壺から麻薬を抜いて、死体をベッドに上げた。そして、自分もベッドに上がり、死体の下に潜んだ。そのあと、（ドーンたちが）去って見つかる危険がなくなったら、こっそり部屋を抜け出し」ました。

さてさて、一体全体、なぜオスカー少年は「ベッドに上がり、死体の下に潜んだ」のでしょうか？　日本人を殺害し、壺から麻薬を取ったというのに、なぜオスカー少年は、そのあとにすべき自然な行為、すなわち即座に部屋を出て行くという行為をしなかったのでしょうか？　なぜベッドに上がり、父親が犯罪に〝気づいた〟と騒ぎだし、現場に刑事たちを踏み込ませるのを待っていたのでしょうか？　オスカー少年がすぐさま部屋を抜け出して父親の部屋に戻り――クン・シニア氏の庇護の下におさまったその後に父親が大騒ぎをはじめることは、可能だったはずです。それなのに、なぜこんな途方もない危険を冒したのでしょうか？

クン・シニア氏とクン・ジュニア氏（それに、そう、才人ジェイムズ・ヤッフェ氏も！）の共同犯罪は、真実らしさという狭い道を踏み外してしまい――ただ単に、ポール・ドーンに、もう一つの〝不可能〟犯罪を提供しただけに終わってしまったのです！

ここで指摘した基本的な〈誤り〉について、才人ヤッフェ氏は二度とくり返さないであろうことを、本誌編集者は確信しています。……とはいうものの、私たちの本音では、われらが少年作家の〝未熟さ〟や〝免れ得ぬが許してしかるべき過ち〟といったものをすべてひっくるめて好きなのです。こういう自然さや人間らしさは、彼が一人の作家である証《あかし》なのですからね。探偵小説の未来にとって、これはすばらしく良い予兆ではありませんか。

七口目の水

The Seventh Drink

エラリー・クイーンのルーブリック

本誌一九四三年七月号において、私たちはみなさんに、少年作家の手になる探偵小説の第一作をお目にかけました――当時十五歳のジェイムズ・ヤッフェの「不可能犯罪課《DIC》」を。このとき、本誌編集者は、才人ヤッフェのプロット上のアイデアについて、かなり以前に用いられた古典的な作品のアイデアと大きな類似点を持つことを指摘しました。ただし、ヤッフェ少年は手に入れた古い栗(「おなじみの話」の意味あり)を最新型のオーブンで焼き上げ、自作のレシピによる新しいソース(「面白味」の意味あり)をかけたのです。従って、できあがった料理は、新鮮で刺激的な風味を持っていました。

本誌一九四四年三月号において、私たちはみなさんに、才人ヤッフェの手になる探偵小説の第二作をお目にかけました――ポール・ドーンと彼の〈不可能犯罪課〉のさらなる冒険、「キロシブ氏の遺骨」を。この作によって、当時十六歳だったジミー少年は、新入生の基本課程を終了しました。プロット上の基本的なアイデアが、ずっとずっと独自のものになっていたからです。ですが、まだまだ若く未熟な彼は、構成上の大きな過ちをしでかしてしまいました。本誌編集者はこの短編を掲載する際に、ジミー少年の許可を得た上で、プロットにおける〈誤り〉を〝公開〟しました。ただし、才人ヤッフェに対して公平を期すために、次の事実を記しておくべきでしょう。多くのファンが彼の弁護に押しかけ、「〈誤り〉は編集者の側にあり、作者の側にはない」と熱烈な主張をしたのですよ。

さて、私たちはここで、みなさんに才人ヤッフェの探偵小説第三作「七口目の水」を――〝不可能〟から〝不〟を取り去る名探偵、ポール・ドーンのさらなる功績を――提供いたします。今やジミーは、（言うなれば）ポールの夜明け《ドーン》を二年にわたって味わい、老熟した十七歳という年齢に達しました。ですが、私たちは、お気に入りの少年作家を急きたてるわけにはいきません。経験とは、時間と実践によってもたらされるものであり――二年という歳月と、二作という作品数は、充分とは言えないからです。そして、またしても本誌編集者は、才人ヤッフェが古いアイデアを再加工したと認めざるを得なくなりました。ですが、またしても本誌編集者は、以下の指摘をさせてもらいます。すなわち、今回ジミー少年は、古いアイデアを飾り立てることによって、古い服を使った真新しい三つ揃いのスーツを仕立て上げたと言ってかまいません。上着の襟の折り返しからズボンの裾の折り返しまで、装いは純粋なヤッフェ印で――しかも、これまでより、ずっと想像力に富む外見を見せてくれています。

本誌編集者は、ジミーと良き関係を築き上げていきたいと思っています。――彼ができるすべてのことについて、はげまし、手助けをしたいのです。若きヤッフェに、自らの料理法によって、あらゆる古いアイデアを調理していくことを勧めたいのです。そして、こういった日々が続いたある日、私たちの少年作家は、一つの作品を提供してくれるはずです――いや、彼の弾薬が続く限り、四番めも、十四番めも、四十番めも撃ち続けてくれるに違いありません――どれもみな、一マイルもの幅の広さを持つ、まごうかたなきヤッフェ印の物語を。これらの作品は、新しく、斬新で、非凡なものに違いありません。非の打ち所なく新鮮で、徹頭徹尾独創的なものに違いありません。本誌編集者は、この予言が正しいことに、編集用チップの最後の一枚まで賭けてもかまいませんよ。

では、殺人者と探偵の間で交わされる、驚くべき場面をお読みください――ヤッフェ風〝不可能〟犯罪の幕開きを。

（ＥＱＭＭ一九四四年九月号より）

彼はクロスワード・パズルを置き、来客に顔を向けた。「私、お金がいるんです、ドーンさん、多額に。それも、至急。どうでしょう、賭けをなさってみませんか――二千ドルほど」

ブロンドの女で、年は二十六。見た目はすこぶるよろしい。椅子に座るその脚の形が、彼には目の保養である。

「それは、内容によりますよ。いったいどういった賭けですか、ミス――?」

「ミセスですわ。ジャネット・ディルベリーです。では、はっきり申し上げましょう、ドーンさん。あなたは不可能犯罪――表面的にはほころびがなく、謎を解明できない犯罪がご専門でいらっしゃいますわね。ドーンさん、あなたは、この世に解決できない不可能犯罪など存在しないとおっしゃいます。そうでしょう?」

彼は、この女は何を言いたいのだろうと訝りながらも、うなずいた。

「ドーンさん、私、あなたと賭けをしたいんです。私が不可能犯罪としての殺人をやり遂げたら、二千ドルということで」

ポール・ドーンは椅子に寄りかかり、煙草を吹かした。「おやおや、ちょっと待ってくださいよ、ミセス――ええと?」

「ディルベリー」

「ディルベリーさん。ご冗談でしょう？　小銭稼ぎに人を殺すなどと」

「二千ドルですわ。お話しましたように、私、どうしてもお金がいるんです。ギャンブルの借金で、ちょっと困っておりまして。よくある話で、おわかりでしょうけれど。でも、急いでいるんです。ですから、ドーンさん、一つ賭けてみませんか？」

ポールは咳払いをして時間を稼ぎ、状況判断をした。二千ドルの金で――人一人の命。悪ふざけが過ぎるだろう。だが、気になる話ではある。ジャネット・ディルベリーのような女が主役となれば、なおのこと。美しい脚、美しいスタイル、美しい顔、美しいブロンド、何もかもが美しい女だ。こんな女になら、一度ぐらい殺されてみたいかもしれない。ミセス・ディルベリーを見れば見るほど、彼はこの話に興味が湧いてきた。

「もうすべて、準備は整っているようですね。殺す方法、時間、場所と」

「もちろん、手ぬかりなどありません。あなたさえよろしければ、いつでも殺してみせますわ」

彼女はぐっと身を乗りだした。「何なら、今夜にでも」

「いやいや、今夜はだめですよ」ポールは慌てて止めた。何てことだ、この女は本気も本気、真面目に言っているらしい。「ところで、その運のいいお相手は誰です？」彼はできるだけとぼけた調子で尋ねた。「それとも、まだ決まってはいない？」

「いえ、決まっています。初めは、電話帳から適当に選ぼうかと思いましたが、ちょっと乱暴過ぎるのではないかと考え直して。それで、最終的に、チャールズを殺すことにしました」

「チャールズ？」

「ミスター・ディルベリー。私の夫です。ぜひ、お会いいただきたいわ、ドーンさん。夫はあなたのお仕事にとても関心を持っていますから」

ポールは笑ったが、それは空《うつ》ろに響いた。「チャールズ——ええと——ミスター・ディルベリーは、あなたに命を狙われていることをご存じですか？」

「まさか。そんなそぶりを見せて、動揺させるつもりはありませんから」

ポールは窮して、深々と煙草を吸った。長年、不可能犯罪事件を捜査してきたが、こういった事態に出くわしたこともなければ、ジャネット・ディルベリーのような女にお目にかかったこともない。いったいどこまで冷静で、血も涙もない話だろう。彼は背筋が寒くなった。「いいですか、ディルベリーさん。二千ドルを稼ぐにしても——もう少し、穏便な方法は考えられませんか？」

「割りきって考えましょうよ、ドーンさん。このやり方が、どうしてそんなにいけないんです？　殺人は、古典的な術策の一つですわ」

ポールは生唾を飲んだ。「もし、ぼくがこの話に乗らなければ、ほかを当たるんでしょうね」

「ええ、たぶん」

ポールはうなずいただけで、何も言わなかった。

「さあ、どうです、ドーンさん。犯罪捜査官なら、殺人を最前列で見物するのに、二千ドルでも惜しくはないと思いますよ」

ポールはため息をついた。「わかりました、ディルベリーさん。受けて立ちましょう」

二人は握手を交わした。

ジャネット・ディルベリーは、笑い声を上げて言った。「交渉成立で、ほっとしたわ。さて、その日はいつかお知りになりたいでしょうね」

ポールはうなずいた。

「夫は明日の夜、市の公会堂で講演します。シェークスピアについて。チャールズは英文学教授なんです。八時半ちょうどにおいでになれば、私がチャールズを殺すさまをゆっくり見届けられますわ。それでよろしいかしら?」

「ええ——まあ」ポールは弱々しく答えた。

ミセス・ディルベリーはにこやかに笑いながら、席を立った。「では失礼します、ドーンさん。重ねてお礼を申し上げますわ。どうぞご心配なさらないで。青酸カリを使いますから、すぐにことは終わるでしょう」

そして、彼女は去っていった。


殺人捜査局のスタンリー・フレッジ警視は顔を紅潮させた。

「どうして行かせたんだ、馬鹿野郎! 何で逮捕しなかった?」

「何の容疑で? あの女はまだ誰も殺しちゃいない。いかれた女なんだろうが、とにかく明晩までは殺人犯ではないからな」

「だったら、説得して思いとどまらせるべきじゃないか。忘れるなよ、ポール。不可能犯罪課は殺人捜査局の一班だってことを。法と秩序を守るのが我々の務めだ。亭主に毒なんぞ盛ろうっていう女には、そんなことに精を出すなどもってのほかだと諭すのが役目だろう」

「『犯罪は割に合わない！』とか何とか言えって？」ポールは苦々しげに首を振った。「今回ばかりは無駄だな。あの毒婦ディルベリーが、文字どおり夫に一服盛ると決めたからには、何があっても止めることはできないさ。よく考えてみろよ。夫は、すでに解剖を待つ死体も同然だ。我々にできるのは、犯行現場に居合わせて、女を刑務所送りにすることだけだ」

「だが、まんまとやられたらどうする？」フレッジは言った。「それが不可能犯罪であって、きみに解決できなかったら！」

ポールは嫌気がさしてきた。「なら、二千ドル払うってことになるな。あーあ、この件でそんなにかっかするなら、話さなきゃよかったよ。さ、行ってくれ、フレッジ――明晩、八時半に会おう」

「すみません」ポール・ドーンは小声で言い、二人の老婦人の膝をまたぐようにして席に着いた。身をよじってコートを脱ぎ、周りを見る。公会堂はほぼ女性が埋めつくしているようだ。ミンクを気取っているつもりが実は兎の毛で、しかも虫食いあとのあるコートを着た年配の女教師。ノートを片手に、大きな黒縁眼鏡をかけ、ガムを嚙む十代の女学生。そして、声高に笑う中年主婦たちはいかにも婦人文学クラブの会長ふうだが、実際にそうらしい。

ポールは緊張と不安を覚えたが、それでもスタンリー・フレッジほどではなかった。彼は首筋まで赤く染め、汗をにじませ、隣に座っている。

ポールは声を潜め、話しかけた。「場末の酒場で殺し屋と撃ち合ったり、阿片屈へ怪しい東洋人を追ったりと場数を踏んできたベテランとしては、シェークスピアの講演会で毒殺犯を見張るなんて、どんな気分だい？」

「懐かしき名門女子大生の頃ってとこだ」フレッジは不機嫌に答えた。「花の首飾りはどこへ行ったってな」

ポールは笑って、演壇を見上げた。椅子が三脚と演台が置かれ、その演台に水入りのコップが、ぽつんと取り残されたように載っている。椅子には、痩せた老婦人、眼光鋭くでっぷりと太った男、三番目にジャネット・ディルベリーが聴衆に涼しい笑顔を向けながら座っていた。ポールは肘でフレッジの脇を軽く突いた。

「ほら、あのコップ」

フレッジはコップに目を凝らした。「ただの水じゃないか。それがどうした？」

「ただにしちゃ、何か匂うな。そう思わないか？　もっとよく見てみろよ」

「演者は話すとき、前にコップを置いておくものだろう。何か問題あるか？」

「問題？　そうなんだよな」ポールは目を閉じ、椅子にもたれ、考えこんだ。「チャールズ・ディルベリーは本日の講演者だ。それで通例どおり、演台に水入りのグラスが置いてある。だからといって、ぼくは何に引っかかるのか？　フレッジ、ぼくは青酸カリのことが気になるんだ。あの水入りコップは、今までに見たことがないほど胡散臭いな」

「どうしてそんなに胡散臭い？」

「今、ずっと見ていて、おやと思った。フレッジ、あのコップには——おい、この新しいスーツに唾を飛ばすなよ——わびしさが漂っているよ」

「わびしさ！」

「そうさ。ほら、お決まりの旅のお供、あの水差しはどうした？　ジュリエットなしのロミオか。イヴの消えたアダム。漫画なら、さしずめ、ジェフのいないマットだな。あのコップには、付き物の水差しがない。おかしいだろう」

フレッジは両手を握り合わせ、開いて、また握った。「何が言いたい——？」

「しっ！」ポールは促した。「退屈な話の始まりだ」

壇上の痩せた老婦人が椅子から立ち上がり、晴れやかな顔で演台へ進んだ。会場のざわめきがぴたりと止まる。彼女は前置きのように、か細い指で演台を小刻みに叩き、コップの水を一口含むと、ネズミが鳴くような声で話しはじめた。

「皆様、ようこそお集まりくださいました」彼女はここで、ふっと小さく笑った。「ここに本日、アメリカでも著名な——」一口水を飲む。「シェークスピア研究家であられる先生をお招きできますことを、心より光栄に存じます。かかる優れたシェークスピア学者が——えー、シェークスピアについて、どのようなお話をお聞かせくださるか、皆様心待ちにしていらっしゃることでしょう。それでは——」小さく笑い、水を含み、笑みを浮かべる。「チャールズ——えー、ディルベリー先生です」

ぱらぱらと拍手が起こり、ディルベリー教授が登場した。三十代。自信に溢れており、『ハッピー・デイズ・アー・ヒア・アゲイン（一九三〇年代ヒットの米ポップス）』の歌でも聞こえそうなほど、楽天的で快活といった典型だ。話はいつも、軽妙なエピソードから始まり、アブラハム・リンカーンの名言を引いて終わる。彼はせわしなく揉み手をし、笑顔を振りまきながら演台に向かった。開口一番、司会の老婦人に対して「ありがとう、ミセス・ビーグル。ありがとう、ありがとう」と礼を言った。愛想のいいやつだなとポールは思った。

教授は講演原稿の束を台に置いて、姿勢を正し、てきぱきと型どおりにこなしていく。わきまえながら軽く咳払いしたあと、ゆっくりと水を飲む。

「紳士淑女の皆様」決まり文句か、とポールは思った。「先ほどミセス・ビーグルより、シェークスピア学者としてご紹介をいただきましたが、それでちょっと愉快な話を思い出しました。今朝、大学へ向かう途中――」

「漫談か！」スタンリー・フレッジが唇の端でつぶやき、あくびをかみ殺した。ポール・ドーンは身を乗り出し、片目で怪しいコップ、もう片目で教授を見ながら、その両目の端でミセス・ディルベリーを捕らえている。だが、今の彼女は、まさに夫殺しを企む気配など、これっぽっちも感じさせない。虫も殺さぬ顔で、夫のスピーチに熱心に聞き入っている。

「ミセス・Dを見ろよ」ポールが警視に耳打ちした。「初めて聞くから興味津々だって顔だな。たいしたタマだよ。そのうえ、美女ときてる」

フレッジは答えた。「あのルネッサンス期ローマの毒婦、ルクレツィア・ボルジアはブロンドだったか？」

「ルクレッツィア・ボルジア！　おっと、あの水から目を離さないでくれよ」

そのとき、コップがディルベリー教授の口元へ運ばれた。「エイヴォンの歌人として称えられつづけるシェークスピア。その不朽の名作の数々が与えてきたものは――」ごくりと水を飲み、コップを台に置く。ポールはさっとミセス・ディルベリーに目をやった。何一つ表情は変わらない。「――なぜなら、シェークスピアはよく語られるように――」

十分後、ポールは依然として壇上に目を凝らしていた。フレッジもあくびを連発している。ミセス・ディルベリーは椅子に座ったままで、教授もまだ元気だ。

「――若かりしシェークスピアが仕事で恵まれなかったのは――」コップの水は今や半分ほどに減り、さらにわびしく不気味に見える。だが、何も起こらない。ジャネット・ディルベリーが夫を殺すなら、もうあまり時間がない。そして、ポールは依然としてコップの水に翻弄されている。

フレッジが言った。「いつになったら、あのご大層なコップは芸当を見せるんだ？　あの女が殺さないなら、私がやってやろうか」

「――彼の初期作品の雰囲気は、全体的に陽気で叙情的なものであり――」ディルベリー教授はコップを取り上げ、水を大きく含んだ。「――陽気で叙情的な――」

とそのとき、それは起こった。

ディルベリー教授は硬直した。突如、激痛に襲われ、顔を歪めて喉をかきむしっている。口を開けようとするが、断末魔の叫び声さえ上げることができない。何も言えぬまま、がっくりと膝を折り、演台を突き倒すかのように、床に転がった。

一瞬、会場は恐怖に凍りついた。そしてすぐに——悲鳴で騒然とした。ポールは入り乱れた光景をいっぺんに見ていた。倒れた人間。演壇に急行するスタンリー・フレッジ警視。ミセス・ディルベリーの顔。それは、無表情すぎるがゆえに、強く目に焼きついた。だが、彼に全体をさらに注意して見る余裕はなかった。なぜなら、緊張が走り、混乱を呈する会場で、ポールの目は、半分水の残った演台のコップに、呪いでもかけられたように吸いつけられていたからだ。コップは、ぽつんと取り残され、無害を装っている。が、その実、たっぷりと青酸カリが仕込まれていたのだった。

「どう考えても不可能だ!」

「そうですね。でも、実際こうなったんですから」

「だが、あり得ないことじゃないか!」

「でも、あり得たんです。保管所に死体だってあるし。何なら、死体にかけ合ってくださいよ」

事件の翌朝は、冷え込み、薄暗かった。ポール・ドーンは机に向かい、スタンリー・フレッジ警視が検死官に声を張り上げるさまを見ていた。検死官の所見が正しいことはわかっている。オズワルド・モーティマー医師がこうだと言えば、事実そのとおりなのだ。モーティマーが、チャールズ・ディルベリーの死因は青酸カリの飲用と判断すれば、チャールズ・ディルベリーは、やはり青酸カリによる中毒死ということになる。

「いや、そんなはずはない」フレッジは引き下がらない。「もう一度、一から一緒に見直してみよう」

「勘弁してくださいよ」モーティマーは、ばたんと鞄を閉じた。

「青酸カリは即効の猛毒だ。飲んだとたん、死んでしまう。そうだろう?」

モーティマーはコートの袖を通しただけで、何も答えなかった。

「所見では、ディルベリーは青酸カリを多量に服し、死亡ということだな。そして、コップの水には多量の青酸カリが含まれていた。だが、ディルベリーは事切れる前に、あのコップから少なくとも六度、水を飲んでいた。それでも、しばらくは何ともなかったんだよ。それに、ディルベリーを紹介したミセス・ビーグルも、三度水を飲んでいながら、昏倒することはなかった。つまり、彼が講演しているあいだ、毒物はコップの中になかったということになる。然るに、それはディルベリーが最後の一口を含む直前に混入された。そうだろう?」

モーティマーはコートのボタンを留め、マフラーを整えた。

「だが、私は、講演中、ずっとあのコップから目を離さなかった。ポールとて、そうだ。おまけに二百人ほどの聴衆も見ている。誓って言う。ディルベリーのスピーチのあいだ、ほかの誰一人、あのコップに近づきさえしなかった。ならば、果たしていつ、ミセス・ディルベリーは青酸カリを水に仕込んだのか? いつでもない。それが答えだ。そんなことをすれば、嫌でも二百人もの聴衆の目に留まる。同じ理屈で、何人《なんぴと》たりとも毒を水に混入させようもない。だとすれば、毒はどのようにして盛られたのか？　透明人間の手によるもの。それが答えだ。だが、当の透明人間は、現在ハリウッドで撮影中ときた。つまり、結論。この一件は、発生不可能である。そうだろう？」

モーティマーはうなずいた。「そのとおり。不可能ですよ。ただし、発生したんです。それでは、よろしく。ま、うなされないように」

「おい、ちょっと待て――」フレッジは呼びとめたが、ドアは閉まった。警視は涙目で、ポールに顔を向けた。「昔々あるところに、水入りのコップがあったとさ。いやいや、間違いなく、私たちのまっすぐ前に、十五分ほど。男がその水を六度飲んでも――六度も――何も変わりはありませんでした。だから、水に毒は入っていませんでした。やがて、男は七口目の水を飲みました――そして、死んだのです。あっという間に！　だから、それは毒入りの水だったのです――まったく、いつそうなった？　誰が入れた？　この目は答えを知っている。誰も入れてやしない！　頭がおかしくなるよ！」

ポールは思案顔で、煙草を吹かした。「ちょっとした矛盾だな。二百人の聴衆と二人の刑事が、コップに細工をした人間はいないと言う。胃袋にたっぷりと青酸カリを入れて死んだ一人の男は、誰かが細工をしたと言う。この混沌に秩序を与えるものは何か？　目の錯覚？　幽霊のしわざ？　それとも、オカルトもののコップとでも？　困ったもんだよ」

「くそっ、あの女！」

「ミセス・ボルジアか？」

「ああ。未亡人ディルベリーだよ。まんまと賭けに勝ちやがった。これはまさしく不可能犯罪だ！」

「教養講座コップ殺人事件か。手品さながらでございい。はい、消えますよ、ほら、消えた……」

ポールはひょいと立ち上がった。「ここは、ジャネット・ディルベリーと話すのが筋だな」


「ご機嫌いかが、ドーンさん」彼女は朗らかに言った。「二千ドルの貸しですわね」

「座ってください」スタンリー・フレッジが言った。その声は威圧的だった。

「ありがとう」彼女は脚のラインを誇示するように、科《しな》を作って腰かけた。「二千ドルよ、ドーンさん」なまめかしい笑みを見せた。

スタンリー・フレッジはぐいと顎を上げながら言った。「どうしてコップに毒が入っていたんです？」

「もちろん、誰かが入れたからですわ」

「誰が？」

「私よ」

「いつ入れました？　ご主人が講演を始める前にはできなかったはずだ。もし入れていれば、ミセス・ビーグルは水を飲んだとたん倒れただろうし、ご主人も一口目で亡くなっている」

「ところが、七口目になってからですものね？」

「ちゃかすとは何だ」フレッジは声を荒らげた。「講演が始まってからも、仕込むことはできなかった。あのような衆人環視の状態では」

彼女は警視を無視して、ポールに顔を向けた。「まさしく不可能殺人の様相を呈していますわよね?」

ポールは渋い顔でうなずいた。

彼女は立ち上がり、ポールの机に近づいた。「では、お二人とも探偵ごっこはやめにして、降参してくださいな。二千ドルを頂戴して、失礼しますわ」

「まだ降参はしませんよ、未亡人」ポールが答えた。「今のところ、計算が合わないだけです。少し時間をいただきたい」

彼女は不敵な笑みを浮かべた。「どうぞ」そして、椅子に戻り、また脚を見せびらかすようにした。たいした自信だなとポールは思った。ぼろは出さないと確信している。まあ、現状を見れば、さもありなんというところか。

「ご主人を殺した、と白状するのですね?」

「ええ」

「匙《さじ》にたっぷりの青酸カリをコップの水に入れたのは、間違いないのですね?」

「一粒ですわ。粉末ではなく」

「そんな劇薬をどこで入手しました?」

「夫にもらいました。大学の理学部長に調合してもらったんです。私がチャールズに、青酸カリがほしいと言ったので、頼んでくれました」

ポールは彼女の目をじっと見た。「ご主人は、なぜそんなものがいるのかと訊きませんでしたか?」

「訊きましたよ」

「で、何と言ったんです?」

「あなたには関係のないことだと言いました」

「それでも、あなたのために持ってきたんですか?」

「それはそうでしょう。チャールズはとても——尽くしてくれましたから」

ポールは詰問した。「それなのに、彼を殺したと堂々と言うのですか!」

「はい」

「でも、しぶとく手口は明かさないんですね!」

「そのとおり」

「自分で答えを探せということですね?」

「探せるものなら、そうしてみるといいわ」

彼女は腰を上げ、二人ににっこりと笑いかけた。「あ、それから、ドーンさん。小切手を切るとき、ディルベリーの綴りは〝l〟が二つですから」

ミセス・ソフィー・ビーグルは、今回の講演会を主催した〈ニュー・ロシェル婦人読書会〉の会長だが、不幸なディルベリー教授とのつき合いはまだ浅かった。何とお気の毒なことでしょう。

あのように素晴らしい方ですのに。まだまだ人生の盛りでいらしたじゃありませんか。ミセス・ビーグルは、愛する夫に先立たれたあと、これほどまでに嘆き悲しんだことはないというほどの落ちこみようだった。

そして、堰を切ったように亡夫の思い出話を始めたミセス・ビーグルに、ポールは何とか水を向けた。「昨晩、ディルベリー教授とご一緒に壇上にいらっしゃいましたね。そのとき、何か怪しいものなどは見ませんでしたか？」

ミセス・ビーグルの目が輝いた。「まあ、どきどきするわ」声が上ずっている。「何かぴんと来なかったかということですね？　珍しい香水の匂いがしたとか、ディルベリー教授の右手の指が一本なかったとか、それとも――」

まずい、頭に入れておくべきだった。ミセス・ビーグルが探偵小説好きとは！　その目が執拗に光り、ミステリ狂であることを物語っている。ポールは慌てて止めた。「いやいや、そんなに大げさなことではなくて、ビーグルさん。講演のあいだ、ディルベリー教授のコップに触れた人などは見ませんでしたか？」

ミセス・ビーグルは首を振った。

「教授は話の途中で、何かコップの中に落としませんでしたか？」

ミセス・ビーグルは大きく頭を振った。講演中、今は亡き教授にずっと注目していたが、教授はもちろんのこと、誰一人、水に細工をした者はいないと断言した。

「あなたがコップから水を飲んだとき」ポールは尋ねた。「何か変わった味や匂いに気づきませんでしたか？」

ミセス・ビーグルは何も気づかなかったことが悔しいようだったが、そのとき、水はまったくの無味無臭だったらしい。薫物《たきもの》のような甘ったるい味もしなかったし、南米インディオが毒矢に用いるクラーレが舌に残ることもなかった。ましてや、推理小説にはつきものの小道具、ビターアーモンド臭などかけらも感じなかった。「でも」ミセス・ビーグルは言った。「昨夜の講演会で、奇妙に思えたことがありますの。ぎくっとしましたので、印象に残っています」

ポールは身を乗り出し、詳しく聞かせてくれと頼んだ。

「ええ、ええ！　壇上に座りながら、会場を見ていたのですが、何か匂うなと思ったんです。ひどく怪しげで」

フレッジが促した。「ほら、だから、何が？」

「客席に、二人の怪しげな人物がいました。様子の変な二人でした。二列目に座って、講演のあいだずっと、教授のコップを凝視していたんですよ。挙動不審でしたわ。ずっとそこに座ったまま、コップだけに視線を向けていたんですから」

「それで」ポールはせかした。「どんな人相でした？」

ミセス・ビーグルは口ごもった。「ええと。一人は三十過ぎの男性で――あなたぐらいですわ、ドーンさん。身長は六フィートほど、髪は薄茶色――ちょうど、あなたのような。もう一人は、四十代、小柄でずんぐり、黒髪に落ち着きのない目。それに、怒りっぽいのか首が赤くて――あなたのように、警視さん。二人とも、邪悪な感じがしましたわ」

ポール・ドーンは目を閉じ、大きく息を吸った。スタンリー・フレッジはミセス・ビーグルを睨みつけ、口の中で何かをつぶやいた。それは、およそ礼儀に欠ける言葉だった。

「公会堂で講演会が行われるときは、理事の一人が舞台に座ることになっているんですよ。私もその一人です。理事でして」ミスター・バーナード・レミントンは含み笑いをし、先ほどはミセス・ビーグル、その前は冷血女のミセス・ディルベリーが腰かけていた椅子に、巨体を揺らして沈めた。昨夜、ポールが客席で見咎めた鋭く狡猾そうな目つきで、探るように見つめている。

「被害者に会ったのは、昨夜が初めてでしたね、レミントンさん?」

「いえ、そうではありませんよ。チャーリーと私は、学生友愛会の同胞でしてね。実は、Z《ゼータ》・B《ベータ》・T《タウ》なんです。私は一九一〇年の期で、彼は二八年。Z・B・Tの晩餐会で、よく見かけたものです」

「昨晩、公会堂で講演することはお聞き及びでしたか?」

「いえ、まったく。講演会があるから、舞台に座るよう言われ、行ったところが——ほかでもないチャーリー・ディルベリーのものだった。世の中、狭いですね」何気なく、彼は椅子のひじかけについていたブロンドの髪の毛を払い落とした。

ポールは訊いた。「ディルベリー教授の講演中、何かおかしなことに気づきませんでしたか?」

「と、おっしゃいますと?」

「ええ、ディルベリーさんの水のコップを誰か触ったとか」

「いえ、誰も――チャーリー以外は。間違いありません」

ポールは目の前の大男の表情をじっと読んだ。「誰が教授の水を用意したのですか、レミントンさん？」

「誰が、ですか？」レミントンは頭を掻いた。「二階に宴会広間があり、そこに小さな調理場が併設されています。その流しで、誰かが水を汲んだのでしょう」

「その人は誰です？」

「さあ、わかりませんね。彼の奥さんじゃないですか」

「どうしてそう思いますか、レミントンさん？」

レミントンは軽く咳払いをした。「特に理由はないですよ。さあて、そろそろ引き揚げてもいいでしょうか――ああ、そう言えば」レミントンはドアを開けかかり、足を止めた。「チャーリーが話しているとき、ちょっと様子が変だと思うことがあったな。今、思い出しましたよ」

「聞かせてください」

「チャーリーは、シェークスピアの作品は時代を超えて生きつづけているとか何とか、そういう話をしたあと、一息入れて水を飲んだんです。そのとき、おや、と思いました」

「どんなことで？」

レミントンは、思い出しながら怪訝な表情を浮かべた。「顔をしかめたんですよ。鼻に皺を寄せて、こんなふうに、唇をへの字にしました。腐った卵の匂いをかいだときのような。何か嫌な味がしたのかなと思いましたね。この話は何かの手がかりになりますか？」

ポールはゆっくりと首を振った。「さあ、どうでしょうか」

ポールは仕事部屋で一人になった。少しのあいだクロスワード・パズルに向かったが、横の鍵十四で五分ほど難渋し、いったん諦めた。目を閉じて椅子に寄りかかり、胸の前で腕組みをし、世界周遊の船旅に出ている自分を想像した。だが、それにもうまく集中できない。二百人を前にした不可能犯罪、ディルベリー事件に、どうしても頭が行ってしまう。

これほどまでに謎のない謎には、ついぞお目にかかったことがない。初っ端《しょっぱな》からすべてがあからさまで、煮るなり焼くなりしてくれという事件ときている。あらかじめ、犯人が踊りこんで殺人の予告をした。のみならず、その標的、場所と時間、動機、手段まで告げ、あげく、現場を見届けろとうそぶいた。そして、犯行に及ぶに、彼女は、密室や路地裏といった安全策を取らず、二百人が見守る講演会の壇上で、堂々とそうした。そのうえ、その中の二人は、言われたとおりそこへ出向き、手をこまねいていただけだった。要するに、ミセス・ディルベリーは新聞紙上で殺人予告をしたのと同じで、警察の面目は丸つぶれというものだ。

けたたましい電話のベルで、ポールの思考の流れは中断した。

「こちら不可能犯罪課。おはようございます。あいにくですが、ミスター・ドーンは突発性眩暈《めまい》に倒れ、一九八五年まで長期療養をいたします。それでは」

「フレッジだ。ふざけるなよ」甲高い声が聞こえた。「ディルベリー事件における新展開だ。モーティマー検死官が例のコップから、青酸カリとは別のものを発見した」

「当ててみようか。三巻セットのウィリアム・シェークスピア全集だろう」

「大はずれ。石鹼の小さなかけらだよ」

「何だって！」ポール・ドーンは壁から電話線を引きちぎりそうになった。「もう一度言ってくれ」

「鑑識が、殺されたディルベリーのコップから、石鹼のかけらを見つけた。ごく普通の、手洗い用石鹼だそうだ」

「石鹼！　そうか、そうか！　石鹼か！」

「ああ。何かわかったのか？」

「石鹼とはな。美しくも素晴らしき石鹼なり。今後は日に三度、風呂に入ることにするよ」

「ポール、気でも狂ったか？」

「ああ、軽くね」彼は上ずった声で言った。「さて、よく聞いてもらいたい。ちょっと頼みがあるんだ」


その夜八時半、五人の制服警官が、公会堂の前を行きつ戻りつ警備していた。寒そうな顔をして、手袋をこすり合わせ、頰を膨らませている。

公会堂では、やや興奮し、やや苛ついた五人の男女が集い、奇妙な殺人事件の再現をするという奇妙な夜を過ごしていた。演壇は前夜と同じく仕立てられ、三つの椅子と演台、もちろん水入りコップも置いてある。上気して息を弾ませるソフィー・ビーグル未亡人、張りつめて油断のないバーナード・レミントン、いつもと変わらぬ冷静でにこやかな様子のジャネット・ディルベリーが、二十四時間前と同じ椅子に座っている。スタンリー・フレッジ警視は、この再現劇を危ぶむ面持ちで客席にいる。

「では」ポール・ドーンが機嫌よく言った。「ぼくが、犠牲者の役をやります。物好きなと思われるかもしれませんが、どうぞご理解ください。ハムレットを気取ると、ぼくの酔狂にも筋道あり、というところです」

「酔狂にもほどがある」レミントンが皮肉った。

「ぼくは、昨夜チャールズ・ディルベリーが殺害されるに至るまでの状況を、できるだけ正確に再現したいのです。さあ、ビーグルさん、ぼくを聴衆に紹介してください」ポールが言った。

ミセス・ビーグルは自信がなさそうに彼を見た。

「尻込みしないで。さあ、ご紹介ください」

彼女はおずおずと前へ出た。「お集まりの——こほん——皆さん。ここに、ポール——いや、チャールズ・ディルベリー教授をご紹介します」これでいいかと確かめるような顔で、ポールのほうをちらりと見た。

「結構です。では、水を飲んでください」

「は?」

「水を飲むんですよ。昨夜と同じように。コップから水を」

ミセス・ビーグルはしかたなく一口水を含み、よろよろと椅子に戻った。

「ドーンさん、こんなことに意味があるとは思えません――」レミントンが口を挟んだ。

「しーっ！」ポールが黙らせた。「ディルベリー教授が話しはじめるところです」「問題はありませんね、ミセス・D？」

ジェネット・ディルベリーは笑みを返した。「〃11〃と綴ってくださいね、ドーンさん」

「続いて、教授です」ポールは咳払いをした。「ありがとう、ミセス・ビーグル。ありがとう、ありがとう。紳士淑女の皆さん、ただ今ミセス・ビーグルから、シェークスピア学者とご紹介をいただきましたが、それでちょっと面白い話を思い出しました――云々かんぬんと続きますが、今は割愛します。昨夜の講演で十分でしょうから。ですが、ここから、時系列に従い、厳密な再現を試みます。今から十五分間、完全な沈黙を守ってください。時折聞こえるのは、死者のつぶやきと、ぼくがコップから水を喉に流し込むかすかな音だけです」

時間が過ぎていく。三分経つところで、ポールは水を飲み、発声した。「一口目」また沈黙。六分経過で、また飲み、「二口目」と告げ、沈黙。八分経過。「四口目」そのあと、つけ加えた。「しかめ面を伴います」ポールは顔をしかめた。「こうですね、レミントンさん」レミントンがうなずく。

十一分後、ポールが言った。「五口目」さらに二分経過。ミセス・ビーグルは興奮から肩で息をしている。レミントンは用心し、隙を見せない。スタンリー・フレッジは、客席の最前列で舞台を睨みすえている。ジャネット・ディルベリーは冷然と表情を変えぬままだ。

十三分後。「六口目。水がちょうど半分になったのをお気づきでしょう。あと二分で、ぼくは七口目を飲みます——つまり、最後の一口です。でも、その前に皆さん、一口ずつこの水を飲んでみてください」

ポールは順にコップを渡した。皆、水を軽く含む。彼が尋ねた。「どんな味がしますか?」

「ただの水だよ」スタンリー・フレッジが口を尖らせた。

「別に、変な味ではありませんよ」レミントンが言った。

「私も」ミセス・ビーグルが続ける。

「いったい、何のつもりだ?」スタンリー・フレッジが業を煮やして言った。

「しっ! 知りたがりはやめてくれ。静かに、待って」ポールが腕時計の針を見つめるあいだ、皆は待った。

「十五分」ついに彼は告げた。コップをしっかり握り、高く差し上げて、ミセス・ディルベリーに向いた。「皆さん、不可能殺人に乾杯——」水をぐいと飲んで、大きな笑みを浮かべた。「——そうは言っても、結局、不可能なことではなかったのです。もう一口ずつ、飲んでいただきたい」

また順にコップが回され、皆は水を試した。

「味が変わった」直後に、レミントンが漏らした。

「変な味ね」と、ミセス・ビーグル。

「やれやれ、ポール」フレッジが言った。「アスピリン錠の味じゃないか」

「まさしく、そのとおり」ポール・ドーンが答えた。「アスピリン錠だよ」

フレッジは眉根を寄せて、ポールを見た。「二分前、そのコップから水を飲んだときは何の味もしなかったのに」

「その同じ水が、つい今しがたは――」

「アスピリンの味がした。その二分のあいだに、どうやって錠剤がコップに滑りこんだんだ？　つまり、前の六口目と今の七口目のあいだに」

ポールはジャネット・ディルベリーにまっすぐ視線を向けた。「昨晩、チャールズ・ディルベリーが六口目を飲んでから、七口目を飲むまでのあいだに、青酸カリの小さな粒が水に混じったのと同じさ」

フレッジは目を丸くして、口をあんぐり開けた。

「鳩が豆鉄砲を食らったって顔だな、フレッジ」ポールが言った。「これは目の錯覚でも何でもないんだ。すごく単純なトリックだから、考えもしなかっただけさ。答えは――氷だ」

動転した警視は、おうむ返しに言うのがやっとだった。「氷？」

「そうだ。水に溶ける固体だよ。ミセス・ディルベリーは効力絶大、入手したての青酸カリの粒を持って、講演の始まる数分前に調理場へ行った。そこの冷蔵庫から製氷皿を取りだし、手頃な氷を選んだ。続いて、氷の真ん中に、熱湯を数秒垂らしつづけた。試したことがあればわかるだろうが、そうすれば、氷の芯まで小さな穴が開く。そして、その小さな穴に、青酸カリの粒を入れた。これで初めの仕込みは終わった。

お次は、その穴に蓋をすること。もう時間がない。それで、石鹸から、かけらをこそぎ取った。どの調理場にも、固形石鹸はあるからね。そして、それを穴に詰めたんだ。青酸カリの粒は氷に包まれてしっかり中に納まり、石鹼でふさがれた。ミセス・ディルベリーは、三人の人間は楽に殺せる量の青酸カリを入れた氷を何食わぬ顔でコップに入れ、水を注ぎ、夫の前に置いたという次第さ。

なかなかの秘策でしたね、ミセス・D？　氷が溶けると、とたんに青酸カリは水の中に流れ出す。教授はそれを水とともに飲み込む。この寒い時期、水に氷が溶けるには少なくとも十五分かかります。つまり、初めの十五分、水は無害ですが、その後、猛毒に変わる。われわれ警察はご主人が講演される直前に、あなたがあのコップに毒を混入したことを証明できなかった。彼が一口目の水で亡くならなかったからです。ミセス・ビーグルも先に飲んだのに無事でしたし。一方で、ご主人が講演を始めてから、水に毒を盛ったとも断定できなかった。客席には、二百人の聴衆と刑事二人。衆目の一致するところですからね。

実に巧妙ですよ、ミセス・D。手際よく、緻密で、ぼろが出ない。ただし、唯一の痕跡があった。コップの底に残った石鹼のかけらです。今、私が手にしているこのコップの底にも、石鹼のかけらが残っている。それと同じです。あなたを裏切ったのは、石鹼だ。レミントンさんが見ていたように、ディルベリー教授が顔をしかめたのも、石鹼のせいにほかならない。水にゆらりと漏れた石鹼かすが、彼の喉を伝ったんでしょう。そして、昨夜、あのグラスの中で起きた一部始終を私に教えてくれたのも、まさしく石鹼です。石鹼、水、青酸カリ。新手の殺人兵器のお手軽な作り方ですね。時限必殺毒物の完成とでもしておきましょうか」

袋小路
Cul De Sac

エラリー・クイーンのルーブリック

本誌編集者は自覚しているのですよ――少年作家ジェイムズ・ヤッフェの短編を掲載する際に、その作品をめぐるまことに驚くべき何かしらを書き添えずにはいられないことを。では、その一例を、ポール・ドーンと彼の〈不可能犯罪課〉を描いた才人ヤッフェの四番めの短編の来歴を語ることによって、お目にかけるとしましょう。

タイプライターで打たれた原稿が、本誌編集者のもとに、郵便で届きました。その原稿が才人ヤッフェ自身によってタイプされたものであることは、即座に識別できました――個性的な重々しいタッチ、独特な句読点の打ち方、一目でわかる余白の空け方、そしてその他もろもろの特徴によって。本誌編集者は、すぐさまこの短編を読みはじめ――眉間に深いしわを寄せたのです。私たちはじっくり考えたのち、電話を取り上げ、自分たちのお気に入りの少年作家に電話をかけました。

「ジミー」私たちは尋ねました。「私たちの編集者としての判断を、どの程度まで信頼しているかな?」

「全幅の信頼をしていますよ」とジミーの返事。

「それで、私たちはきみの新しい短編を掲載しないつもりなのだが」

「出来が悪かったのですか?」ジミーは尋ねました。

私たちは、この物語の不都合な細部について議論を交わしました。〝編集者の眼鏡にかなう作家〟、それこそがジミー少年でした！　本誌編集者が電話越しに撃ち込んだすべての批判に対して、彼は同意したのですよ。

「わかりました」彼はきっぱりと、「それは破り捨ててください」

　ですが、本誌編集者は、非建設的な批判という銃弾を放つだけでは満足しないという、ひねくれた人種に属していました。私たちの編集用の拳銃は、二連式だったのです。続けてもう一方の引き金をしぼり、非・非建設的な批判という銃弾を斉射したのですよ。私たちは主張しました。プロット上の基本的な仕掛けは助け出す価値がある。そう、もしきみがあれやこれやをやって、あそこやここを変えて、誰それ氏を軸に物語を展開するようにしたならば――

　才人ヤッフェは、こういった話を聞くやいなや、新たな可能性を見出しました。そうです、彼は完璧なオーバーホールをやってのける力量を見せてくれたのです。本誌編集者が大まかな指摘しかしていないのに、ジミーは特殊な設定の数々を考え出し、それらをつなぎ合わせて真新しいプロットを組み上げたのです。

　目を見張るほど短い時間で、新しい原稿が郵便で届きました。再び、才人ヤッフェ自らの手でタイプされたことが読み取れました――いつもと同じヤッフェ印が刻まれていましたからね。そして、この短編に目を通した本誌編集者は、今回は、文句のつけようがないくらい良くできていることを認めざるを得ませんでした。

　さて、ここまでの話のどこに、「まことに驚くべき何かしら」があったでしょうか？

ここまではありません――ただ単に、〈作家と編集者〉の非の打ち所なき交流のいきさつがあるだけです。ですが、本誌編集者は、以下の二点に言及することを忘れたりはしませんよ。

［その一］本誌編集者が初稿版を受け取ったとき、ジミー少年は病の床に就いていました。入院して、看護婦に監視されていたわけです。

［その二］本誌編集者が完璧な改稿版を受け取ったとき、ジミー少年はまだ病の床に就いていました。まだ入院して、まだ看護婦に監視されていたわけです！

いったいどうやって、寝たきりで、しかも看護婦に見張られている中で、ジミーは新作を書き上げたのでしょうか？　彼がどうやって新作のプロットを練ったのかはわかります。ベッドに横たわり、目を閉じ、新しいプロットの複雑なピースをあるべき場所にはめ込んでいったのでしょう。看護婦は、彼が寝ていると思ったに違いありません。よしんば疑ったとしても、患者が考えることは止められませんからね。ですが、どうやって実際に新作をタイプで打ったというのでしょうか？　どんな策や工夫によって、ジミー少年は、看護婦に納得させたのでしょうか？　二十数ページもの原稿をタイプすることが、彼の回復に役立つと――それどころか、欠くことのできないものだと――いうことを。それに、医師の方はどうやってごまかしたのでしょうか？　病室の外で医師の足音が聞こえるたびに、毎回毎回、ベッドの下にタイプライターを放り込んだのでしょうか？

「キロシブ氏の遺骨」の中で、ポール・ドーンが、オスカー・クン少年を何と評したか覚えていますか？　「何と、末恐ろしい！」でしたね。それこそが、私たちのジミーなのですよ！

（ＥＱＭＭ一九四五年三月号より）

「やけにご機嫌だね、警視。血が流れるのも、もうじきかい？」

警視は思いきりとぼけた顔で、彼を見た。「ふん、私が犯人逮捕でもすると決めたような口ぶりだな」

ポール・ドーンは椅子に寄りかかり、ははは、と鷹揚《おうよう》に笑った。「しらばっくれるなよ、フレッジ。こっちは知った仲のポールだぞ。その底意地の悪い目つきを見りゃ、わかるさ。昔も惨殺事件だけを扱わせろと局長にねじ込んだだろう。その頃のことを思い出させる顔つきだよ」

ニューヨーク市警殺人捜査局のスタンリー・フレッジ警視はうーむと唸り、はげた頭を少し赤く染めた。「わかったよ、図星だ。獲物を仕留めるのも時間の問題なんで、うずうずしてるのさ。現場より机に据えつけられるほうが多くなって、こんなことはめったになくなったからな」

「で、そのありがたい獲物はどんなやつだ？」ポール・ドーンは訊いた。

フレッジ警視は眉をひそめた。「どぶねずみさ」その種の動物には虫唾《むしず》が走ると言いたげな調子だ。「根っから腐った野郎だ。毛皮裏のコート、十指に余るダイヤの指輪、スルカの高級ネクタイと全身着飾って、その上に学位とやらを貼りつけて、しかも社会的地位を得ているという俗臭ふんぷんの男でね」

「法のはさみで、早くその男を真っ二つにちょん切ってやりたいってところか？」

「気が利いたことを言うじゃないか。そのとおりだ。切ってフライにでもしてやりたいと舌なめずりだ。その前に、ちょいと一杯くれないか」

ポール・ドーンは浮かぬ顔でため息をついた。「手元に酒を置いてるのがばれてから、署内のやつらがちょくちょくやって来る。わがニューヨーク市警察の犬どもは、ラム酒を首にぶら下げたセント・バーナードの血統だな。書類棚に入ってるよ」フレッジが棚へ向かうと、ポールは続けた。「スコッチはAの項――従《アクセサリー》犯だ。ショットグラスはD――配達不能郵便《デッド・レター》。大きいグラスはU――未解決事件《アンフィニッシュト・ビジネス》。机の左の引き出しに、氷がある」

ポール・ドーンは煙草を深く吸い、見事な煙の輪を空《くう》に浮かばせた。大のクロスワード・パズル好きで、白昼夢を見る発作ばかり起こしている、こののんびり屋のむしろぼおっとした雰囲気の青年が、殺人捜査局の片隅にあるDIC――不可能犯罪課の長であるとは、いささか信じがたい。だが、魔法のように姿を消す殺人犯、あるはずのないところにある死体といった、いわゆる「密室」が絡む難事件に当たらせれば、彼の右に出るものがない。

フレッジが頭のはげかかったチェシャ猫のようににやにや笑いながら、腰を落ち着けると、ポールは煙草を吹かし、警視の言うどぶねずみについての詳しい情報を求めた。

「よくある事件の類《たぐい》だ。きみの領域ではないよ」

「間違ってもらっちゃ困るな、警視。ぼくはあらゆる人間の苦しみというものに同情するんだよ」

「あんな輩《やから》に同情の余地はないね。何よりもまず、スパイで国賊ときている」

「ナチか？」

「ずる賢い男だから、表向きは微塵もそんなそぶりを見せないが。いわゆる社会の柱石ってやつでね。社交界のお歴々の一人だし、株式取引所の会員でもある。そのほか、エルクス慈善保護会、フリーメーソン、ロータリークラブ、全米生産者協会、そして、優に十を超す慈善団体、評議会、委員会などに顔を出している。われわれはその委員会の一つを通じて、やつがナチに協力していると嫌疑をかけているんだ」

「面白そうなやつだな。名前は？」

「やたらくどいんだ。ロバート・マシュー・ハーバート・シンクレア＝カミングス、最後の二つはハイフンでつなげる」

「どうして？」

フレッジは苦い顔で言った。「ロバート・マシュー・シンクレア＝カミングスに聞くんだな。ハイフンがないと、丸裸になったような気がするんじゃないのか」

「そのお偉いさんのことは、新聞で見たと思うよ。確か、花の展示会で、ご婦人たちを前にひと言ご挨拶申し上げてる場面が多かったな」

「ロバート・マシューは花好きで有名なんだ。千ドルもするクチナシの収集家でね」

ポール・ドーンは目を閉じ、彼方に思いをはせるように言った。「彼はどういった邪悪な活動に従事しているのだろう？ 集めたクチナシに、珍しい東洋の毒物でもしみこませているのか？ それとも、〈アメリカ革命の娘《DAR》（独立戦争の精神を長く伝えようとする愛国婦人団体）〉に、よきファシスト主婦《ハウスフラウ》になり、〈今こそ平和を〉運動を支援する方法を説いているのかもしれないな」

「これはまじめな話なんだぞ、ポール。この男は危険人物だ。幸いにも、あと少しで、尻尾を捕まえられるところだが――そうはいっても――ま、とにかく、きみはＣＣＯＪＤについては門外だからな」

「煙草の新手のキャッチフレーズか？」

「青少年犯罪市民委員会《シチズンズ・コミッティー・オン・ジュヴィナイル・ディリンクェンシー》の略だよ。十歳から十六歳までの少年による強盗、暴行、それに殺人事件さえもが、恐ろしいほど多発しているのは承知だろう。八番街の地下道に巣食っている世捨て人でもない限り、この騒ぎを知らないわけはないよな。で、われわれは、これには明確な実行計画を持って、裏で糸を引く一味がいると考えている。軍需産業の停滞化を謀《はか》り、社会的状況を混乱に陥れようとする目的を持つ、ナチの扇動家だ。

市警は、この組織犯罪の勢いを止めようと積極的に動いてきた。加えて、より状況の荒廃した地域に私服警官を配置して、少年を煽って非行に走らせる黒幕を嗅ぎだしているところだった。我が殺人捜査局は、これまで管轄外だったが、先ごろウエストサイドの最も危険な地帯に潜入していた刑事が殺されて、出番と相成った。ハリントンは腕利きだった。ぼろを出すような男なもんか。あいつの正体と仕事を知っているのは、本署だけ――いや、本署と青少年犯罪市民委員会だけだったんだ。私はその委員会と会合を持っているんだが、あるとき、うっかりハリントンの名前を口にしてしまった。それで、委員たちにもシンクレア＝カミングスにも、ハリントンのことは口外しないと約束させた。ハリントンが殺《や》られたのは、その翌日なんだよ。出所《でどころ》をすぐには割れなかったものの、このひと月探ってきたんだ。ばらしたのは、シンクレア＝カミングスだと見ている」

「そして、いよいよ罠を仕かけるってわけだ」

フレッジは喜色満面でうなずいた。「太公望を決め込んでな」揉み手をしながら言った。「あと三分もすれば、私の部屋《オフィス》で、カミングスを釣りあげて見せるさ。『委員会と殺人捜査局の相互協力』について話し合うことになってるんだ。ぺらぺらぺらとな。頃合いを見計らって、さりげなく机の上の書類を示し、それにはナチの扇動家の身元を割る覆面刑事の住所氏名が載っていると教えてやる。ま、魚を釣るための餌だな。あのロバート・マシューなら、寄ってくるはずだ。ちょうどそのタイミングで、録音再生機から、外の刑事部屋で重要な問題が発生したので、少し時間を作って来てくれと知らせが入る。『ちょっとすみません、カミングスさん』私はそう言って、やつに気を許しているふりをしながら、リストを机に置いたまま部屋を出る。ま、魚が餌に食らいつくための時間稼ぎだな」

ポールは薄笑いを浮かべた。「あまりに偶然を装いすぎて、たちどころに臭いと思われてしまいそうだな」

「そうかなあ。言っちゃ何だが、私も高校の頃は舞台で鳴らしたもんだよ。一度、ロミオ役だってやったこともある。悪いが、話を続けるよ。部屋にカミングスを囮捜査官のリストとともに一人残したら、その行動を見守る。おそらく、即座に鉛筆と紙を取りだして、リストを写すだろう。ま、餌、釣針、釣糸、錘《おもり》まで丸呑みするというやつだな。そうなれば、あとは糸を引いて、魚を捕まえるだけさ。何よりの証拠として、写したリストがあるからな」

「そんな重要な情報を、その男に握らせるなんて、心配じゃないのか？　釣針から逃げでもしたら――」

フレッジは哄笑した。「心配！　針から逃げる！　そいつはいいや、ポール！　いやはや！リストは偽物、そうに決まってるだろう？　まったく架空の人物の羅列さ。警察図書館にある古い小説から抜き出したんだよ。いいか、この罠は成功間違いなしだ」

ポール・ドーンは肩をすくめ、椅子にもたれた。「まあ、お任せしますよ、フレッジさん。ぼくは、このままありがたく無関係でいることにするよ。ハイフンつきのミスター・カミングスが、その古い小説を読んでいないことを祈るばかりだね」


目立たない灰色の背広を着て、ロビーの鉢植えの陰にいたキャシディは、茶色の目立たない背広を着たバーグのいる玄関口へ行った。背中合わせになった目立たない二人は、それぞれ天井にとぼけた目を向けながら、唇の端でつぶやくように会話した。

「エレベーターから出てきた」キャシディが言った。

「楽勝だな、楽勝」バーグが答えた。

「ロビー中央で足を止めた。胸ポケットから何か取り出した。黄色い紙切れだ。じっと見てる」とキャシディ。

「警視の部屋で写したリストか。単純な男だ。こんな手合いだと、こっちも楽だな。今は何してる?」とバーグ。

「紙を畳んで、胸ポケットに戻した。冷静沈モクの御仁だな。家は五マイル先だ。尾行して、あの紙を共ドウ者に渡すかどうか見張るぞ。そうなれば、二人とも引っぱる」

「渡さないときは?」

「家の前で、あいつだけを捕まえる。道々、リストを処分するかもしれないから、見逃すなよ」

「楽勝だよ、まったくもって楽勝」

目立たない二人は楽しい内緒話を打ち切り、別々の鉢植えに向かって、ぶらぶらと歩きはじめた。三十代後半のよく目立つ紳士が、殺人捜査局のあるビルの玄関を足早に出ていく。すると、目立たない二人はまた引き寄せあい、偶然にも、同時に少しばかり外の新鮮な空気が吸いたいという衝動にとらわれた。それで、目立つ紳士のあとを追うように玄関を出て、これも偶然のなせるわざか、同じ方向へ歩を進めた。

バーグが言った。「悠然と歩いてるな、犬の散歩でもあるまいし。自信過剰が足をすくうってのに」

二分ほどして、キャシディが答えた。「もう家まであと半分の道のりだ。仲間と密ゲツするなら、急がないとな」

「密会だろ、間抜け」

キャシディはむっとした表情を浮かべた。「言葉遊びをしてただけだよ」

「容疑者から目を離すな。英語をいじくるのは、ウィリアム・J・シェークスピア、ヘンリー・W・ロングフェロー、エドガー・アンソニー・ゲストなんかにまかせとけよ」

「まだあの黄色い紙は処分してないぞ」

バーグが「罠にかかったどぶねずみ」とか何とかつぶやき、二人はそのまま進んだ。すると、前の目立つ紳士がちらりと振り返り、突然急ぎ足になったので、次いで歩を早めた。

「四ブロック経過」キャシディがまじめくさった声を出した。

「そろそろ、とっ捕まえる算段だな」

「何か嫌な予感がするんだよな。かみさんが今朝、今日は俺の厄日だって言ってたんだ」

「容疑者から目を離すなって。奥さんがどうしてそんなことを言うんだ？」

「ぴーんと女のチョッカイが働いたんじゃないのか」

「待て！　見ろ！」

「どうした？」

「通りから消えたぞ！　あの小路、五階建て倉庫の並ぶ隙間に飛びこんだんだ！」

キャシディは青ざめたかと思うと、かっと赤くなり、走り出した。「早く！　あの紙を始末されちまう！」

「落ち着けよ！」キャシディに比べ、ずんぐりしたバーグは息を弾ませた。「この辺なら、よく知ってる。あの五階建て倉庫は二つとも、小路に面した側は窓のないレンガ造りだ。それに、あの小路は行き止まり！　つまり、三方を硬いレンガの壁に囲まれて、残る一方には俺たちがいる。黄色い紙切れを捨てようったって、無理なんだよ！」

二人は小路に着いた。夕闇が迫り、奥行き五十フィートほどの小路は、かろうじて見分けがつく状態だった。

「あそこにいる」バーグが言った。

「姿はわかるな」キャシディも続けた。

「よし！　行って、捕まえろ！」

キャシディがバーグを見た。「でも、銃を持ってるかもしれないぞ！」

「だから、どうした？　警官だろ？　おまえだって、持ってるじゃないか！」

二人が漫画の『アルフォンスとギャストン』よろしく、行くのを譲り合っているうちに、暗がりから呼びかける声がした。薄気味の悪い路地奥から、人影が近づいてくる。

「お二人とも、どちらが逮捕役になるかで、もめる必要はありませんよ。私は逃げも隠れもしませんから。夕暮れに小路へ入っただけで、悪いことなどこれっぽっちもしていませんしね」

バーグは驚いて彼を見つめると、我に帰り、公務を遂行した。「ロバート・マシュー・ハーバート・シンクレア・ハイフン入りカミングス」罪人の腕をつかみ、読み上げるように言った。

「重要機密文書の複製、並びに、その写しを国防妨害の目的により持ち去った疑いで逮捕する」

カミングスはおとなしく聞いたあと、眉毛をつり上げた。「けしからんな、諸君、何かの間違いですぞ！　私は写しなど持っていない。紙切れ一枚持ってやしませんよ」

「作り話はやめてください」バーグが応酬した。「殺人捜査局のビルのロビーで、あなたがあの黄色い紙に目を通したのを見てるんですよ。それを胸ポケットにしまうのもね。そのあともずっと監視していたが、あなたは紙を胸ポケットから取り出していない。ですから、直ちに調べはつきますが、この小路で捨てない限り、黄色い紙はまだあなたが持っているはずです」

カミングスはゆっくりと静かに、見下すような笑みを浮かべた。「苦しいお立場はお察ししますよ、諸君。人それぞれ、仕事というものがありますからね。では、身体検査なり、小路を夜どおしさらうなり、何なりとご自由に。でも、その前に言っておきますが、その黄色い紙とやらは、小路にもこの服にも身体にもありませんよ。諸君は、私から片時も目を離さなかった。私は紙を処分していない、というのですね――ならば、ぜひとも見つけてもらおうじゃないですか！」

私服警官のキャシディとバーグが、ロバート・シンクレア＝カミングスと黄色い紙を小路に追いつめ、結局、不可能犯罪へと至らしめた翌朝、ポール・ドーンの部屋には、憂鬱顔の連中が集まっていた。私服警官の二人はとりわけうなだれ、目立たない帽子を手に、部屋の片隅に立っている。フレッジもいつにも増して、顔が赤い。

バーグとキャシディは、しくじりの顚末をかわるがわる話した。またやらかしたなと、ポールは冷静な感想を抱いた。殺人捜査局は例によって、簡単なことをあえて複雑にして失敗した。カミングスが有罪の物証となる名前の写しを部屋で作ったとき、即座に逮捕するだけでフレッジが満足していれば――だが、とんでもない！　フレッジはどぶねずみを罠から逃がしたばかりか、そのまま巣に戻してしまった！　野心過剰で墓穴を掘るとは、よくある話だ。フレッジはカミングスを通りに放した。そして、バーグとキャシディがカミングスの一挙手一投足を見ていた。だから、どぶねずみはあの小路に飛びこむまで、一本のほつれ毛さえ捨ててはいない。さて、そこで、ここからはポール・ドーンの腕にかかってくるというわけだ。身体検査からX線検査と、言ってみれば内臓の一つ一つまで調べるようにしてシロと出た男が、どうやって黄色い紙切れを処分したのかを解明しなければならない。あの小路は、三方を窓のない五階建ての壁に囲まれており、捜索、X線と、言ってみればレンガの一つ一つまで調べるようにしても何も出なかったのだ。

カミングスはあの小路に一分いたかどうかだ。そんな一瞬のあいだに、どんな芸当を使った？ 奇妙な機械でも操作して、何かのボタンを押す、あるいは歯車でもうならせたか？ いったいどうやって、あの黄色い紙切れを地上から消したのだろう？

「カミングスは、黄色い紙を五階の屋上まで放り投げられるほど腕っ節の強い男かい？」

フレッジはしかめ面で答えた。「紙切れをそんな高さまで投げてみたことがあるのか？ 不可能な説明で、不可能犯罪を片づけるなよ」

「かっかしなさんなって。消去法で、確実に不可能な条件から潰そうとしてるだけさ。三方の壁に、ひび割れや溝はなかったのか？」

「さらっと平らなもんだったよ。紙切れを押しこめるほどの割れ目はない。徹底的に調べたがな」

「徹底的にってのは、具体的にどういうことだ？」ポールは口を尖らせた。「すべてを徹底的に洗ったと、みな口癖のように言う！ 壁に窓はないんだな？」

「ないよ」フレッジは、やけくそな調子で言った。「秘密の抜け道もなければ、隠し扉もない。

緩んだレンガも、黄色い紙も、何もない」

「舗道も見たよな、もちろん」

「どこもかしこも探しまくったさ。あの紙切れは、あの小路になどない！」

ポールは、きりっと唇を結んでから言った。「ロバート・マシュー・ハーバート・シンクレア・ハイフン・カミングスに、じかに当たるべきだな」


留置場に一晩留め置かれた人間にしては、シンクレア＝カミングスは驚くほど落ち着いていた。シュリーヴという弁護士が独房に来ており、その小柄で神経質な紳士は、せかせかと椅子から腰を浮かせ、「このモートン・K・シュリーヴを、見くびらないでくださいよ！　そう、決して――」などと、軋《きし》り声で言っていた。カミングスは彼と話しているところだったが、ポールとフレッジ警視が顔を出すと、自宅に客を請ずる主人のように、愛想よく堂々と迎え入れた。

この完璧なまでの冷静さが、秘密兵器か、とポールは判断した。カミングスは常に冷静沈着な自分を保ち、内面では激しく動揺していても、それを一切表面に出すまいとする習慣を身につけてきた。とはいえ、殺人捜査局を挙げて、黄色い紙の存在を証明しているのに、何食わぬ顔でそれを否定するだけの不敵さがあるかどうか、そこが問われるところだ。ポールは、この男なら、やりおおせるだろうと思った。

「モートン・K・シュリーヴを、見くびらないでくださいよ」弁護士が言っている。「言わせてもらうが、これは人権侵害で――」

カミングスがさえぎった。「警視は人権侵害のことなど、気にしてはいないよ、モートン。深みにはまり、そこからどうやって抜け出すかで頭がいっぱいのようだから。おかけください、お二人とも。これから、拷問と行きますか?」

「あなたに指一本でも触れるようなことがあれば――」シュリーヴが言いかけた。

フレッジは口をへの字に曲げた。「自信たっぷりだね、え、カミングスさん?」

「自信たっぷりですよ、警視」カミングスは余裕のある声で答えた。「あなたも、私と同じことが言えたらとお望みでしょう?」

「もちろん、言えますよ。この件には、専門家を用意しましたからね。こちらはポール・ドーン。不可能犯罪課長です」

「ドーンさんですか。お目にかかれて光栄です。ですが、この件に関して、殺人捜査局がなぜあなたの腕を必要とするのか、理解に苦しみますね、ドーンさん。これは不可能犯罪などではありませんよ。まさしく可能な犯罪に過ぎない――そして、罪を犯したのは、殺人捜査局そのものだ。犯罪人ですよ。この言葉は適切ですか?」

「もっとふさわしい言葉が出てくるまでは、お好きに」

「どうも。文法や語彙については、悩みますよ」

「細かなことにこだわるんですね、カミングスさん」

「シンクレア＝カミングスです。ハイフンをつけます。細かなこととはいえ、ドーンさん。正当な理由があるからですよ。たとえば今は、幼い娘のことが心配でたまりません」

「お子さんがいらっしゃるんですか。フレッジから、聞いていなかったな」

「いるんですよ。いとしいわが子です。ええと、何枚か写真を持っているはずだな。金髪の巻き毛に青い目で、五歳になる愛くるしい娘でしてね。私を探して、駄々をこねているのではないでしょうか、ドーンさん？　毎晩、小さなおみやげを持って帰るのが習慣なんですよ。人形とか棒つきキャンデーとかゴムまりとか、ちょっとしたものを。昨夜も、警視の部屋に行く前、おもちゃ屋に寄って、ささやかなものを買いましてね。残念ながら、家には帰れませんでしたが。ご覧のとおり——留置されたのでね」

「不当逮捕だ！」シュリーヴは興奮して金切り声を出した。「何ら法的根拠がない——」

カミングスは冷静な顔を彼に向けた。「ほらほら、モートン」子どもをたしなめる親のような調子で言った。「ドーンさん、話を続けますと、昨晩帰宅できなかったので、かわいいドリスはいつものようにおみやげをもらえなかった。ご機嫌斜めになって、駄々をこねているのではないでしょうか。つぶらな目を涙で赤く染めているかもしれない。考えると、気が気ではありませんよ」

「ずいぶん心配性なんですね」

「そうかもしれない。小さなことにくよくよと、と思うでしょうが、大目に見てください。なにしろ、ドーンさん——」カミングスはポールの目を見上げた。「おわかりのとおり、私の心配の種は世界でこれ一つなんですから」

「ポール、これからどこへ行く？」

「紙切れが消えたとやらの小路を、ちょっと偵察」

「ここから、ほんの二、三ブロック先にあるよ。歩こう」

二人は現場に向かった。

「カミングスはシロだと、まだ見ているのか、ポール？」フレッジが訊いた。

「でなければ、相当、悪知恵の働くやつだな」

「悪知恵か、結構なことだ」フレッジは苦々しげに言った。「話が弾んでたようだな。犯罪と家庭サービスか。ほろっときそうな美談だよ、まったく。ときどき、きみってやつが、わからなくなる」

「特徴ってことさ、警視。この事件の特徴を探せと言っただろう。だったら、容疑者の特徴や個性を探っても罰は当たらないさ」

「ロバート・マシュー・ハーバートの特徴観察に三十分も費やして、せいぜい収穫があったことだろうよ。何を考えてるんだか」

ポールは冷やかし半分に言った。「蛍光灯の下で質問攻めにして、絞り上げるほうがお好みでしょうからね」

フレッジは愚痴っぽく言った。「そうすりゃ、何がしかの答えが出たかもしれないじゃないか」

「いい加減、わかってくれよ。容疑者をどんどん追いつめたって、必ずしも手応えがあるとは限らないだろう？　きみの部下のキャシディとバーグだって、カミングスを五階建て倉庫の袋小路《カル・デ・サック》までせっかく追いつめたのに、結局、恥をかかされただけじゃないか」

フレッジが反論しようとしたとき、狭い路地の前に着き、二人は足を止めた。「ここが現場？」

ポールが訊くと、フレッジはうなずいた。

昼なお暗い小路の奥へ進みながら、ポールは両側にそびえる五階の建物の断固たる障壁を見てとった。五十フィートほど行くと、二棟の倉庫のあいだをふさぐ、倉庫と同じ高さの隙間のない塀が現れ、危うくぶつかりそうになった。細くおぼろな一筋の光が、どこから迷いこんできたのか、舗道の上で揺れている。ポールは、それを思案顔で見つめた。

カミングスの立場になって考えてみる。入った小路は行き止まりだった。胸ポケットには、有罪の物証となる黄色い紙が入っている。二人の警官が今にも飛びこんできて、紙を見つけてしまう。何としても、どこかへ始末しなければ！　隠す？　だめだ、壁も舗道も隙間などない。破り捨てる？　警官が切れ端を発見するだろう。燃やす？　炎を見られ、灰を探されてしまう。飲みこむ？　胃の中をX線で調べられるに違いない。この黄色い紙は、もちろん自分もそうだが、この五階の高さの、突き通せない三つの壁に、閉じこめられている——そして、追っ手がすぐそこに！　どうすればいい？

この瞬間、ロバート・シンクレア＝カミングスは切羽詰り、解決策を見出したわけだ。ふと、ポール・ドーンの頭にもひらめくものがあった。足早に小路を出て、警視のところへ戻る。

「フレッジ、一つ質問がある。たいへん重要なことだ」

「言ってくれ」

「紙切れが消えたあと、すぐにその手でカミングスの身体検査をしたんだよな？」

「ああ、それこそ裏も表も」

「ポケットの中にあったものを全部教えてくれ」

「たいしたものはなかったよ。小銭が少し。札束や名刺や免許証やらの入った分厚い財布が一つ。ハンカチが一枚。ジャラジャラと鍵のついたキーホルダー一個。それに、鉛筆が一本。中は芯だけだったがな」

ポールの目が光った。「確かに、カミングスのポケットの中身は、それですべてだったんだな？」

「間違いない。それがどうした、ポール？」

「ほかには何もなかったんだな？」

「ああ、糸くず一本な。何かつかんだのか？」

「答えをね、警視。あの決め手の黄色い紙が、どうやって消えたのかがわかったんだ！」

「で、やつはどうやったんだ、ポール？」フレッジは迫った。「私はあの小路もさらったし、カミングスも調べ上げたんだぞ。だが、誓って、あの紙はどこからも出てこなかった」

「それもそのはずだよ。小路から、とり除かれたんだから」ポール・ドーンは深く長くため息をついて、煙草をゆっくりと吹かした。「一つだけ、矛盾があった」彼は言った。「カミングスの話に一つ、事実と一致しない点があって、それが、やつの手口を教えてくれた。もちろん、細かな問題だから、誰もすぐには気づかないだろう。説明するよ。カミングスは、毎晩帰りがけに、必ず娘にささやかなプレゼントを買うと言っていたのを覚えているかい？」

「ただの世間話だと思っていたが」

「ところが、それが重大な暗示だったんだ。紙切れが消えた晩も、フレッジの部屋に来る前、おもちゃ屋に寄って〝何かちょっとしたもの〟を買ったと言っていたよな？　だから、部屋に来たとき、やつは娘に買ったおもちゃを持っていた。部屋で話し合っているときもそうだ。黄色い紙を持って、部屋を出たときも然り。通りを歩き、キャシディとバーグに尾行されていたときも、持っていた。二人をまこうと、小路に飛びこんだときも、持っていたんだ。だが、逮捕されたときは、持っていなかった。ポケットの中身をすべてぼくに教えてくれただろう？　その中に、子どものおもちゃの類は、何一つなかったじゃないか！」

警視は当惑と失望の色を浮かべて、ポールを見た。「だとしても、ポール。それで何が片づくんだ？　かえって話がこんがらがるだけじゃないか。今となっては、一つのみならず二つのものが消えたってことか？　黄色い紙が消え、そのふざけたおもちゃとやらも、それに続いた。これじゃ、二重の謎だぞ！」

「逆だよ、警視。謎が謎を消すってことさ。ぼくは自問してみた。カミングスの買ったおもちゃが何かはわからないが、なぜやつはわざわざそれを消す必要があった？　おかしな話だよ。紙を消さなきゃならなかったのは、それが祖国の裏切り者として罪に問われる証拠となるからだ。だが、なぜ、子どものおもちゃにまで、同じ奇術を使った？　繰り返すが、黄色い紙とおもちゃが一緒に消えたのはなぜだ？　そこで、明確な答えが出た。フレッジ警視、おもちゃは、黄色い紙を消す道具にされたんだよ！　どうにかして、紙を消すために使われたんだ」

フレッジはふんと鼻を鳴らした。「馬鹿馬鹿しい！　こじつけだよ！　いったいどんなおもちゃが、あんなに狭い、しかも五階まで伸びたレンガ壁に囲まれた小路から、紙切れを消せる？」

「フレッジ、よく考えれば、納得するさ。あの小路の特徴こそ、そのおもちゃの特徴を物語ってるってことをね。あの小路から紙が消えるための抜け道は一つしかなかった。右は？　硬い壁だ。左？　硬い壁。後ろ？　またも硬い壁。前？　警官が二人。下？　硬い舗道。じゃあ、上は？　フレッジさんよ、上にだけは、ありがたき自由な風と日の光があったんだ。だから、あの紙が、あそこを去るには、上へ旅するしかなかった。カミングスには投げ上げられなかっただろうが、紙は自分で上がっていけたんだよ。

いいか？　カミングスが黄色い紙に紐《ひも》を結んで、手を放せば、それがひとりでに空高く上がっていく。子どものおもちゃの中には、そうしてくれるものがあるんだ！」

「風船か！」フレッジが叫んだ。

「風船さ」ポールは繰り返して、深いため息をついた。「カミングスは、犯行日の午後、娘に風船を買った。夕方、小路に潜ったときも、それはポケットにあった。そして、あの小路で、黄色い紙を消さざるを得ない状況に追いこまれた。そのとき、風船のことを思いついたんだ！　風船をぷっと膨らませ、端を紐で結わえ、もう一方の紐の端を紙切れにくくりつけて――さあ、行け！　あとは大気圧におまかせだ。風船は、風に乗って漂うのが本来だからね。風船、紐、黄色い紙は一緒になって大空へ舞い上がり、何時間か後に、何ブロックか離れた場所へ安住の地を見つけたんだろう。

　ロバート・シンクレア＝カミングスを犯人とする証拠探しは、文字どおり、雲をつかむような話だったんだよ！」

皇帝のキノコの秘密

The Problem of the Emperor's Mushrooms

エラリー・クイーンのルーブリック

ジェイムズ・ヤッフェが前回EQMMに登場した作品は――一九四五年三月号掲載の「袋小路」は――物議を醸しました。そして、それには当然の理由があったのです。若きヤッフェ氏は途方もない〝失策〟を――歴史的な、記録的な、探偵小説における年間最低失策賞を受賞すべき失策を犯してしまったからです。そして、本誌編集者もまた、この不始末を見過ごして掲載したという事実によって、弁解の余地無く、事前(そして事後)従犯になってしまったのです。

私たちのどちらも――作者も編集者も――物理学上の単純にして基本的な事実を知りませんでした。そして、この(ほとんどの高校生が知っている!)基礎的な知識の欠落が、「袋小路」の解決を、根底から成り立たないものにしてしまったのです。ふり返ってみましょう。この短編の悪役であるシンクレア＝カミングスは、自分が行き止まりの路地に閉じ込められたのに気づきました。黄昏時で、唯一の出口(にして入り口)をふさいでいる二人の警察官が、今にもハイフン氏に飛びかかろうとしています。袋小路は三方向を五階建ての倉庫に囲まれ、その壁はどれも、窓のないレンガ造りでした。ハイフン氏はきわめて重要な文書を身につけていて、もしそれが警察に見つかったら、人生のほとんどすべてを獄中で暮らすことになるのです。

ハイフン氏の抱えた難題とは、この紙片を消し去ることでした。路地のどこかで見つけられても、服のどこかで見つけられても、体のどこかで見つけられても、弁解の余地はありません。警察官にこの証拠が押収されたならば、ハイフン氏の生活する権利が、自由にふるまう権利が、個人的な幸福を追い求める権利が、永遠に行使できなくなってしまうのです。さて、ハイフン氏はその日、可愛い小さな娘のために買った、おもちゃの風船も身につけていました。二人の警察官に身柄を拘束される前に、ハイフン氏はすばやく風船をふくらませ、命取りとなる文書を紐の切れ端で結びつけ、手を離したのです。ヤッフェ少年によれば、「あとは大気圧におまかせ」です——風船は舞い上がり、さらに上昇し、五階建ての倉庫を越え、ネバーランドへと向かいました。

かくして、真の悲劇が幕を開けたのです。人間の息でふくらませた風船は——ヤッフェも本誌編集者も忘れ去ってしまったとおぼしき、青年期に受ける軽気球の講座によれば——地面より高くは上がりません。風船を舞い上がらせるには、空気よりも軽いガスを詰めなければならないというのに——数多《あまた》の読者が指摘したように、ハイフン氏はヘリウムを詰めた目に見えない容器などをポケットの中にひそませてはいませんでした。「袋小路」の風船が空の彼方へと消え去ったとき、若きヤッフェ氏は（本誌編集者の消極的な手助けのもとで）物理法則を打ち砕いてしまいました。空想は羽ばたく前に墜落し、物語の構成には亀裂が走り、引きちぎれ、ばらばらになり、他者の鑑賞に堪えうるために必要なプロットの信憑性は、跡形もなく消え去ったのです。

この科学に対する明白な侮辱を本誌編集者に伝える手紙は、はじめはささやかな流れでしたが、郵便配達夫が訪れるたびに水かさを増し、最後にはとうとう――氾濫してしまいました。その手にペンをとった読者の大部分は、ヤッフェの若さと本誌編集者の無知に対して、一応の理解を示してくれました。残りの、わずかな理解も示してくれない者たちといえば――不平不満を並べ立て、自慢げに見下し、きつい言葉を吐き、黄金律（この場合は「自分が嫌なことは他人にしない」）を忘れてしまったのです。私たちは誰でも、一度ならず過ちを犯すことは避けられません。そして、あなた方の中で過ちを犯さない者だけが、最初に石を投げつけるべきなのです（ヨハネ福音書8章7節のもじり）。もっとも、みなさんの圧倒的多数は親切で寛容な人だったので、その誠実さと心の広さに対して、深く感謝します。その他の少数の方々には、最も優れた雑誌にも――私たちは本誌を最も優れた雑誌にするつもりなのです――過ちは起こりうることを認めてもらい、今のこの時点では落ち着きを取り戻していることを望むとしましょう。

ただし、どんなことがあろうと、ヤッフェ少年は私たちのお気に入りの少年作家であり続けます。たとえ、読者からの手紙が氾濫するほど積み重なったとしても。私たちはそう簡単に信頼を失ったりはしません――いや、それどころか、いついかなるときも、信頼を失ったりはしないのです。

私たちがしたことは、腰を下ろし、ジミー少年に手紙を書くことでした。その中で私たちはこう言ったのです。次の短編を書きなさい――きみがこれまで書いた中でも、べらぼうなまでに最高の短編を。すぐに書きなさい、そしてこちらに送りなさい。それを

ＥＱＭＭに掲載し、彼らに見せつけてやるのです！

読者のみなさん、チャンピオンの条件とは何でしょうか？　プロボクシングの試合におけるチャンピオンとは、会心の一撃をくらい、カウント９までダウンし、グロッキーになりながらも自らの足で立ち上がり——ついには勝利を収めるファイターなのです。いや、それ以上でなければなりません。真のチャンピオンとは、よろめきながらも自らの足で立ち上がり、ノックアウト寸前に追い込まれながらも、相手をノックアウトするまで戦い続けるのです！

読者のみなさん、これがジェイムズ・ヤッフェの新作です。そして、みなさんがこれを読み終えたならば、ジミー少年がキャンバスから立ち上がったことがわかるでしょう——闘う心としみ入る言葉を持った本物のチャンピオンとして。私たちの編集者としての賭け金は、今でもこの驚くべき少年の上にあり——彼はこれを元に、配当をくれることができるのです！

（ＥＱＭＭ一九四五年九月号より）

混乱のさなか、アグリッピナは、今こそ、長いあいだ胸に宿してきた邪悪な企み、夫クラウディウス帝の暗殺を実行に移すときであると確信した。手先となる従者たちはその命《めい》を待つばかりだったが、毒薬の選択にまだ迷いがあった。即効性のものを使えば、毒を盛ったという背信行為がたちまち明るみに出てしまうし、じわじわと弱らせていくものであれば、死に至らしめるまでに時間を要する。その場合、途中で姦計が看破せらる危険を伴う……そこで、彼女は秘策を練る。直接、脳に作用しながら、即死させることはないもの、これまでにない妙薬を調合させようと……当時の記録によると、毒物の媒体となったものは、美味このうえないキノコ料理だったという……

タキトゥス『年代記』第十二巻

ポール・ドーンは心地よい安楽椅子に寄りかかり、改めて安堵のため息をついた。この二週間というもの、仕事にかかりきりで、あの悪賢いミセス・クランフィールドが、パトロンとなって育ててきた画家を、現場は鍵のかかったアトリエにも拘らず、どのようにして殺害できたのかをやっと解明したところだ。殺人捜査局不可能犯罪課の長であり、ただ一人の課員である彼は、けだるい脱力感に身をゆだねようとしていた。そして、この落ち着いた空間――ボトル教授の居間――にいれば、ゆったりとくつろげそうだと思った。夕食のミルクを満足げに舐める飼い猫のように、コーヒーを口に含む。向かい側の椅子には、白髪頭の友人が座り、ポールの様子に目を細めている。やがて、友人は沈黙を破った。

「不可能殺人事件を解決してみないかね――？」そう切り出したが、それ以上の説明はない。

ポール・ドーンは顔をしかめた。「とんでもない！　よりによって、あなたまで！　あの小うるさい中年おやじ、フレッジ警視に煩わされただけで十分なのに、まだやれと？」

古代史の教授であるフレデリック・A・ボトルは、なだめるように笑みを浮かべた。「まああ、ポール。やっと今、肩の荷が下りたところを邪魔するつもりはないよ。私の言う不可能犯罪とは、居心地のいいこの部屋で調べのつくものなんだ。いいかい、なぜなら、それは約二千年前に起きたことだからね」

ポールは一瞬ぎらりと目を光らせ、コーヒーカップを口に運んだ。「今から暴こうったって――大方、手がかりも失せているでしょう？」そう言って、コーヒーを飲みほした。

ボトルは笑った。「ああ、そうだな。私は必ずしも真相を暴いてくれと言っているわけではない。ただ、難問に挑戦するのも一興ではと思ったまででね。というのも、これは死をもたらすキノコ料理の話だから」

「キノコ！　教授、あなたは歴史家であって、料理長ではないはずですよ」

「おっしゃるとおり。ところが、このキノコは、多くの歴史家の興味を引いてきたんだ。それを食べて、少なくとも一人、いやおそらくそれ以上の人間が死んでいるからね。最初の犠牲者は、歴史上、その仕事ぶりにおいて悪名高き人物の一人。このキノコは、ローマ帝国の崩壊の直接のきっかけを作った。さらには、私の知る限り、歴史的意義を持つ、唯一にして正真正銘の不可能犯罪の立役者と言える」

ポール・ドーンは煙草に火をつけ、器用に煙の輪を作り、こう言った。「古代ローマのキノコか。話を聞きますよ」

フレデリック・ボトルは身を乗り出し、抑制を利かせながらも芝居がかった調子で語りはじめた。「紀元前五十四年に失命したクラウディウス帝。彼は、高慢で愚劣な暴君だった。周囲への不注意さや自己過信から、いつ暗殺されてもおかしくない状態にあるがごとき皇帝で……」

ドアをノックする音がした。

ひょろ長く骨ばった生き物が、眼鏡の奥に痩せた顔を覗かせ、戸口からこちらをじっと睨んでいる。男にするか女にするか迷っていた神が、どうしたものかどちらつかずのものを創造してしまったらしい。それでも、その格好から、かろうじて女性であることがわかる。戸口の生き物は、ごく一般的な正看護婦の制服に身を包んでいたからである。そして、それは、ドアをばたばた開け閉めするような野太い声を出した。

「奥様が興奮していらっしゃいます、ボトル教授。すぐにいらしてほしいということです」

ボトルはやれやれとため息をついた。「今は手が放せない。オードリーにはあとで行くからと言い聞かせるように、ミス・ポインデクスター」

「奥様はお身体が悪いのですよ、教授。今すぐ来てくださらなければ、今夜はずっとぴりぴり落ち着かないままでしょう」

「ご報告ありがとう、ミス・ポインデクスター。よろしく頼むよ」

「では、鎮静剤を処方しておきますわ。まあ、それも気休めでしょうけれど」そう告げると、ミス・ポインデクスターはくるりと回れ右をし、行進するような足取りで歩いていった。

「オードリーは昔から癇症《かんしょう》でね」ボトルは言って、腰を上げ、ドアを閉めた。「それが、患って以来、ますますひどくなった」

「あの怪物のようなフローレンス・ナイチンゲールがそばにいては、誰の神経も休まらないんじゃないのかな」

「ポインデクスターのことかい？　実は、この私もうんざりなんだが、オードリーが気に入っていてね。それに、当然ながら、ポインデクスターも献身的に尽くしてくれている。着替えから清拭《せいしき》、食事の世話まで。食べさせる前には、味見までするんだ。熱すぎないか、塩辛くないかとね。おっと、何の話だったかな？」

「クラウディウス帝のキノコですよ」ポールは答えた。「ぼくに解いてみろとおっしゃった歴史にまつわるクロスワード・パズルですね」

「よろしい」ボトルは、いかにも教授然とした態度で咳払いをした。「先に説明したように、クラウディウスは腰抜けの愚か者だった。彼がローマ皇帝に即位する経緯をありのままに伝える話が、それをはっきりと裏づけるように思う。その伝説によると、帝政内乱の時代、クラウディウスは宮殿に暮らしていた。当時の皇帝が暗殺されたとき、母親の寝室のカーテンの陰に隠れ、怯え震えていたところを、暗殺の首謀者らに見つけられた。首謀者らは前皇帝を殺したものの、そのあとの座に誰をつけるかで憂慮していた。そこで、クラウディウスに白羽の矢が立った。なぜなら、彼は皇帝の血筋であるうえ、脳みそが少し足りない。つまり、完全なる傀儡《かいらい》にできるからだ。それで、彼らはクラウディウスに王冠を授けた。

十二年余り、皇帝に在位した彼は、何ら統治の実権を握っておらず、もっぱら哲学書に没頭し、美食に明け暮れていた。即位したとき、すでにメッサリナと結婚していたが、この妻は彼を疎んじていた。逆に、彼は妻を姦通罪で躊躇なく告発し、公然と処刑した。そして、姪であり、美しくも不貞な女、アグリッピナと再婚する」

「古代ローマ史を研究すると、道徳観念など叩き壊れますね」

「ところが、そうでもないんだよ」ボトルが言った。「歴史家は、実に世にも道徳的な魂を持っているものなんだ。クラウディウスやアグリッピナとはおよそかけ離れていると言っていい」一瞬、教授はあらぬ彼方を見るような目をした。「おっとっと、話を続けよう。若きアグリッピナは奸知に富み、それ以上に野心に富んでいた。その野心に火をつけたものは、前夫とのあいだにもうけた一人息子で、これが下劣で呆れた若造だったが、彼女は息子を溺愛し、皇帝にしたいと願うようになる。その愛息の名は——おそらく知っていると思うが——ネロという。

だから、もちろん、わかるだろう？　アグリッピナの心に、クラウディウス殺害の企てが生まれたのも、彼女にしてみれば自然の成り行きなんだよ。それどころか、たぶん結婚を承諾したその瞬間から、いつかは殺そうと思っていたのだろう。実のところ、これはタキトゥスの確信であって、この事件は、その著書『年代記』の中で述べられている。まあ、タキトゥスは事実に忠実であることより、面白おかしく書くことを優先させた歴史家だがね。いずれにせよ、アグリッピナの胸には、クラウディウスを殺し、ネロを即位させるという悪巧みが宿り、やがて、それは数え切れないほどの重臣たちを巻きこんだ組織的な陰謀へと膨らんでいった。ローマ帝国の数々の陰謀には、まったく唖然としてしまうよ、ポール。宮廷のすべての人間が、事前にその陰謀を知っていたようなものだというからね。皇帝の側近や友人、家族、ときには皇帝自身も把握していたそうだ。

あとの話は、単純で残忍なものになる。ローマ帝国の慣例どおり、アグリッピナは毒を使って、クラウディウスを殺害することにした。当初は、毒薬を何にするかで迷った。即効のものではまずい。自分のしわざだと言っているようなものだからね。だが、効き目が遅すぎてもいけない。皇帝が気づいて命拾いするかもしれないから。そして、ついに、ありがたくもその中庸のものを思いつく。まずまず信用できる資料などによると、その毒薬は三十分するかしないかで効果が現れ、二十四時間以内に絶命するというものらしい」

ポールは煙の輪を一つ浮かべ、けだるい口調で尋ねた。「毒の名はわかっているんですね」そして、また煙の輪を浮かべた。

「いや、それがはっきりとは言えないんだ」ボトルは肩をすくめた。「いろいろ調合したのだろうね。タキトゥスがクラウディウスの死について、詳述してさえいれば、その症状から、毒物の特定ができるかもしれないところだが。これも、歴史上、永久に解明できない謎の一つだよ」

「さあ、どうでしょうね」ポールはやんわりと疑問を呈した。「ともあれ、その感心しない話の続きを聞きますよ」

「恐ろしいのひと言に尽きるよ。アグリッピナは、ロクスタという悪名高き毒薬使いを雇い、調合をさせることにした。ロクスタは唾棄すべき悪女で、手頃な金で殺人を請け負い、たんまりと儲けていたらしい。タキトゥスの叙述にも、彼女は『腹黒い野望を遂げるための手先の一人として、召し抱えられていた』とある。そしてついに、毒は肉厚で汁をたっぷり含んだキノコ料理に入れられ、クラウディウスに供された。彼はキノコに目がなかったそうで、たらふく食べ、まもなく具合が悪くなる。アグリッピナは容態を見守っていたが、蘇生するのではと不安になり、二十四時間待ちきれず、ただちに止めを刺そうと決めた。で、皇帝がもっとも信頼を置いていた侍医、クセノポンを呼ぶ――例によって、彼もこの悪巧みに一役買っているのだが。胃の中身を吐かせるために、クセノポンは当時の処置法どおり、クラウディウスの喉奥に鳥の羽根を差し込む。ところが、それには裏があり、羽根には猛毒が数滴塗られていた。毒入りキノコ料理ですでに弱っていたクラウディウスは、もがき苦しみながら、あっという間に落命した」

ポール・ドーンは恐れ入ったという顔で、うなずいた。「面白いほど、血も涙もない話ですね。それにしても、どうして結末まで話したんですか。それに、不可能犯罪というわけでもないでしょうし」

「まだ話は終わっていないよ」ボトルは謎めいた笑いを浮かべた。「皇帝の毒見役、ハロトゥスのことを語っていないからね」

「俄然、興味が湧いてきたな。聞かせてください」

「毒見役を置くしきたりは、承知とは思うが、ローマ帝国の皇帝や領主にとって、当然のことだった。当時、位の高いローマ人はほぼすべてが常に命を狙われ、死の危険がありとあらゆる方向から迫っていた。そこで、毒見役を絶えずそばに置き、食事や飲み物を事前に味見させていた。食べ物に何かしらの毒物が混入していれば、毒見役がそれを指摘してくれるからね」

「どうやって指摘するんです?」

「死んで、だよ! すると、要人は新しい食事を用意させる」

「じゃあ、きっと、新しい毒見役も用意させるんでしょう」

「そのとおり。クラウディウスはおそらく歴代の皇帝の中でも、とりわけ神経質で臆病で猜疑心の強い人物だったのだろう。片時も、毒見役をそばから離さずにいた。その毒見役は名をハロトゥスといい、タキトゥスの『年代記』では簡単にしか触れられていない。だが、ほかのさまざまな文献が、クラウディウスがいかに毒を恐れていたかを詳しく伝えている。彼の約束事はこうだった。毎回、食事の前に、ハロトゥスがひととおり毒見する様子を見守る。次に、ハロトゥスを傍らに置きながら、時を待つ。それも、二分や三分ではなく、必ずきっかり一時間。一時間経過しても、ハロトゥスに異変がなければ、晴れてクラウディウスはご馳走にありつくことになる」

「となると」ポールは感想を漏らした。「温かい食事は楽しめなかったんですね」

「そんなことは気にしなかったんだろう。冷え切っていようが、命あっての物種だからね。さて、この話は、ここでまさしく不可能犯罪となる。毒入りキノコ料理がクラウディウスに出されたのなら、毒見役のハロトゥスも、先にその一部を食べているはずだ。三十分もすれば、具合が悪くなり、症状が出ただろう。一時間後には、さらに容態が悪くなっていたに違いない。であれば、なぜ、クラウディウスは躊躇なく、そのキノコ料理を食べたのか？　人間モルモットが毒に冒されたとわかっているはずなのに。いや、逆に言えば、クラウディウスを毒殺したのとまったく同じ料理を食べても、毒見役に異変はないなどということが可能なのだろう？　答えは、もちろん、不可能だよ。これは、人類史における最初の不可能犯罪といえる。さあ、ポール。それから、二千年の歳月が流れた。もうそろそろ、誰かがこの謎を解いてもいい頃ではないかね？」

毒入りキノコとはつゆ知らず、舌鼓を打って死んだおめでたいローマ皇帝を思いながら、頭をひねっているニューヨークの刑事。見事な形の煙の輪が一つ、いにしえを夢見るように、ふわりと高く昇っていく。鎧戸《よろいど》がばたんと音を立てたわけでもなければ、ドアの蝶《ちょうつがい》番がぎいっと軋んだわけでもなく、外も不気味に荒れ狂う嵐などではない。ここはフレドリック・ボトル教授の居間だ。だが、今のポール・ドーンは、回りががらりと変わったように思えた。鎧戸が閉まり、蝶番が軋み、嵐が哮《たけ》っている。彼は最近、こういった錯覚に陥ることがよくあり、それを疎ましく思っていた。現実の世界が、たとえば探偵小説の中に出てくるような架空の世界にすっと変わってしまうのだ。おかしなことに、皇帝の不可思議なキノコのことを考えれば考えるほど、自分が歴史物語の登場人物にでもなったような気がしてくる。馬鹿げた話である。

「殺人とは」彼はのろのろと口を開いた。「慣れ親しんだ世界で起こる出来事ですよ、実に。身近で、個人的で、それでいてきわめて社会的な問題なんです。演劇や民主政治と同じように、高度に体系化された限定的世界でのみ結実するものです。ですから、ここまで遠い時代の殺人事件を解こうというのは、ちょっと勝手が違うな」

「容疑者を尋問できたらと思っている、そうだろう？　彼らの反応を見たい？　その性質を見きわめたいかい？」

「ご冗談を。ぼくは、容疑者の反応を観察したことなどありませんよ。そんなことをしても不毛だし、ストレスが溜まってしまう。彼らは、ころころ態度を変えますからね。蛇口から出る水みたいなもので、ひねるたびに反応が違う。虫も殺さぬ顔かと思えば、怪しげだったり、怯えているかと思えば、落ち着いていたり、驚くほど柔軟です。いえ、ぼくは現代の殺人事件を好むと言っているんですよ、教授。謎を解いたとき、ぼくの答えは正しいのかどうか、事実に照らし合わせて確かめることができますからね」

ボトルは心得顔にうなずいた。「つまり、自己顕示欲が強いってことだな！　事件が解決しても栄誉が与えられるわけじゃなし、してやったりと痛快な気分を味わえるわけじゃなしであれば、つまらないいか。きみは、犯人に、自分の凄腕を見せつけてやれないのが嫌なだけだろう！」

「かもしれませんね」ポールは素直に認めた。「だとしても、結局は見せつけてやるチャンスが来るんですがね。ま、とりあえず、この古代ミステリの登場人物について、もう少し話を聞かせてください。クラウディウス、アグリッピナ、クセノポン、ハロトゥスの面々をよく知らなければ、何も始まりませんからね」

「よろしい。それでは、クラウディウス帝からいくとするか」ボトルは少し間を置き、考えこむように話しはじめた。「何よりも、クラウディウスは神経質な老婆のようだったのではないだろうか。心気症で、臆病で、体裁ばかり気にして。自分をことのほか甘やかし、治世に心を砕くより、我が身を守ることにばかりかまけていた。身勝手な愚か者だったが、そんな彼にも、たった一つだけ、強気な面があった。いわゆる〝暴君〟といわれる者が必ず持つ特性だ。彼は残忍な男だったんだよ。最初の妻であるメッサリナを始末した話など、まだかわいいものでね。タキトゥスも明記しているが、ひどく恐がりだったくせに、クラウディウスは捕らえた敵をライオンの群れに放ったという」

「心気症ねえ？　それには確信がありますか、教授？」

「いや、ないよ、もちろん。だが、そう考えるのが合理的だろう？　確かに、クラウディウスはたくましい体つきをしており、がっしりと肉づきもよく、健康に恵まれていたとされている。だが、文献には、神経質で頭痛持ちで発作的に具合が悪くなるという逸話がたくさん出てくる。それも、ささいなことが原因で発症するというのだから。つまり、彼は心気症だったと見なして妥当ではないかね？　それより、彼の妻のことを話すよ。クラウディウスより、はるかに肝の据わった称賛すべき人物だからね」

「へえ？　アグリッピナが称賛に値するんですか？」

「ああ、ある意味ではね。その断固たる力強さ、雄々しいまでの勇ましさには脱帽するよ。大いなる意志、鉄のように揺るぎない精神、そして、機を見て敏なる知性を兼ね備えている。道徳的な面から言えば、卑劣な女だろうがね」

ポール・ドーンは顔をしかめた。「ぼくから見れば、不快な人物ですよ。ま、計画殺人をするようなやつは不快に決まってますが」

「ちょっと待て。そうはいっても、当時のローマでは、計画殺人など、よくあることだと考えられていた。現代の倫理観とは大いに異なっている背景を忘れないでもらいたい。クラウディウスは殺されてしかるべきだったんだ。そうでなければ、彼の友人や親族は九割がた、彼に処刑されていただろう。ともかく、アグリッピナの巧みな暗殺行為には、敬意を表するよ」

「では、もう少しアグリッピナについて聞かせてください」

「これ以上、何を言えばいい？　彼女を殺人鬼だと決めつけてしまうと、その胸のうちに何が一番大きく支配していたかを理解するのは難しいだろう。たとえば、彼女を夫殺害にかり立てたものは何か？　権力欲？　息子を使って、国を統治したいという単純な野望から？　そうではあるまい。なぜなら、もともとクラウディウスを操り、国を意のままにしていたのだから。だとすれば、それは息子を溺愛するあまりの行動だったのか？　伝説によると、アグリッピナはネロ誕生の前、神のお告げを受けていたそうだ。息子が生まれ、それはやがて皇帝となり、母親を殺すだろうと。彼女は、息子が皇帝になれるなら、我が身に何が起ころうとも構わないと答えたといわれている。そして、もちろん、これは私のうがった考えかもしれないが、もはやクラウディウスと暮らすことに耐えられなくなって、殺害に及んだという可能性も捨てきれない。きみはどう思う、ポール？」

「いやはや、何も思いつきませんよ。でも、とにかくもう食傷気味ですね」

「すっきりしないかい？　では、毒見役のハロトゥスと侍医のクセノポンのことを話そう」

「いや、結構」ポール・ドーンは応じた。「もう、わかりましたから。クラウディウスは死んだのに、なぜ毒見役は生き残ったのか。二千年の長き謎は解けましたよ。実のところ」彼は続けた。

「それ以上の収穫があったたな」

ボトル教授はぐいと身を乗り出した。「どういうことかね？」

「答えは二つありそうだからです」ポールは言った。「二つとも妥当で、二つとも芝居っ気たっぷりなものです。たぶん、どちらの答えも合っているでしょう。

一つ目の答えは、キノコに盛られた毒物という点にかかっています。いやむしろ、キノコに盛られなかった毒物、と言うべきですね。ですが、まず、何よりも重要な二つの事実から話していきましょう。クラウディウスは疑り深く、怯えた心気症の男だとおっしゃいましたね。そして、クラウディウスはキノコを食べて倒れたと。ですが、死因はキノコ料理の毒ではなく、鳥の羽根に塗られた毒だとのことでした。疑り深い心気症の人間を、毒のついた羽根で殺そうと思ってみてください、教授。警戒心が強くて心配性な相手に、心安く口を開けさせて羽根を突っ込むには、どうしたらよいでしょうか？」

「無理だよ」ボトルは言った。「そこまで疑り深くちゃ、何も口に入れさせてはくれないだろう」

「いや、それが大丈夫なんですよ、教授。その心気症とやらを逆手に取れば――クラウディウスがだまされたように、信じこませればいいんです。自分はすでに毒に冒されているから、命を取りとめるには鳥の羽根しかないとね！

さあ、もうもちろん、真相がおわかりでしょう。クラウディウスには、毒など入っていないキノコ料理が出されたんですよ。クラウディウスの面前で、それを試食した。一時間が過ぎても、毒見役に異変はない。ハロトゥスはクラウディウスはまったく心配せずにキノコ料理を食べた。ところが、最後の一口を食べたとたん、ハロトゥスが毒に当たったかのように、突然もがき苦しみはじめた。言うまでもなく、すべて手の込んだ芝居ですよ。ハロトゥスはアグリッピナに買収され、頃合いを見計らって、毒にやられたふりをした。その狙いは？　キノコ料理を食べおえたクラウディウスに、彼も毒に冒されたと思いこませるためです。難しい技でも何でもありませんよ。クラウディウスは心気症ですからね。自分も具合が悪くなったような錯覚にあっさり陥った。そして、死にかけていると思いこんだら、クセノポンに羽根で喉奥をこすってもらい、嘔吐するしか助かる方法はないと、また頭から決めてしまう。こうして、不可能犯罪は可能になったんですよ、教授。クラウディウスは殺されまいとして警戒するあまり、それが仇になったということです」

奇妙なことに、謎が解けても、ボトル教授はうれしそうな顔をしなかった。「それで終わりかい？　それが種明かしなんだな？」彼は訊いた。

「一つ目の答えはね」ポール・ドーンは答えた。「まだ、二つ目がありますよ。本当に話してもいいんですね？」

「もちろんだ。大いに歴史的価値がありそうだからね」

「それはどうかな」ポールはふっとため息を漏らし、少し顔を曇らせて首を振った。「私は配管工、ある人を殺したいと思っている。私はおそらく、水道管で殺してやるだろう。私は大工、ある人を殺したいと思っている。私はたぶん、金槌で脳天を叩き割ってやるだろう。私は探偵小説家、ある人を殺したいと思っている。私はきっと、自作の一つの筋書きどおりにそうするだろう。私はポール・ドーン、ある人を殺したいと思っている。私は必ずや不可能犯罪をやってのけるだろう。さて、それでは、私は古代史の教授、ある人を殺したいと思っている。古代史を検証して、その方法がひらめくことはないだろうか？」

ボトル教授は椅子のひじ掛けをぎゅっと握った。何も言わない。だが、小刻みに震えている。

ポール・ドーンは冷ややかな口調で静かに続けた。「クラウディウス暗殺の謎は、確かに興味深いものですよ。でも、結局のところ、その問題に関する情報はごく希薄です。信頼に足る歴史的事実も少ない。ですから、そもそも謎を解こうってほうが、愚かで、時間の浪費じゃないかな。だったらなぜ、あなたはわざわざぼくに解決させたのか？　そしてなぜ、事実を脚色あるいは装飾したのか？　クラウディウスやアグリッピナの人物像など明確にわかってはいないのに、なぜあれほど詳しく分析してみせたのか？」

ポールは身を起こし、語気を強めた。「クラウディウスとアグリッピナか。不思議な因縁じゃありませんか――その名が語る、少なくとも二人の人物に、今夜ぼくは会った。クラウディウスとはどんな人物か？　神経質で疑り深く、自惚れ屋で癇癪持ちの心気症――二階で伏せっているご婦人と同じですよ！　では、アグリッピナは？　頭脳明晰で機敏で勇猛で、男勝り。歴史的に不当な扱いを受け、排斥され、人殺しと決めつけられた女——今、ぼくの目の前に座っている男性と同じだ！　何も違わない、どこも違いませんよ——男女が入れ替わっているだけで。クラウディウスは〝神経質な老婆〟のようだし、アグリッピナは〝断固たる雄々しい〟までの女なんでしょう？　どこが違いますか。つけ足しておきますが、すると毒見役のハロトゥスはどこにいます？　まさしく二階ですよ。白い看護服を着た、いかめしく近寄りがたいあの人です。〝クラウディウス〟の食事の味見をし、熱すぎないか、塩辛くないかとやってくれる例の人ですよ。いい加減にしてください！」ポールは激昂して立ち上がり、怒鳴った。「今夜、ぼくを招いたのは、奥さんを殺す計画を練るためだったんですか？」

ボトルはしばらく口をつぐんでいたが、観念して声を絞りだした。「すまない、本当にすまないことをした」

「まったく、やり切れませんよ！　二つの舞台を重ね合わせていたんですね。アグリッピナの夫殺しの謎を解けば、あなたもそれを妻殺しの手口に使えると。どうしようもないなあ、あなたって人は！　二つを同じに考えることなどできませんよ。大昔の殺人、クラウディウス暗殺は、クセノポンという侍医がおり、毒つき羽根を使うという時代背景があったからこそ可能だったんですよ。今は二十世紀じゃありませんか！　どうやって、毒つき羽根など使おうっていうんですか？」

「どうするつもりだったのか、自分でもわからないよ。ただ、ふっと頭をかすめたんだな。馬鹿な男さ」

ポール・ドーンはどすんと椅子に腰を下ろし、笑いはじめた。笑い声は大きく長く続き、次の言葉がなかなか出てこない。「ぼくが何と言いましたか？　歴史家の道徳観についてですよ。酒をください、教授。強いやつを。それで、何もかも水に流しましょう！」

ボトルはぽかんとしたまま、動かずにいる。「はて。何がそんなに楽しいんだね？」

「楽しい？　殺人捜査局の一員だということは、何て幸せだろうと思ったんですよ——寛容で道徳的な仕事場ですからね。皆、最高にいいやつばかりで……」

喜歌劇殺人事件
The Comic Opera Murders

エラリー・クイーンのルーブリック

ＥＱＭＭへのお礼の手紙の中で、ジョン・ディクスン・カーはこう書いています。「私が求めているのは、探偵が添え物扱いの安易で稚拙な〈ボーイ・ミーツ・ガール〉の作品ではなく、独創的なアイデアを持つ探偵小説に他ならない。そして、それこそが、私がＥＱＭＭで毎号お目にかかれるものなのだよ」と。私たちの良き友ジョンが、ＥＱＭＭの中で独創性と出会える理由の一つは、ジェイムズ・ヤッフェにあります――これまで若きヤッフェ氏が輝ける作品を書いたときはいつでも、彼自身の誰にも真似できないタッチを加えていましたからね。ヤッフェは〝アイデア〟を思いつく才気と、創意工夫を生み出す才能を持っているのです。さらに重要なのは、彼の執筆ぶりに息づく、愛すべき若々しさと奔放さでしょう。カー氏はまた、本誌編集者への最近の手紙の中で、こう尋ねています。「〈不可能犯罪課〉はどうなっているんだい？――私はずっと待ち焦がれているのだが」

ジョン、これがヤッフェのＤＩＣものの新作です。実を言うと、本作は「袋小路」や「皇帝のキノコの秘密」より前に書かれていました。ですが、今ではあなたや他のＥＱＭＭ愛読者にはよく知られている立派にして充分な理由のために、ヤッフェ氏が犯罪学的帰還を果たし終えるまで、掲載を控えていたのです。

凱旋の英雄に万歳の声を！

（ＥＱＭＭ一九四六年二月号より）

ニューヨーク州ニューヨーク市
ニューヨーク市警殺人捜査局
　スタンリー・フレッジ警視宛

親愛なるレストレード警部（ホームズにしてやられるロンドン警視庁の警部）様
今朝無事メイン州オックスフォード郡に着く。ここは釣りによし、狩りによし、泳ぎによし。素晴らしきかな、人生は。次は手紙を送る。

ポール

ニューヨーク州ニューヨーク市
ニューヨーク市警殺人捜査局
　スタンリー・フレッジ警視宛

親愛なる法の手先様

トンプソン湖の真ん中にボートを浮かべ、その中で寝ころぶ素晴らしさは、味わってみないとわからないだろうな。湖水は死体保管所の検死台のように冷たく、夕日は市警本部長のはげ頭のように赤く、存在するものすべては骸《むくろ》のように安らかなり。

ぼくのこんな行動は、まるで計算外だっただろう。先刻承知だったよ。いつもぼくを冷やかすように見るそのしたり顔には、こう書いてあったからね。「せいぜい楽しむがいいさ、楽天家さんよ！　地図や旅行案内を、夜どおし眺めてるんだな！　高い釣り道具なんぞに金をかけやがって！　いくら計画したところで、この夏も、この殺人捜査局で汗をかきかき指紋と睨めっこするはめになるさ！」

だから、すまないが、軽く「ざまを見ろ」と言わせてもらいたい。何しろ、十五年もこの休暇を待ちわびていたのだから、羨ましがる老刑事が皮肉な薄笑いを向けて、ぼくの気分をそごうとしていても、気にはならなかった。とにかくやってのけようと心を決め――あいにくだが、やり遂げてみせた。

さて、そろそろ筆を置くよ。バジルというごま塩頭の老案内人の車で、隣町まで釣り道具を買いに行く時間だ。もう特に道具は必要ないのだが、バジル爺さんが面白くてね。珍妙でちんぷんかんぷんな、ここの方言で話すんだ。彼の言葉を即座に標準語に置き換えられれば、ややこしいクロスワード・パズルも解けるようになるだろうな。

ではお達者で
ポール

メイン州オックスフォード郡
マフーシック・ロッジ
ポール・ドーン宛

親愛なるポール君
気分は最高、というところだろうな？　まあ何よりだが、きみの言葉を額面どおり受けとることはできないね。やれ釣りだ狩りだとご満悦なのも、二週間くらいが限度じゃないのか。そのうち、鱒を狙ったり、へら鹿を仕留めたりすることにも嫌気がさして、ニューヨーク行きの一番列車に飛び乗って帰ってくるさ。釣り道具や熊の毛皮をぶら下げて、日焼けした顔で。そのときは、大笑いしながら、駅で出迎えてやるよ。不可能犯罪と十五年格闘してきた男にとって、追いかけるのが鮭の群れときちゃ、物足りないだろうからね。

せいぜいお楽しみを
フレッジ

追伸
今のところ、きみの不在を預かる者が見つからない。困ったことは重なるもので、先日、まさにきみの専門の、不可能失踪事件が発生した。

ニューヨーク州ニューヨーク市
ニューヨーク市警殺人捜査局
スタンリー・フレッジ警視宛

親愛なるフレッジ様
狩猟の女神ディアナのおかげか！　今日、狩りに出て、最初の獲物を仕留めたよ。おまけに、ぼくの腕前はベテラン並みだと、バジルがほめてくれた。何しろ、鬱蒼《うっそう》とした暗い森の中を、一マイル近くも追っていったからね。獣が草木に潜って逃げると枝葉が揺れるだろう？　それだけを頼りに行ったんだ。敵は神出鬼没、やきもきさせられっぱなしで——だが、とうとう枯れ枝の山の下に追いこんだよ。そこで、銃を肩に構えて狙いを定め、瞬き一つせず引き鉄を引いた。一発目は危うくバジルをかすめるところさ！　だが、二発目は標的を確実に撃ちぬいた。いやはや、行ってみると、そいつは腹を出して伸びていたよ。人を馬鹿にしたような獰猛な顔をして、おまけに、鼻がひん曲がりそうな匂いを放って。何と、でかいスカンクだったんだ！　この死骸を、謹んで誕生日にお贈りするよ。

よろしく
フランク・バック（一八八四年生まれの米狩猟家、俳優）

追伸
フレッジさんよ、道路固めのローラー車のごとく、ずいぶんと強引だな。何が悲しくて、〝不可能失踪事件〟などと見え透いた作り話で、こっちの気を引こうっていうんだい？　子どもだましじゃあるまいし、わざわざそんな手を使ってと思うと、おかしくてたまらないよ。間違えないでくれ。目下のところ、殺人捜査局のような猥雑な現場に関わるつもりは一切ないからね。

メイン州オックスフォード郡
マフーシック・ロッジ
ポール・ドーン宛

親愛なるポール君
返信ありがたく読ませてもらい、胸が熱くなったよ。いや、本当に、心から休暇を楽しんでいることを知り、胸が熱くなった。私はスカンク狩りなど断じてごめんだが、そんな手合いがきみのお気に入りなら、まことに結構、私もうれしい限りだ。
さて、先の手紙で、不可能なる失踪のことを書いたが、それは奇っ怪至極な事件だったから、きみがもっと聞きたがるのではないかと思ったまででね。だが、充実した時間を過ごしていることは重々承知したので、詳細を記すのは遠慮する。ただ、あまりに不思議な顛末のあらましだけは書かせてもらうよ。

被害者は目撃者の前で、煙のように消えた。

被害者が立っていたというまさにその床の上には、小さな封蠟《ふうろう》が一つ、たったそれだけが残されていた。

そして、翌日、署に、謎の手紙が届く。内容は、被害者は魔法使いにより、封蠟の中に溶解せらるというもの。差出人の署名は、〝死刑執行大臣〟。

本件は、二つの特異な殺人事件の発生後、一週間を待たず、それに続く形となった。先の殺人にはいずれも〝死刑執行大臣〟の署名で、手紙が届いている。

こんなところだが、これ以上、きみを仕事の話で煩わせるつもりはないよ。

きみの相棒
フレッジ

ニューヨーク州ニューヨーク市
ニューヨーク市警殺人捜査局
スタンリー・フレッジ警視宛

親愛なる警視様

これを限りに、頭に叩きこんでもらいたい。ぼくはその封蠟にも死刑執行大臣にも不可能なる失踪にも、何の興味もないんだ。気の毒ながら、ぼくをそそのかして、引っ張りこもうったって、そうはいかない。断固として、絶対に、何と言われようとも、その事件について、助言をする気はないからね。それともう一つ、まだしつこく不快な手紙をよこして、ぼくの休暇を邪魔するつもりなら、メイン州知事にアメリカ合衆国から脱退するよう談判するよ。

愛を込めて
厭世家より

メイン州オックスフォード郡
マフーシック・ロッジ
ポール・ドーン宛

親愛なるポール君
きみの気持ちは、よくよくわかった。私の手紙がそれほどきみを不快にさせると知っていたら、書かなかったよ。今後は一切、喜歌劇殺人事件について触れないことにする。この一連の事件が、奇妙な偶然のせいで、喜歌劇殺人事件と呼ばれていることも説明しない。その偶然がどういったものか、その三つの事件が、五十余年前に書かれたギルバート&サリバンの作品に基づいて計画され、実行されたことなどを言って、きみをうんざりさせたりするものか。知らぬが仏だ。心からそう思うよ。

きみの親友
フレッジ

ニューヨーク州ニューヨーク市
ニューヨーク市警殺人捜査局
スタンリー・フレッジ警視宛

親愛なるフレッジ様
ふざけた作り話で、休暇を邪魔しないでくれ。何も聞きたくない。

ポール

メイン州オックスフォード郡
マフーシック・ロッジ
ポール・ドーン宛

親愛なるポール君
休暇の邪魔はしない。だが、喜歌劇殺人事件について、市長も憤慨していることくらいは知りたいだろう。ギルバート&サリバン相続側は訴訟を起こすと息巻いている。

フレッジ

ニューヨーク州ニューヨーク市
ニューヨーク市警殺人捜査局
スタンリー・フレッジ警視宛

親愛なるフレッジ様
ふざけるな、この野郎!

ポール

メイン州オックスフォード郡

マフーシック・ロッジ
　ポール・ドーン宛

親愛なるポール君
世辞など無用だ。喜歌劇殺人事件に新展開あり。封蠟から、毛髪が検出された。ところで、釣りのほうはどうだい？

フレッジ

ニューヨーク州ニューヨーク市
ニューヨーク市警殺人捜査局
　スタンリー・フレッジ警視宛

親愛なるベネディクト・アーノルド（米独立戦争時の軍人。英国側に寝返った）様
いいだろう、卑怯者め。降参だ。この休息を破るがよい。この平和を乱さば乱せ。この慰安を破壊せよ。クソ喜歌劇殺人事件の話を聞こうじゃないか。警察官の悲しいさがだな。

ポール

メイン州オックスフォード郡
マフーシック・ロッジ
ポール・ドーン宛

親愛なるポール君

喜歌劇殺人事件に関する情報を、という要望をもらい、度肝を抜かれたよ。そもそも、血なまぐさい話から逃れるために、ここを離れたくせに――もう、猥雑な仕事に首を突っこもうというのかい。まあ、いいだろう。それじゃ話すよ。

最初の殺人事件は、二週間ほど前に起きた。ダーシー・ブラント喜歌劇団が、ギルバート&サリバンの一連の作品の再演を始めるその日のことだ。ダーシー・ブラント喜歌劇団は、ウィリアム・ギルバート卿の脚本で『ラディゴア』を初演して以来、六十年ものあいだ、ロンドンとニューヨークでギルバート&サリバンものを上演している。だから、ニューヨーク公演は、世間によく浸透した興行となっていた。

ダーシー・ブラント喜歌劇団には、トマス・ウィローという、通好みの主役テノールがおり、ギルバート&サリバン作品を十七年近く主演していた。ウィローは長身の美男子だが、自惚れが強く、博打狂いだった。そのせいで、劇団一の給料を得ながらも、常に金に困っていた。また、女に持てる男で、それをいいことにあちこちで浮名を流し、厄介を起こすという悪い癖があった。一度など、劇団きっての喜劇役者トニー・アーンストラザーの妻に手を出し、それをトニーに押さえられ、骨をへし折られて病院へ担ぎこまれたこともある。

火曜の夜、ダーシー・ブラント喜歌劇団は、今季の演目『ミカド』の幕を開ける予定だった。その日の朝、ウィローは最後の下稽古で、それまで幾度となく演じてきた主役〝ナンキ・プー〟の衣装でいるところを見られている。だが、午後になって、ハドソン川の渡し舟の客が、水に浮かぶウィローを発見した。その姿はナンキ・プーのままで、明らかに溺死である。

賭博による多額の借金に追いつめられてのよくある自殺だと、私はてっきり思っていた。ところが、翌日午後の便で、第一の手紙が届く。前夜、マンハッタン南部にある郵便局から投函されたものらしい。中身は、安物の便箋一枚に、『ミカド』の一節がきちんとタイプ打ちされたものだった。

……それはすすり泣き　ため息をついて
喉を鳴らし
渦巻く波に　身を投げた
おお　ウィロー　ティトウィロー　ティトウィロー……

そして、〝死刑執行大臣〟と署名があった。

薄気味が悪いだろう、ポール。私は背筋が寒くなったよ。六十年前の『ミカド』初演日に、ギルバート&サリバン作中のトムティット（シジュウカラ）がティトウィローと鳴き、川に身を投げた。そして、六十年後、トマス・ウィローという舞台の鳴き鳥が波立つハドソン川に身を投げた。それも、おそらく死刑執行大臣の計らいでな。

私はこの手紙を一読後、すぐにギルバート&サリバン全集を買いに出て、『ミカド』からのその引用を調べた。すると、おやと思う点が二つあった。この『ティトウィロー』の一節は、ココという三枚目役の歌から採っているのだが、ココは死刑執行大臣でもあるんだ。そして、ダーシー・ブラント喜歌劇団でその役を務めるのは、二十年以上も前から、主役喜劇俳優であるトニー・アーンストラザーとなっていて、例のトマス・ウィローに妻を寝とられて、死ぬほどぶん殴ったやつだった。

だが、私がこの事件にかかりきりで頭を悩ましていたのも、木曜の夜までだった。第二の殺人が起きたんだよ。今度は洒落た観客の見守る舞台の上で。第二の犠牲者は、ハーバート・ダーシー・ブラント卿だ。彼は妻とともに劇団を率いる、その所有者であり演出家だった。そして、古くからのギルバート&サリバン信奉者で、上演中、彼が芝居に顔を出さなければ、その舞台は惨憺《さんたん》たるものになるというジンクスを頑なに守っていた。二十年というもの、どの舞台でも、ハーバートは劇場に来て衣装に着替えたあと、その他大勢のコーラスの一人として観客の前に立っていたんだ。大荒れの天気でも、肺炎で病んでいても、何とかベッドから抜け出して、舞台に立った。後年、重い痛風を患ったときでさえ、コーラスに混じることは欠かさなかった。

殺害された夜も、ハーバートは『ゴンドラの漕ぎ手』のフィナーレに出た。出演者が勢ぞろいして歌い、ワインを飲むという賑やかで派手な場面だ。ハーバートは誰かからグラスを渡され、コーラス隊とそろって、それを高く掲げ、一気に飲みほした。そして、二分後、昏倒した。幕が下りたとき、彼は息絶えていた。彼のワインには、コーラス隊全員を殺せるほどの青酸カリが入れられていたんだよ。

私は、彼にグラスを渡した人物を探したが、誰も何もわからないと言う。役者たちは飲めや歌えの演技に忙しかったし、観客も熱心に役者を見ていたからね。ハーバートには誰も注目していなかったようだ。フィナーレに出演した何者かが、毒を盛ったに違いない。そのとき、トニー・アーントスラザーは彼のそばにいた。同様に、ほかの主たる役者たちもいたが。

翌朝、出勤すると、私の机の上に、手紙が置いてあった。第一の手紙と同じ安物の便箋にタイプで打たれたもので、前日朝に投函されたらしい。内容はギルバート&サリバンの『ゴンドラの漕ぎ手』からの短い引用だった。

……痛風持ちなのに酒好き
それが災いして　彼は早死した
そのことは疑いようもない
何一つ、疑惑の影はない
何があろうとも間違いない……

そして、〝死刑執行大臣〟の署名があった。

それで、私はこの〝死刑執行大臣〟は、ギルバート&サリバンに毒された偏執狂のような人間ではないかと睨み、近隣の精神病院から逃げ出した患者はいないかと当たっていた。二日後、その結果もまだ判明していないところへ、第三の事件が起こった。例の不可能失踪というものだよ。

劇団で悪役を演じる若いバリトン歌手に、ウォルター・ラニエという者がいる。彼は何人かの劇団員に、南米に富裕な叔父がいることを話していた。だが、その叔父が彼を訪ねてくる話は誰にもしていなかった。土曜の午後、マチネが終わり、彼が楽屋で化粧を落としていると、叔父のピーターが楽屋口を訪れた。劇場ではるか昔から口番を務める老人アンディが、その大金持ちの叔父を甥の楽屋へ案内した。ピーター叔父はノックをして、名乗った。ラニエは驚いたようだったが、どうぞと返事をした。ピーター叔父は中へ入り、ドアを閉めた。それが、アンディが見た、叔父の最後の姿だった。

だが、声を聞いたのはそれが最後ではなかった。とりわけ相手が金持ち風情ときては、アンディが得意の野次馬根性を発揮しないはずがない。しゃがんで、鍵穴から盗み聞きをした。すると、ラニエは突然〝ピーター叔父〟なる人物に、おまえは何者だと怒鳴った。年配の男が何か答えると、ラニエは、この詐欺師め、出て行けとわめいた。ピーター叔父は抗弁していたが、ラニエは激昂するばかりだった。不意に、どすんという音がして、次にうめき声が聞こえた。そして、ぱたりと音が止んだ。

少しして、口番の老人は不安を覚えた。何度かノックしてみる。返事はない。それで、ドアを開けようと思った。が、内側から鍵がかかっている。アンディは舞台係を二人呼んで、ドアに体当たりをし、こじ開けた。ラニエが頭に大きなこぶを作り、床に倒れ、「詐欺師だ——なりすましやがって！」というようなことをうめいていた。

やがて、ラニエは正気に戻り、叔父になりすました詐欺師はダーシー・ブラント喜歌劇団の誰かに似ているような気がすると言った。

「あれ、あいつはどこに行った？」ラニエは辺りを見回しながら訊いた。

楽屋のドアからは出てこなかったと、アンディは断言した。

「ここから出るには、そのドアしかないじゃないか！」ラニエが声を荒らげる。「何てことだ、こんなことはあり得ない！」

そして、そのとおりだった。我々は楽屋を調べ、クロゼットも、続きの小さな洗面室もさらった。だが、〝ピーター叔父〟などどこにもいない。隠しドアもなければ、何の跡形もない。そして、アンディが唯一の出入り口をずっと見張っていたのだから、〝ピーター叔父〟はどこかへ溶けて消えたとしか思えないのだよ。

床を調べていた私は、〝ピーター叔父〟が立っていたという場所に、小さな封蠟を見つけた。それが何を意味するのか、私には皆目見当がつかない。ウォルター・ラニエも、それまでそこにそのようなものはなかったと言う。だが、翌日、新たな手紙が届いた。前日の朝の消印がついた、ギルバート＆サリバン作『魔法使い』からの引用があるものだ。

……高慢なる敵を追い出したいなら
金持ちの叔父を蠟の中に溶かしたいなら
わが魔法の館を訪ねるがよい……

不可能な話だろう、ポール！　目が眩み、頭がおかしくなりそうな、何とも見事に不可能な事件だよ。今は二十世紀だ。魔法使いなどいやしないさ。小さな魔法の館さえも、あるわけがない。叔父になりすました者が蠟に溶けるなどとは聞いたこともないね。少なくとも常識の範囲では。私は、この死刑執行大臣とやらのたちの悪いおふざけには、ほとほとうんざりだよ。

いらいら気味の
フレッジ

ニューヨーク州ニューヨーク市
ニューヨーク市警殺人捜査局
スタンリー・フレッジ警視宛

親愛なるフレッジ様

ぼくは喜歌劇殺人事件の犯人を突き止められず、混乱しているであろう捜査班のことを寝ころんで想像しながら、快適な朝を過ごした。市警本部長から、巡査部長に降格だと脅かされてやしないかい？

事件についての必死な説明を読んで、フレッジさんよ、そちらが犯人割り出しにまったくお手上げなこと、やられっぱなしなことがよくわかった。そろそろ専門家が乗り出して、素人じみたへまなやり方から救ってやらなければな。ぼくはすでに手応えを感じているよ。死刑執行大臣が誰か、そして彼の望みは何か、かすかながらも光が見える。ただ、何点か重要な疑問があり、その答えがなければ、結論は出せない。『ミカド』の死刑執行大臣は『小さなリスト』という歌を歌うよな。その向こうを張って、ぼくも疑問を小さなリストにしてみたよ。以下の点について、できる限りきちんと答えてもらいたい。

一、トマス・ウィローの死体が発見されて、どれくらいあとにその記事が新聞に載ったか？

二、ウォルター・ラニエの叔父と名乗るピーターが楽屋を訪問したとき、どのような格好をしていたか？

三、死刑執行大臣のほかに、ハーバート・ダーシー・ブラント卿を無き者にしたいと考えていたのは誰か？

四、『軍艦ピナフォア』の老水夫ディック・デッドアイ役を演ずる劇団員は誰か？

五、偽のピーター叔父は、楽屋口へ現れてから甥の楽屋へ入っていくまでのあいだ、何を話し、どんな様子だったと口番のアンディは言っているか？

仰天しないでくれよ、フレッジ。ぼくは大真面目だ。以上に答えてくれ。急いでもらいたい。

答えを待ちわびる
ポール

メイン州オックスフォード郡
マフーシック・ロッジ
ポール・ドーン宛

親愛なるポール君

きみのひねくれた質問の答えを探すのに、この二日間かかったよ。そして、正直なところ、ますますこっちの頭は混乱してきた。こんなことに対する答えが、本当に解決につながるというのか？

一、トマス・ウィローの死体が発見されて、どれくらいあとにその記事が新聞に載ったか？

およそ一時間後。ウィローの死体は、午後四時十七分に発見された。五時二十分頃、事件を報じた一番の新聞が街頭に出ている。

二、ウォルター・ラニエの叔父と名乗るピーターが楽屋を訪問したとき、どのような格好をしていたか？

ラニエによると、ピーターは鼠色の大きな外套にマフラー、山高帽という姿で、縁なし眼鏡をかけていた。アンディは外套、マフラー、山高帽を確認しているが、眼鏡の記憶はなく、とにかく〝でっぷりと太った紳士〟という印象だったと言う。

三、死刑執行大臣のほかに、ハーバート・ダーシー・ブラント卿を無き者にしたいと考えていたのは誰か？

多数の人間がそう考えていた。

まず、ハーバート・ダーシー・ブラント夫人。夫より二十歳下で、聞くところによると、若い男に気を移しがちな女だった。夫の死亡時には、五十万ドルの遺産と、ダーシー・ブラント喜歌劇団を相続する。

そして、トニー・アーンストラザー。殺される一週間前、ハーバートに〝老いぼれ道化役者〟と罵られ、ギルバート&サリバンものではもう使い物にならないということで、今回の公演後、劇団をお払い箱になることが決まっていた。

ウォルター・ラニエ。ダーシー・ブラント夫人と非常に親密で、彼に財産はないが、婦人はいまや大金持ちの未亡人である。

トニー・アーンストラザー夫人。夫と同じ理由で、ハーバートを恨んでいた。

アンディ。ダーシー・ブラントは死ぬ前日も、この老人といさかい、罵倒したが、日頃から何かにつけて責めていた。

四、『軍艦ピナフォア』の老水夫ディック・デッドアイ役を演ずる劇団員は誰か？

が専門である。それを知りたい理由がさっぱり読めないが、答えはウォルター・ラニエ。彼は「荒くれ者」役

五、偽のピーター叔父は、楽屋口へ現れてから甥の楽屋へ入っていくまでのあいだ、何を話し、どんな様子だったと口番のアンディは言っているか？

少ししか話していない。彼は楽屋口のアンディに近づき、「こんにちは。ウォルター・ラニエはいますか？」と声をかけた。アンディが、面会の約束は取りつけてあるかと訊くと、「大丈夫ですよ」と答えた。そこで、アンディはピーター叔父を黙ってウォルター・ラニエの楽屋まで案内した。楽屋のドアの前で、ピーター叔父は「ウォルター、ピーター叔父さんだよ！」と呼びかけた。すると、ラニエが楽屋の中から何か答えた。ピーター叔父はドアを開け、中へ入り、ドアを閉めた。

さて、以上だ、ポール！　さあ、誰を逮捕すればいい？　ギルバートかサリバンか、どっちだい？

フレッジ

ニューヨーク州ニューヨーク市
ニューヨーク市警殺人捜査局
スタンリー・フレッジ警視宛

親愛なるフレッジ様
ピーター叔父は消えた当日の午後、太く低い声で話していたか？　アンディに確かめてくれ。

ポール

メイン州オックスフォード
マフーシック・ロッジ
ポール・ドーン宛

親愛なるポール君
きみは超能力者になったのか？　そのとおり、アンディによると、ピーター叔父は、かなり太く低い声だったそうだ。いったい、何の話だい？

フレッジ

ニューヨーク州ニューヨーク市

ニューヨーク市警殺人捜査局
スタンリー・フレッジ警視宛

親愛なるフレッジ様
ウォルター・ラニエを殺人容疑で直ちに逮捕せよ。詳しくは手紙で。
ポール

ニューヨーク州ニューヨーク市
ニューヨーク市警殺人捜査局
スタンリー・フレッジ警視宛

親愛なるフレッジ様
物事は見かけどおりとは限らない。ギルバート&サリバンが六十年前から言っていることだが、すっかり忘れていたかい？
トマス・ウィロー殺害も、見かけどおりのものではない。ウィローの死についての説明を読んだとたん、ぼくはつじつまの合わない点に気づいた。ピーター叔父は午後遅くに失踪している。手紙は、翌日届いた。それは前日の朝、つまりピーターの失踪以前に投函されたものだ。ダーシー・ブラントが殺害されたときも、前日に投函された手紙が届く。つまり、それも殺害前に投函されたものだ。だが、トマス・ウィローが死んだあとの手紙は前夜に投函されたものだった。この場合は、彼の死体が発見されたあとということになる。では、なぜ死刑執行大臣は、ほかの二つの事件とは違い、殺害以前ではなく、あとに手紙を書いたのか？　答えは簡単だ。死刑執行大臣は、トマス・ウィローの死体が発見されるまで、そのことを知らなかったからだよ。だから、トマス・ウィローの死は、見かけどおりのものではない、と言ったんだ。つまり、トマス・ウィコーは殺されてはいない。自殺だ！　捜査班が初めにそう睨んでいたようにね。死刑執行大臣は、夕刊で記事を読むまでウィローの死を知らなかったのさ。

この悪賢い殺人犯は、トマス・ウィローが自殺した日の夕方五時二十分以降に新聞を買うまで、彼のことなど頭になかった。自分勝手なやつなんだよ。夕刊を読んで、ウィローの死を都合よく利用してやろうと思いついた。二、三時間頭をひねり、名戯曲家ギルバートも舌を巻くような、巧妙で綿密なあらすじを描いた。まず手始めとして、警察に意味ありげな手紙を送ることにする。捜査班が、この事件は病院から脱走したギルバート&サリバンに毒された偏執狂によるものだと思いこむように。タイプライターに向かい、一気に書き上げる。喜歌劇の一つから、不吉で象徴的な歌詞を引用し、死刑執行大臣とわざとらしく署名する。あとは捜査班の豊かな想像力に任せておけばいい。そして、やはり、おまえさんたちは完全に引っかかった。死刑執行大臣とやらに、まるで迷わされてしまったな。冷静な頭脳犯ではなく、ご念の入ったことに、気の触れた人間を当たっていたわけだ。

いいかい、では、なぜ犯人はわざわざ芝居の中の死刑執行大臣が、あたかも実在するかのように見せかけて、ウィローの死に関わったことにしたのか？　ハーバート・ダーシー・ブラントを殺すために、囮がほしかったんだよ。ダーシー・ブラントの殺害事件も、見かけどおりのものではない。それを偏執狂による連続殺人事件の一つだと思いこんでいただろう？　だが、実際は、ダーシー・ブラント殺しこそが要となる事件だったんだ。そもそも犯人の目的は、ダーシー・ブラントを殺し、その後、その若き裕福な未亡人と結婚することだった。死刑執行大臣、謎の手紙、ウィロー殺し、そして、ピーター叔父の失踪——このすべては目くらましで、薬の苦味をごまかす糖衣のようなものだったのさ。

　ハーバート殺害はやりおおせたものの、犯人はそれだけでは十分ではないと考えた。死刑執行大臣が二件の殺人で鳴りを潜めたら、警察はそれが偏執狂のしわざかどうか疑いはじめるに違いない——二件目の殺人については特に。そして、ダーシー・ブラントの妻と犯人との不都合な関係を嗅ぎまわるだろう。つまり、彼にはもう一つ、第三であり、止めの一撃といえる殺人が必要だった。警察の目をそらすために、死刑執行大臣というまやかしで駄目押しをしなければならなかったんだ。だが、できれば、もうそれ以上人の命は奪いたくない。それで、彼は〝ピーター叔父〟なる解決策を見つけた。

　ウォルター・ラニエの〝ピーター叔父〟について、いくつか不審な点に気づかなかったのかい？　まず初めに、劇団員の誰かが化けた偽者だということくらいわかるだろうに。その男はまだ名乗り出てはいないが。だが、もし、そのなりすまし男が死刑執行大臣でないなら、なぜ自分が化けたと認めないのか？　結論としては、ピーター叔父こそが死刑執行大臣だからだよ。ところが、最後の手紙や封蠟、その他の状況から考えると、ピーター叔父は死刑執行大臣の手で消されたということになる。すると、ピーター叔父は死刑執行大臣ではないと、結論を訂正しなければならない。そこで、この奇妙な矛盾はいかに説明すればよいか？

まず、ピーター叔父はどのように現れたか？　鼠色の大きな外套とマフラーで身を覆い、口番のところへ来て、太く低い声で短く話しかけた――ギルバート＆サリバン作品でおなじみの荒くれ者に似た声で。そして、甥の楽屋に行き、「ピーター叔父さんだよ！」とひと言呼びかけた。それから、返事らしきものを待ち、そのほかには何も声を発せず、さっさと部屋に入った。

「それがどうした？」と思っているだろう。つまり、こうなんだよ！　アンディは、ウォルター・ラニエとピーター叔父が一緒にいるところを、その目で確かに見たわけではない。話し合っているのを聞いたとはいっても、ドアの向こうからだ。ラニエがピーター叔父に何者だと怒鳴り、二人はやれ詐欺師だ、いやそうじゃないと言い争ったとしている。つまり、彼は二人の声は聞いた――ところが、二人の姿は見ていない。

これで、ぼくの言いたいことはわかったはずだ。一人二役だったということさ。一人の男が二つの声を使いわけていた――俳優になら、簡単にできる芸当だ。だったら、この人物は誰か？　さあ、楽屋には誰がいた？　ラニエだけじゃないか！　だから、ピーター叔父は、当のラニエだったということなんだ！

このからくりに気がつけば、ピーター叔父の、封蠟に溶けたなどという不可能な失踪の謎も簡単に解けるだろう。ギルバート&サリバン作中の歌詞に合わせて、意図的に床に封蠟を置いておいただけなんだよ。それに、ウォルター・ラニエは化粧や扮装の道具には事欠かない。老け役の化粧もお手の物さ。『軍艦ピナフォア』のディック・デッドアイ役をやってきたからね。ピーター叔父が訪問したということになっている午後は、枕を二つ腹に巻きつけ、老け顔に造り、外套、マフラー、山高帽で身体を覆って、南米から来た親戚のようなふりをして楽屋口へ行った。もちろん、警戒して、口番アンディにはあまり口を利かない。ウォルター・ラニエ本人とは旧知の仲だからね。

だが、アンディはまんまとだまされてしまった。ピーター叔父とやらを甥の楽屋へ連れて行き、様子を見て盗み聞きした。一方、件《くだん》の老紳士は自分で自分に呼びかけ、自分で自分に返事をして、楽屋へ入った。自分で自分を〝詐欺師〟呼ばわりし、二人で言い争っているような声を聞かせた。次に、手早く化粧などを落として、ウォルター・ラニエに戻ることによって、もう一人の自分の謎の失踪を実現させた。

ラニエは不可能犯罪を計画していたわけではない。変装を取り去り、発見されるまで、気絶してわけがわからない状態を装い、そのあと例の警告をするつもりだっただけだ。死刑執行大臣が三人目の犠牲者を出したという手紙を書いて。ところが、アンディが立ち聞きしていたために、その思惑は外れ、紛らわしいことになった。心配したアンディと舞台係がドアを蹴破ると、そこにはラニエしかいない。ラニエにとっては、最悪な瞬間だったに違いない。もし、叔父になりすました男がどこかへ消えたと言えば、アンディはドアの外にいたのだから、嘘がばれてしまう。

とはいえ、叔父はすでに消えている。

そこで、ラニエは最悪でもまだましだと思う手に切りかえた。「あの詐欺師はどこへ行った?」という意味のことをうめくように言ったんだ。こうして、偶然にもこの巧妙な不可能犯罪が成立したというわけさ。

だが、心配ないよ。もうすぐ当のラニエが、死刑執行大臣の前にお目見えすることになるだろうからね。

得意満面の
ポール

間一髪
On the Brink

エラリー・クイーンのルーブリック

〔ＥＱＭＭ年次コンテスト第三席〕

昨年度のコンテストで賞を獲得したこの短編によって、ＥＱＭＭ（ヤッフェ氏の処女作を掲載した雑誌です）を舞台にする限りにおいては、ジェイムズ・ヤッフェは成長の〝第三段階〟に入りました。〝第一段階〟では、機知に富んではいるものの、作り物めいた物語が生み出されていました。〝第二段階〟では、創意を残しつつも、作り物めいた感じは希薄になり――もちろん、〈ブロンクスのママ〉の物語のことですよ——ポール・ドーンの初期の物語よりも、ずっとずっとリアルになっています。そして今度の〝第三段階〟において、ジェイムズ・ヤッフェは、私たちに〝サスペンス〟の物語を――機知をひけらかすための機知は控えめになり、人情と感情に基づいた、心理的内容を含む物語を――提供してくれました。

ジェイムズ・ヤッフェは、自分のしようとしていることを、いつでもきちんと理解しています。この新作においても、やはり同じことが言えるのです。例えば、彼は、「間一髪」がサスペンス小説と呼ばれることが、完全に的外れだと自覚しています――少なくとも、彼が構想時に思い浮かべた完成像を的確に表現したものではありません。この物語において真に重要なことは、人間に関係することであり、ヤッフェ氏はサスペンスよりもっと深い意図のあるものを――登場人物同士の葛藤から浮かび上がるものを――

描き出そうとしているのです。では、これらの〝もっと深い意図〟とは、何でしょうか？　ヤッフェ氏にとっては、それは二つあります。一つめの意図は、彼自らが犯罪の〝人間性〟と呼んでいるものを描き出すこと。——本人の言葉を用いるならば、「悪事や犯罪をなす可能性を秘めているのは人間だけです。この可能性はわれわれ全員が共通して持っているものであり、人間の皮をかぶった怪物の一団に限られた特殊な性癖ではありません。最も高貴で高潔な人さえも、然るべき状況に追い込まれたならば、殺人を犯すことを考えざるを得ないのです。そして、この事実は、われわれ全員が警告として受け止めなければなりません。生まれつきの善人も生まれつきの悪人もいません。しかし、人はその人生において、自らが行使できる意志の力と良き感性と人間らしい感情をもって、毎日のように選択をくり返していかなければならないのです」となります。

二つめの意図は、同じくらい重要です。いや、より重要かもしれません。ヤッフェ氏は、私たちのこの時代における、とてつもなく危ういものに——事によると、この上なく危ういものに——触れようとしているのです。「世の中のあらゆる暴力や不正に対するわれわれの怒り。暴力や不正に対して何かをしたいというわれわれの欲求。こうした怒りや欲求が、われわれ自身を暴力をふるい不正を行う人間へと追い込んでしまい、結果、われわれが戦おうとしている人物のレベルまで自分自身を引きずり落としてしまうのです。この危険は、かつての〝魔女狩り〟にもありました。そして、現代でもこの危険は、われわれが好きになったり共感したりすることがないであろう人々との交際において、毎日のように生じる私的で個人的な葛藤に内包されているのです」というものに。大いなる目標、大いなる目的……ですが、まさにそれこそが現代探偵小説の本質なのです。現代の探偵小説は、文学形式の中で常に最も民主的であり続け、常に暗い隅を照らし出しているのですから。

（ＥＱＭＭ一九五三年八月号より）

ハンナ・アーロンソンの抱える大問題は、殺人ということに関する具体的な知識がほとんどないことだった。たとえば、それが妹のエルシーの料理メイドのために、ポテトパンケーキの新しいレシピを考案したり、雨降りの午後に幼い甥や姪の一人を楽しませたりという話なら、まったく問題はないのだが。「ハンナは何でもお手の物ね！」ウエスト・エンド通りのアパートメントを共同で借りている仲良しのミス・ピンカスは、ハンナを評していつもこう言う。ささいなことでも息を弾ませ、大げさに言いたがるのがミス・ピンカスの困ったところだとしても、よくある日常的な問題に対して、実際、ハンナは非常に有能な人間だった。だが、こと殺人に関してはそうではない！　ともかく、つくづく範囲外といえた。

とはいえ、知らないことがたくさんあっても、ぜひとも知りたいと望めば、人はおのずとそのやり方を会得できるものだ。ハンナはそれを座右の銘としてきたし、今こそ実践すべきだと思った。世界で一番愛してやまない青年の今後の幸せ、心の安らぎ、いやおそらくは人生そのものが危うい今このとき、そうせずに何としよう。

ハンナが甥のマーク・ウェクスラーに対して抱く感情を、こう見る人は多い。「オールドミスによくありがちな、母親になれなかったことへの劣等感」と。「我が子を持たなかったため、だんだんと妹の子どもに過剰なまでの愛情をかけるようになった」――世間が陰でそう噂していることを、ハンナは知っている。そして、そういう見方をされても、ただ笑ってやり過ごしてきた。「一昔前は」と、彼女は一度、ミス・ピンカスに漏らしたことがある。「子どもを猫かわいがりするなんておかしいと、皆、変な目で見たものだわ。でも、今の時代は現代心理学というものがあるわよね。人それぞれ、いろいろあっても、皆、それで片づけようとするから、かえって楽ね」だから、彼女は甥のマークをかわいがっているし、それを少しも恥じてはいない。伯母であれば誰しも、マークのような子は誇らしいだろう。美男子とはいえないかもしれないが、強くりりしく聡明な顔立ちをしており、髪は黒く、目は思慮深げで、ほとんどいつも気難しそうに口を結んでいる。つまり、全体的な印象は、頭の中にありとあらゆる難解な考えが詰まっているような子というものだった。

それがまさにそのとおりだったことは、彼の実績が示している。高校時代は常にクラスで一番で、特に文学や芸術に秀でていた。大学を卒業するときは、あとほんの少し成績がよければ、確実にファイベータカッパ（一七七六年創設の全米優等学生友愛会。また、その会員）になれるところだった。そして今、卒業してまだ三年足らずだというのに、画壇の一部では、もっとも前途有望な若手画家と認められている。事実、来春には小さな画廊で個展が開かれる。そこは手狭なものの、たいへん評価の高い画廊だ。つまり、ハンナにはそういった素晴らしい甥がおり、彼女はそのことを誰にでも自慢した。

また、彼が誰かにけなされようなものなら、ひたすらかばってやり、困っているときは惜しみなく力を貸した。詳しく言えば、マークと彼の父とのぎくしゃくした関係には、とりわけ心を砕いた。

ハンナの義理の弟に当たるベン・ウェクスラーは、確かに一緒に暮らしやすい男ではなかった。人生に対して独自の考えを持っており、それを支持しない人や妨げようとする人のことをあまり考えに入れたり、思いやったりしない。それにつけても、一番やりにくいのは、いつも調子よく気楽に構えているようなところだった。何があっても、かっとならず、静かに機嫌よく口元を緩ませたままで、そのへらへらした笑顔を曇らせることもない。

当時、まだ幼かった頃、マークはベンとまったく馬が合わなかった。繊細で夢見がちな少年だった彼なら当然だろう。日々、ベンに何かにつけて嫌なことを言われ、しゅんとしていた。片やベンは現実主義で、地に足の着いた実業家だから、そんなマークにあえて苦言を呈するのは当然のなりゆきだった。彼は、どうして自分にマークのような息子ができたのか、不思議に思うほどだったのだ。そう、そのように折り合いが悪いのも、あの二人ならしかたがないと、ハンナは自分に言い聞かせてきた。寛大で情の深い人間として、この問題についてはベンの側からも見てやるのが務めだろうと。

そんなわけで、ウエスト・エンド通りにある、古びて薄汚れたホテルの小さな間借りから、ハンナは長年に渡り、二人の確執を見守ってきた。当初、マークが小さかった頃、勝者はいつもベンの側だった。含み笑いと静かなひと言ふた言で息子を刺し、屈辱を与えて泣かせる。息子は夜、ベッドの中でじたばたしながら途方に暮れ、父を疎ましく思う自分を責める。

その頃、父と気まずくなると、マークはハンナ伯母のところへやって来るようになった。初めはハンナにすがって泣くのだが、彼女が愉快な話の一つでも聞かせてやると、また笑みを浮かべ、笑い声を上げる。本当を言えば、それは母親の仕事だった。だが、ハンナの妹のエルシーにしても、かわいそうなことにベンをとても恐がっていた。彼に何かぶつぶつ文句を言われただけで、心臓が飛び出そうなほどびくついていたのだ。それに、口癖のように「子どもを甘やかすな！」とたしなめられていた。

長ずるに及び、マークは打たれ強くなっていった。すると、むっつりと頑固そうな暗い表情を見せるようになり、まるで生まれつきそうだったかのように、いつしかそれが彼の顔になった。それでも、相変わらずオールドミスの伯母を訪ねることはやめず、父との衝突のわけを真っ先に聞いてもらうのだった。

高校になると、マークは母に対する父の態度に、内なる怒りを燃やすようになった。ハンナは椅子に深く座り、それを見守った。夕食時、ベンがエルシーに言う皮肉の一つ一つに、マークが腹を立てている姿が、ハンナには手に取るように見えた。とはいえ、ハンナのおかげで、マークはその怒りを実際に父にぶつけることは我慢した。むきになって母の味方をすれば、母がかえってつらい思いをすると、ハンナは彼をさとした。大人になれば、わかってくることの一つだと。そして、すべての人の気持ちを考えもせずに、がむしゃらに突っ走ってはいけないと教えた。彼も伯母の教えをよく守り——少なくとも守ろうとし——そのことはハンナを深く満足させた。強情で理想の高いマークのような青年が、素直にその教えに耳を傾ける相手など、そうはいなかったからである。

やがて、大学に進んだマークを、ハンナは慰め励ました。経済学を専攻しろと言うベンと激しく対立して、彼は美術を選んだのだ。そして、卒業するときも、アトリエを作り、本気で画家を目指すと決めたマークに力を貸した。それも、あとを継いで服飾業界へ入れと言うベンと、さらに大喧嘩をしてのことだった。そしてとうとう、まだ去年の話だが、ハンナはマークを大いに支えた。リンダとの結婚を反対され、父と人生最大のいさかいをしたからだった。ベンが、リンダはずるがしこい金目当ての女で、父である私の財産をほしがっているだけだと言えば、マークはマークで、ベンが成り上がったやり方をあげつらって責める。ハンナはそんな暴言罵言《ばげん》の応酬をすべて聞いていた。

この衝突と、それにすぐ続いた市役所での簡単な結婚式によって、ハンナの甥と義理の弟は決定的に決裂することとなった。マークはこれまで彼女が見たこともないほど腹を立て——その怒りようは少し空恐ろしくさえあった——今後二度と父には会わないと言い放った。ある晩、ハンナは夜どおし彼を説得したが、まったくその甲斐はなかった。

ベンはといえば——もともと暖簾に腕押しのような男だ。例のとぼけた調子で、この決裂という展開にも一向に動じていない。彼はさらりと受け流した。「どうして、この私にそんなことを言うんですかね?」そう明るく答えた。「すべてはあの子次第でしょう。向こうから頭を下げに来て、私の仕事を手伝うと言うなら、許しますよ。もちろん、私はあの金目当ての女に一切関わらないという条件でね。そうでなけりゃ——」ベンは笑みを浮かべ、両手を広げた。

それがなりゆきだった。これ以上悲しくつらい話があるだろうか！　それでもハンナは、家族というものは何があろうと仲良くつながっているものだと考えていたので、いつか、このほころびも繕われる日が来るという希望を捨てなかった。だがそれも、殺人という問題にまで、ことが及ぶ以前の話だった。

事態がそこまで恐ろしい方向へ進むきっかけは、リンダが病気になったことだった。彼女は決して強いタイプの女ではなかった。やはりマークが選ぶだけあって、かわいらしく優しくはにかみ屋とはいえ、壊れ物のような華奢《きゃしゃ》な印象があった。初めて会ってすぐ、ハンナはその点が気になったものの、マークには当然、何も言わなかった。だから、リンダが突然重い病に倒れたと聞いても、心配こそすれ驚きはしなかった。病気は胃に関わるもののようだが、とにかく思わしくないというだけで、はっきりしたことはわからない状態らしい。ハンナはグレーザー医師の複雑な説明を聞いても、まるで理解できなかった。

それからひと月、リンダの病状は日増しに悪くなっていった。ゆっくりと、ほんの少しずつ。痛ましいことに、そのせいでマークもやつれていった。眠れないらしく、目の下に隈を作り、顔色も日増しに青白くなっていく。

やがてある晩、十一時を過ぎ、ハンナとミス・ピンカスがちょうどテレビを消したときだった。不意に、マークがアパートメントへ現れた。一心不乱にやって来たのだろう。少し息を切らしている。そして、なかなか思いを言葉にできない。ややあって、グレーザー医師に、とうとうリンダの病状について宣告を受けたと話した。彼女は重篤な状態にあり、予断は許さないものの、まだ望みはある。そのためには手術の必要があり、それもその手術では音に聞こえたある専門医の執刀がいる。それが直ちにできれば、必ず望みはある。そうグレーザー医師は話したという。

マークは二つのあいだで揺れている、とハンナは感じた。気持ちが高揚し、勢いづいてさえいる彼。もともと悲観的に物事を考えるところがあり、これまでずっと、もう望みはないと諦めかけていたからだ。そして一方で、落胆し、まごつきながら力なく腕を振る彼。「手術——専門医！　大金がいるよ、ハンナ伯母さん！　ぼくにどうやってそんな金が作れる？　十年絵を描き続けたって、絶対に無理だよ！」彼は握りこぶしをもう片方の手のひらに叩きつけはじめた。「金だ！　いつだって、金が問題なんだ、そうじゃないかい？　金がなければ、人生もぼろぼろだし、魂だってだめになる。何にしたって、金の問題が立ちはだかるんだ！　くそっ、くそっ——何で神は金なんて作ったんだ？」

ハンナは優しく言葉をかけた。これまで、何とかためてきたお金が少しならある。私はつましくやっているし、父の遺した生命保険金は私には十分すぎる、と。ミス・ピンカスも真っ赤になって言った。自分もささやかながら貯金がある、と。だが、二人がその額を口にすると、そのような小金ではとても問題の解決にならないことがわかった。

「道は一つしかないよ、ハンナ伯母さん」マークが言った。そして、唇をぎゅっと結んだ。「お父さんのところへ行ってくる」

ハンナは押し黙った。何と言葉をかければよいのだろう。父に頭を下げることが彼にとってどれほど苦痛かをわかっているのに。あれほど誇り高い子が、ここまでの決断をするとは。それに、ベン・ウェクスラーのこともわかっている。ベンはこのチャンスを決して逃さず、最大限に利用するだろう。

「明日の朝、会いに行くよ。まったく、何でこうなるんだろう？　あーあ、さんざんな目に遭うかな？」マークは言って、笑い声を上げた。それは尖った小さな声で、朗らかなものではなかった。そしてすぐ、物憂げな長いため息に変わった。「わからないよ、ハンナ伯母さん。どう考えたらいいのか、何もかもわからなくなった。きっと今まで、ぼくは間違えていたんだね。人生を無駄にして。綺麗なカンバスをいっぱい汚してきただけなんだ。絵を描いてきて、それで何が残った？　リンダは伏せっていても、ぼくに痛みをさとられまいと我慢している。残ったのは、そんな哀れなことだけじゃないか」彼は手で目をこすった。「これはきっと、罰なんだ。このとんでもない悪夢は——一生子どものようではいられない、大人の男は自分で責任を取って生きていかなきゃだめだということをぼくに教えているんだろう。わからないよ。でも、もうそんなこと、どうでもいい。ただ、リンダがよくなってくれさえすれば——」

　静かながらもしっかりとした口調で、ハンナは彼をさとした。あなたは子どもなどではなく、すでに一人前の大人だ。普通の若者が経験するより、ずっとたいへんなことにきちんと向き合って責任を取ってきたではないか、と。

　彼は伯母を抱きしめ、言葉をさえぎった。「ハンナ伯母さんはいつも優しいね。ぼくのたった一人のチアガールで、宣伝係で、守り神で、おまけに心理カウンセラーだよ。伯母さんがいなかったら、どうなっているだろう」伯母ににこりと笑顔を向けると、身を離した。「さ、行かなきゃ」つぶやくように言った。「朝のうちに、お父さんと会うんだもんな」

彼が去ったあと、ハンナとミス・ピンカスは二時間ほどたっぷりと話しこんだ。

翌日ははらはらのしどおしだった。昼過ぎから、二人はベンに相談に行ったマークの話を待ち、電話が鳴りやしないか、ドアをノックする音がしやしないかとやきもきしていた。電話が鳴ろうものなら、銃でも撃ち込まれたかのように聞こえ、二人して飛び上がった。だが、それはどれも肉屋や八百屋やハンナの料理サークルの会員からのもので、やっとマークの声が聞けたのは、夕方二人で食事をしようというときだった。

ひと目見たとたん、ハンナにはマークの事情が飲みこめた。とにかく顔が死んだように青白いし、これほど内に閉じこもるようなきつい目つきの彼は見たことがない。彼は淡々と静かに話した――まるで他人事のように。だが、そんな彼は、かえって恐ろしくさえあった。

「断られたよ。できないと言われた。本気で取り合ってもくれなかった。ぼくはいつも物事を大げさに言うって。週末、出張があって――これから汽車に乗るところだから――つまらない大騒ぎにかかずらっている暇はないってね」

「誤解よ」ハンナはそう返したものの、自分でも馬鹿なことを口走っていると思った。「ちょっと勘違いしたんだわ、ほら。お父さんが戻ってきたら――」

「誤解なんかじゃないさ」マークはゆっくりと頭を振った。「『絵描きなんてくだらない商売で、時間を無駄にしたかったんだろう』そう言ったんだ。『あの金目当ての女のために、一生を棒に振る気だったくせに』ってね。『今になって、ちょっと困ったからって、私のところへすごすご戻ってくるとはな。自業自得というものだよ』って」マークは顔を上げ、つかの間、子どものような不思議そうな目をした。「それも、にこにこしながら言ったんだよ、ハンナ伯母さん。ものすごく愛想よく笑って」

そして、彼は子どものような目をどこかへ消すと、先ほどと同じく、静かに落ち着いて話しはじめた。そのあいだ、拳を白くなるほど強く握りしめているのをハンナは見ていた。「もし、リンダに何かあったら」彼は言った。「ぼくはあいつを殺す。殺してやるよ、ハンナ伯母さん。誓って」

ハンナはおののき、甥を見つめた。小さな悲鳴を上げそうだったが、喉につかえて出てこない。やっと声が出るようになったとき、マイクはもう帰っていた。

ふと、ミス・ピンカスが袖を引っ張るのに気づいた。「ねえハンナ、あの子はひどく気落ちしているだけよ。あんなに優しくていい子なんですもの。本気であんなこと、考えてるわけじゃない――」

「つまり、あなたも本気だと思ったのね?」ハンナはのろのろと振り向き、ミス・ピンカスの真っ赤になった顔をきつく見つめた。「本気で言ってた、そうよね?」自分の口調があまりに客観的で冷淡なほどだということに気づき、驚いてしまう。「あの子は嘘でも何でもない、本心から言っていたのよ」

その夜、彼女は夕食が喉に通らなかった。何とかしなければ、何とかしなければ、と一晩中胸でつぶやき続けた。ベンのもとへ行き、手遅れにならないうちに気持ちを変えてくれとひざまずいて頼まなければ! だが、ベンはこの週末、留守らしい。どうやって、この週末を乗り切ればよいのか？

それでも、やっとの思いで週末をやり過ごした。毎日エルシーに電話して、ベンが戻ったかどうかを確かめた。

ついに帰ったことを知り、彼女はベンの仕事場へ飛んでいった。

彼は相変わらず、明るく上機嫌だった。ハンナが三言しか言わないうちに、頭を揺らして含み笑いをし、こう言った。「私は、できのいいやつを息子に持っているようですな。伯母さんを使って、こんな嫌な仕事をさせようというのですから」そして、やはりいくら頼んでも、ベンの答えは「できませんね」だった。世界で一番、にこやかで楽しげで感じのよい「できませんね」だ。

それで、とうとうハンナは何も言う言葉が見つからなくなり、席を立って帰るはめになった。たぶん、大丈夫ではないだろうか。彼女は家へ向かいながら、そう胸で繰り返した。案外、グレーザー先生だって間違えているかもしれない。ああいった医者という人種は、あえて不安材料を見るものなのだから。

翌朝、ハンナは買い物へ出かけた。昼食時、アパートメントへ戻ると、ミス・ピンカスがまるでそれまで泣いていたかのように、肩で息をつき、目を赤くして待っていた。「ああ、ハンナ！甥御さんのお医者様から、さっき電話があって……リンダが——あんなに健気でかわいい子だったのに——一時間前に亡くなったそうよ」

それを聞いてしばらくのあいだ、ハンナは身がすくみ、呆然としていた。ミス・ピンカスの手を借りなければ、椅子に座れないほどだった。やがて初めの衝撃が引いていくと、ただただ恐怖が襲ってきた。「あの子と話さなくちゃ！」悲鳴にも似た声で言った。「会って慰めて、あの子がしっかりするまで見てやらないと！」震える指でマークの電話番号を押した。ジーッジーッと刺すような音が響いてくる。話し中のようだ。

彼女は受話器を置き、部屋の中を歩きはじめた。両手を絞るように握りしめ、行きつ戻りつしながら、ミス・ピンカスにいらいらとせっかちに話しかける。「時間なのよ！　一番の問題は時間。マークって子は……本当は赤ちゃんみたいに邪気のない子なの。もともと蠅一匹殺せないような子なんだもの。でも、どうにもこらえきれず、あんなふうに思いつめてしまって。それで今は別人のようになっているのよ。怒りが積もり積もって、本心からではない言動を取らせているんだわ。熱のようなものね。爆発するまで、見る見る恐ろしいほど上がっていく熱！」

「でも、それも長くは続かないでしょう、ハンナ」ミス・ピンカスが答えた。「彼はずっと恨みを抱きつづけるような人ではないわ。せいぜい一日かそこらすれば——」

「一日かそこらなんて長すぎるわ！　あの子の一生を考えたら、一分かそこらでたくさん！」ハンナはぞくりとして、口をつぐんだ。ふたたび話しはじめたとき、その口調は落ち着いたものに変わっていた。「あの子にそんなことをさせてはいけないわ。だめ、絶対にいけない。恐ろしすぎるもの。一生が台無しになってしまう。すべてのチャンスも、すべての可能性も……あんなに聡明で才能豊かな子なのに！　それに、ベンだってそうよ。かわいそうなベン。私、〝かわいそうなベン〟なんて言う日が来るなんて思いも寄らなかった。彼が何をしようと、報いなど受けてはならないんだもの……マークも、そう思ってるわ！　だから、そこが一番いけないところなの！　誰よりもマークがそう思うはずよ――何もかもが終わったあとで――」ハンナは拳を強く握った。「あの子を守らなくちゃ！　それだけだわ。あの子自身から、あの子を守るのよ！　何をするつもりか、頭の中では何が起きているか、どうやって、それを実行するつもりか。その計画を突き止めて、やめさせなくては。それまで、あとどれくらい時間があるのか、それが問題なのよ！」

「でも、ハンナ」ミス・ピンカスが途方にくれた顔で言った。「彼の計画って言ったって、何一つ手がかりもないじゃないの」

ハンナは足を止め、顔をぐいと上げた。すると、小柄で、いつもは控えめなタイプの自分が、急にすっと背が伸び、堂々とした人間に思えた。「私はあの子をよく知っているわ、だから大丈夫！　今までずっと、私のもとへ来ては助言を求めたり、誰にも言えないようなことを私に聞かせたりしてきたんだもの……ときどき、あの子の頭の中がどう動いているかが見えたり、考えや行動が先に読めたりするような感じがすることもあった。だから、そう、今までそんなふうにできてきたんだから、今だって難しいこととは思わないわ！」そして、彼女はミス・ピンカスの手に触れ、意思とは裏腹に少し震える声で言った。「とても恐いわ……本当はそうなの。でも、やらなくちゃいけないのよ」

そうはいっても、何からどう手をつけてよいものやら、なすすべがない。時間、それが彼女の課題だった。自分の感情に溺れて大事な時間を無駄にするのは、愚の骨頂というものだ。それで、もう一度マークに電話をしてみると、今度は返事があった。

聞き覚えのない男の声だった。柔らかく慇懃《いんぎん》で、少し猫なで声のような。彼は葬儀屋だと言った。マークを頼むと、小さく悲しげなため息をついた。「お若いですのに、お労《いたわ》しいことです。とても落胆されておいでで。それを外にはお出しになりませんが。ですが、お心落としのほどは見ればわかります。こういった経験をした者なら特に。本当に、気を落とされていて――それで、出て行かれました」

「出て行った？　どこへ？　行き先は？」

「ご両親の家です。当然のことです、こういう事態なのですから」

ハンナは慌てて電話を切った。「あの子はもう行ったわ！」そう叫んだ。「目的は一つしかない！　ああ、手遅れではありませんように！」そして、電話に飛びかかるようにして、妹のエルシーの番号を回した。

エルシーはしきりに喉を詰まらせたり、鼻をすすったりしながら、〝このつらく不幸な出来事〟について話した。「ええ、マークはいるわよ。かわいそうに。どんなにつらかったことか、わかるでしょう？　でもね」奇妙にも、エルシーの声にはどことなく安堵がにじんでいた。「ある面で、よかったところもあるの。いいことがあったのよ、ハンナお姉さん」

ハンナは耳をそばだてた。「いいことって？」

「マークとベンが仲直りをしたの！」エルシーは思わず弾んだ声を出した。「マークがベンに謝ったのよ。リンダが死んだことで目が覚めたって。ここに戻って、私たちとまた暮らしたいんですって！　ああハンナ、私、とてもうれしいわ！　もちろん、悲しんではいるわよ……このつらく不幸な出来事のことは……でも、元気を出さなくちゃ、そうでしょう？　それに、親元でなければ、マークだって元気になれないわよね？」

「親元でなければ？」ハンナの動揺が大きくなっていく。よりによってこんなときに、マークがベンに謝りを入れるなんて！　間違いない、間違いない――何か恐ろしいことが、あの子の頭の中をよぎっている！

「――愛する我が子の傷心を癒してあげたいのよ」エルシーは話しつづけている。「だから、二、三日ニューヨークから離れることにしたの」

ハンナはぎくりとした。「離れる？」

「ええ、コネティカットへ行くのよ」ベンはウエストポートの近くの入り江に、素敵で大きな別荘を持っている。「明日の朝、お葬式がすんだら、その足で発つの。マークはこの都会を出たほうがいいわ。賑やかで騒がしいし、悲しい思い出が詰まっているんですもの。だから、言うまでもなく、ああいう田舎の新鮮な空気を吸ったら、とてもいいと思うの」

「ベンも行くの？」

「もちろんよ、ハンナ。マークが絶対にそうしてって言うし」

「マークがそう言ったの？」

「ええ、そうよ。そもそもマークが田舎へ行こうって言い出したんですもの。でも、ベンが一緒じゃなきゃ行かないって。ねえ、二人は心からお互いを大切に思っているのよ、ハンナ。ただ、マークのすることがいつも、残念なことにベンの気に入らなかっただけなのよ。今のマークはとても素直で従順だから――」

すぐさまハンナは心を決めた。「私もコネティカットへ行くわ。墓地にスーツケースを持っていくから」

「そんなことを言っても、ハンナ――」

「私も田舎の新鮮な空気を吸いたいのよ！　じゃあね」

電話を切ったとたん、ハンナはまた部屋を行きつ戻りつしはじめた。

「お葬式のあと！」独り言のように言った。「そうでしょうね。あの子の気持ちに早く気づくべきだったわ。お葬式をして、愛するリンダに最後の敬意を表して、けじめをつけたら――自由になって――」

「でも、ハンナ。たとえそうだとしても」ミス・ピンカスの声は震えていた。「彼を止めることはできないわ！　だって、お葬式が終わったらすぐ、その墓地で、ポケットから銃か何かを取り出すかもしれないじゃない」

「それはないと思うの」ハンナは思案顔で頭を振った。「何となく、ベンと二人だけになるときを待つような気がするのよ。ほら、マークだって、心の底では逮捕とか何かそういうことを望んでいるわけじゃないもの。あの子はまだ若いわ。うまくやって逃げ切れたら、この復讐は彼にとって、もっと都合のいいものになるでしょう。だから、ベンと二人のときを待って、事故か何かのように見せかける。そうすれば当然、ひどいへまをやらかすわ！　あの子は、本当はこういうことをしたいと思うような子じゃないから。創造的なことには才能があるけど、実践的なことには向いていないのよ。警察はすぐあの子がやったと見破るでしょうね」

「それに」彼女は声に混じる震えを払いのけるように、きっぱりと言った。「もう、計画のようなものは立てていると思うわ。だって、こんなときに、どうしてわざわざベンと一緒に田舎へ行こうなんて言い出すの？　そうよ、絶対そう――田舎で、何とかしてチャンスを狙おうと思っているからよ……でも、いったいどんなチャンスかしら？」

ミス・ピンカスは頭を振った。

「見つけてみせるわ」ハンナは静かにしっかりした声で言った。「明日出発して、車であの子について田舎まで行って、ずっと見張ってるわ。片時も目を離さない。夜だって寝ないつもりよ。私があの子だったらって考えることにする。あの子の思いや気持ちになって。やってみなきゃわからないわ。偶然、同じ考えに行き当たるかもしれないじゃない！」

次の日、葬儀は早朝からの予定だった。だが、ハンナは一時間も早く起き、旅支度も終えていた。ミス・ピンカスと朝食をとりながら、彼女も葬儀に参列するかどうかを相談した。ミス・ピンカスはリンダのことが大好きだったので、本音としては行きたかったのだが、内輪だけの席に他人が入りこむのは厚かましいと思うところもあった。結局、いつものことながら、遠慮するという気持ちが勝り、ドアまでハンナを見送った。

「いってらっしゃい。うまくいきますように」ミス・ピンカスはそっとつぶやくようにつけ加えた。ハンナはありがとうという代わりに彼女の手を握り、アパートメントをあとにした。

ユダヤ教会の礼拝堂の最前列に、マークは父と母に挟まれ、座っていた。その姿を見たとたん、ハンナは不安が的中したと思った。喪服を着た彼は、陰鬱そのものだった。血の気のない唇を固く結んでいる。乾いた目に、涙のあとはひとしずくもない。やはり、彼は思いつめた熱に浮かされている。

「マーク」弔いが始まる直前に、彼女はそばへ行き、声をかけた。「あまりのことに、お慰めの言葉も見つからないわ。リンダのことは娘のように思っていたのですもの――」

彼は短い言葉で礼を尽くした。だが、目を合わせようとしない。ハンナがそっと頬にキスをしても、返すことはなかった。

やがて葬儀が始まり、当然のことだが、気の毒でつらい時間が流れた。そして、弔いが無事にすみ、皆でベンの車に乗りこんだとき、ハンナは少しほっとした。

コネティカットへの長い道のりは、どこかぎこちない空気に包まれたものだった。エルシーは鼻をすすり、ときにハンカチでまぶたをぬぐっていた。どれほどこの一件を〝つらく不幸な出来事〟だと思っているかを皆に知らせたいためだろう。ベンは場合が場合だけに、煙草を吹かし、例の愛想笑いを消していたが、ハンナはそれが唇の端に見え隠れするのを知っていた。

マークは背筋を伸ばし、身を硬くして、ひと言も喋らず座っていた。

ハンナはアーサーというウェクスラー家の運転手と並び、助手席にいた。たぶん、うまい具合にアーサーから聞きだすことができれば、マークの考えにつながる手がかりが得られるだろう。

たぶん、彼は何も知らずに、田舎には何があるか、どんな様子かを話すだろう——マークが自分の計画のために利用したがっているもののことを。

さしあたり、彼女は天気の話をした。折を見て、より個人的な内容へと話題を徐々に変えていった。夜学ではどういったことを学んでいるか——アーサーは整備士になるべく勉強をしているからだ。彼の妻は元気でやっているか。幼い息子の学校のいろいろな成績について。あれやこれやと無駄話が小声で続き、後部座席の三人には話が聞こえていない。そこで、三人の田舎での暮らしについて、情報を集めることにした。特にベンの一日の過ごし方を知りたい。彼はどんな人と会うのか。一人でいる時間は多いのかどうか。だが、都会での生活と同じように、ごく当たり前に、社会性を保ち、用心して暮らしているらしい。ならばどうして、マークがわざわざコネティカットまで来なければならないと思ったのかがわからない。すると、何気なく発した自分の言葉から、突然その答えが見つかった。

「田舎はもちろん、素敵でしょうね。でも、アーサー、たまには危険なこともあるのではないかしら。つまり、あなたはいつも新聞で、事故があったとか人が溺れたとか、いろいろと読んでいるでしょうってことよ」

大当たりだった。アーサーが表情を引きしめ、真面目な顔をしたので、ハンナにはすぐそれがわかった。彼は数分かけて、最近ウエストポートで騒ぎになっている話を聞かせてくれた。三か月ほど前から、ベンの別荘の周りで、強盗事件が頻発しているという。何軒かが押し入られ、夜、路上で銃を突きつけられた人々もいるらしい。「この分じゃ、そのうち誰かが殺されるかもしれませんよ！」

ハンナは震えが走るのを何とかこらえた。ありがたいことに、アーサーは自分の話に夢中で、構わず口を動かしている。「でも、その泥棒は、ウェクスラーさんの家に入っても無駄でしょうね。どうしてって、警戒が厳重ですから。そういうときのために、銃を備えていましてね。小さなものですが、威力十分ですよ。キッチンの棚に置いてあって」

ハンナは今まで以上にさりげない調子で話しかけた。「旦那様たちは皆、その置き場所を知っているんでしょう？　ほら、マークも」

「は、そうだと思いますよ。旦那様が銃を買った夏に、いらっしゃいましたからね。坊ちゃんが亡くなったリンダさんと結婚するっていろいろもめてた夏のことですよ」

アーサーは喋りつづけたが、ハンナは物思いに沈んだ。これで、マークの計画の大まかな輪郭はわかった。考えれば考えるほど、間違いないと思えてくる。まだ正体のわからないその強盗のせいにしようと思っているのだ。ともかく、別荘の付近で、何か危ないことが起こると誰もが考えている。だから、もしそれがベンの銃を使ってのことであれば——そう、ベンが強盗から身を守ろうとしてそうなったように見えるだろう。

大筋はつかめたにしても、細部はまだまだわからない。頭をふりしぼって考えなければならないことがたくさんある。どこでマークはこの恐ろしい舞台を演じるのか？　いつ？　どういった条件が揃った場合に？

ベンの別荘に着いたらすぐ、一つ具体的な処置をしよう。食器棚から銃を抜き取り、マークに見つからない場所へ隠すのだ。彼がその銃を使おうと考えていたとして、取りにいってもそれがなければ――よし、決行を遅らせることになるではないか。計画を変更し、次の機会を待ち、新たな凶器を選ぶ必要がある。そうするうちに、時間が過ぎて、二、三時間は何事もないだろう。そして、思いつめた熱も、だんだん静まっていくかもしれない。

ところが、こっそり銃を持ち去る好機は、ハンナが思っていたほど簡単にやって来なかった。到着して二時間ほどは、手ごわい邪魔が入った――一年を通してコネティカットに住む料理メイドが、台所を占領していたのだ。彼女はよく目の利く老メイドで、その注意を引かずに食器棚から銃を取ることなど、どう考えてもできそうにない。

だから、ハンナは夕食後メイドが部屋に下がるまで待たなければならなかった。食事が終わり、皆、海辺へ出ようということになった。そこはベンのプライベートビーチで、脱衣小屋や桟橋があり、ビーチパラソルも置いてある。皆はビーチチェアにもたれ、ハイボールを飲んだ。ただし、マークは桟橋をうろうろ歩いたり、立ち止まって海を見つめたりしていた。だが、あとの二人はゆっくりくつろいでいる。ハンナは今しかない、と思った。

ちょっと断ってから、ぶらぶら芝生を歩き、家へ向かう。急いでいないように見せるために、初めはしばらくゆっくりとさりげなく進む。だが、皆に見えないところまでくると、走って家の裏手へ回りこみ、網戸から誰もいないのを確かめ、食器棚へまっすぐ向かった。誰かに見つかりでもしたら、あまりにも決まりが悪いので、周りを絶えず気にしながら、そっと扉を開け、銃を探した。

一番下の棚にはなかった。二段目にもない。最上段は特に注意を払い、そこここを一分近くも探し回った。そして、少し震えはじめた指で、もう一度下の二段を隈なく見た。あげく、慌てふためきながら、彼女は悟った。銃はすでに持ち去られている！

急いでキッチンを出て、家をぐるりと回り、芝生へ戻る。海辺の手前で、恐ろしさに少し息を詰め、立ち止まる。

「ベンはどこ？」雑誌を読んでいるエルシーに、大声で訊く。「どこへ行ったの？」

「あら、散歩に行ったわ」エルシーは答えた。「いつもこの時間は、夜の散歩をするの。本当に自然が大好きなのよ。林の小道を歩くのは、とても気持ちがいいものね」

「じゃあ、マークは？」ハンナは尋ねた。

「マーク？」エルシーは身を起こし、瞬きをしながら辺りを見回した。「まあ、変ね。今までここにいたのに」

エルシーはまだ目をぱちくりさせていたが、すかさずハンナは芝生を歩きはじめ、できるだけ急いで小道へ向かった。そこは紆余曲折する泥道で、堅牢な老木や、奇妙な形の低木、そのあいだに生い茂る野草などが両側を挟んでいる。ハンナは星が輝く夜のこの時分に、この道を歩くのが好きだった。幾度マークを連れてここを散歩したことだろう！　そのたび、彼はハンナの愉快な話に笑い声を上げたり、真面目な顔で将来の夢や計画を話したりしたものだった。

だが、今は二人の思い出の場所なども目に入らない。ただ大きく息を吸いながら、力尽きないように走るだけだ。

やがて、もう先には進めないと思い、くるりと方向転換をすると、突然そこにマークの姿が見えた。

こちらに背を向け、道路わきに佇んでいる。じっと動かず、どこか身構えたその様子を見たとたん、息が詰まり、声をかけることができない。視線を感じたのか、彼はぱっと振り向いた。その顔に、ほんの一瞬、怒りが浮かんで消え、笑みが現れた。懸命に自然な笑顔を作ろうとしているが、それはきつくこわばったものだった。

「ハンナ伯母さん、こんなところで何してるの？」

「ちょっとお散歩よ」息を弾ませているので、言った先から嘘はばれているだろう。「偶然ばったりね。会えてうれしいわ、マーク」

「うん。とても」彼は道路の先にちらちらと目を泳がせている。

何を待っているのかはわかっているので、ハンナは畳みかけるように話しつづけることにした。

「ここは素敵ね、マーク？　二人とも昔から好きだったじゃない？」

「そうだね。昔から」

ハンナの口調はだんだん真剣なものになっていった。「ねえ、ここでつらいことなんて忘れてしまいましょうよ。難しいように思えるかもしれないけど、結局、人は皆、悩みや苦しみを忘れるべきものなんだから」

彼はもじもじした。「大丈夫、大丈夫。悩みを解消するために、ぼくにはいい考えがあるんだ」

「そうなの?」ハンナは一歩前に出て、もう少し切り込むように話しかけた。「だったら、聞かせてくれない? そのいい考えっていうのを。昔からいつもそうだったでしょ」

「ちょっと言えないよ」彼はうまく目を合わせるのを避けた。「悩みの一つや二つ、誰にでもあるでしょう。どうして話さなきゃならないの?」

「胸の中を吐き出したほうがいいときもあるのよ。人間は、何かを思いつめたり、ぜひこうしたいと思ったりすることがあって、でも、それが漠然としか見えていないというときもあるわよね。だから、そういうときは誰か他人に話してみればいいのよ、マーク。突然、違う世界が開けたりするから。恐ろしい間違いをせずにすむってこともあるかもしれないし」

彼は肩をすくめた。「そうかもしれない。でも、どうかな?」

彼女はさらに身を乗り出し、重々しい調子で語りかけた。「人生は一度しかないのよ、マーク。そして、若いときは、若くて未熟なときは——失礼な言い方でごめんなさい——血気にはやって無分別なことをしてしまうこともあるわ。かけがえのない一生を棒に振るようなことをね。つまり私が言いたいのは、若いときって、間一髪のところにいるものだってことよ、マーク。いわゆる、崖っぷち、ぎりぎりのところ。少しでも踏み出せば、とたんに崖から真っ逆さま——そして、二度と元へ戻ることはできないの」

彼は表情を硬くしたが、何も言わなかった。

「いい、世の中にはひどい人間もいるのよ」ハンナは続けた。「そんな人なんていないというほど、私は時代遅れではないわ。でも、ひどい人だからって、そういう人たちが憎いからって、人間ではないように扱ったり、行き過ぎたことをしてはいけないの。そんなことをしたら、自分だってそういう人たちと同じひどい人間になってしまう。憎むべきはその人じゃなく、自分ということになるのよ」

確かめるようにマークを見たが、その表情からは何も読み取れなかった。彼はやはり押し黙っている。

「そうね、それは難しいことね。私にもそれがよくわかるわ。あなたは若い。あたなは怒っている。そして、それに対して、何かをしたいと思っている。いや、何でもやってやろうと思っている！　あなたならできるわ、マーク。何か正しいことをね……それは仕返しをするより、もっともっと難しいことだし、そういうひどい人たちがかえって得をするように見えるかもしれないけど、最終的にはそれが一番いいことなのよ」彼女は手を伸ばし、彼の手を強く握った。まるで、真実を彼の中へねじ込むように。「お願い、信じて。本当に、それが一番いいことなんだから！」

もはや息が切れそうだ。彼女は口をつぐみ、心配顔でマークの返事を待った。

少しして、彼は顔を上げ、伯母の目をじっとまっすぐに見つめた。「ハンナ伯母さん、伯母さんが何を言おうとしているのか、さっぱりわからないよ」

胸の中に、何かが重く沈んでいくような気がする。だが、ありったけの思いをぶつけてしまったので、もう何も言葉にならない。

マークはつかまれた腕を外し、顔をそむけた。「さあ、構わなければ、そろそろ行きたいんだ。一人になりたいから」

その冷たい口調に、ハンナは熱く赤くなった。一度も、今まで一度も、こんな言い方をされたことはない。もう始まっている、と彼女は思った。まだ計画を実行してはいないし、チャンスを待っているだけなのに、もうこの子は変わりはじめてしまった！　彼がまた道路の先を窺うように横目で見たので、ハンナは急いで話しかけた。「ねえ、マーク。もしあなたがただ――」

「関係ないだろ、ハンナ伯母さん！」彼はこれまでハンナに見せたことのない表情で、乱暴に言い放った。「別荘に戻ってよ、頼むから。ぐずぐず小うるさいオールドミスみたいなことはやめてくれ！」

つかの間、ハンナは目を丸くして彼を見ていた。すると、彼に対して抱くことなどないだろうと思っていたある感情が湧き上がった。怒りを感じたのだ――それも、抑えきれないほど激しく。「わかったわ、わかりましたよ！」そう怒鳴った。「好きなようにすればいい！　もう知らないから。近頃じゃ、若い人は自己主張すべきだって言われてるものね。いいわ、そうなさい！　気がすむまで！　一生をだめにすればいい！　どうせ、私には関係ないんだから！」

身をぶるぶる震わせながら、彼女は一歩二歩と歩きはじめた。するとすぐ、遠くから、朗らかな呼び声が響いた。「おーい、そこにいたのかーい！」ベンが角を曲がり、笑顔で煙草を持つ手を振りながら、急ぎ足でやって来る。

ハンナは足を止め、マークを見た。少し迷っている様子だ。すると、彼は小さく息をついて、きびすを返し、別荘のほうへ怒った足取りで向かいはじめた。

ベンがハンナのところへ来たとき、マークの姿は見えなくなっていた。「愛想がないな」ベンはそう言うと、煙草を一服した。「あの子は人嫌いなのかなと思うことがあるんですよ」彼は煙の輪を吐き出し、その大きさに満足げな顔をした。

だが、ハンナはあまり彼の話を聞いていなかった。マークに言われたことへの悔しさや、自分が言ったことへの狼狽から、まだ少し震えが止まらない。とはいえ、あの自分の言葉は本心から出たものだった、どれもこれも。あの子に何が起ころうと、知るものか！　このまる一日、いろいろあったせいで、いささか疲れはじめた。もう若くはないし、神経を張りつめているのもとても負担だ。それに、骨を折ってやるだけの価値などないのだから。いったい、誰のためにこんな犠牲を払っているのだろう？　義理の弟はいつも偉そうな態度を取り、私をまるで映画に出てくる道化役のオールドミスのように見下して扱う。甥にしても、昔は優しくしてくれたが、今は誰のことも、いや、自分自身のことさえ気にかけていない。見たところ、マークは自分の気のすむようにするし、彼の熱は上がっていくばかりのようだ。

そして、事態も悪化していくようだった。彼女はベンと海辺へ戻ったとたん、それを自覚した。あの小道での場面で、事態が終わったわけではなかった。というのも、マークは居ても立ってもいられない様子だからだ。桟橋から海へ向かい、椅子にどんと座ったかと思うと、すぐに立ち上がるということを繰り返している。しかも、飲んでいる！　外に出てからの時間はまだ短いというのに、三杯はハイボールを流しこんだはずだ。彼はまたチャンスを狙うだろう、そうハンナは胸でつぶやいた。次はベンを一人で捕まえる。ますます必死になって。なぜなら、一度目は失敗したから。なぜなら、あの小道ではできなかったから。殺意はまだ彼の中で燃えている。それを抑えようと思えば思うほど、熱く狂うように燃え上がっていく。それがごうごうと火柱を上げるのも、もうじきだろう。

「――朝日ほど」ベンが話している。「健康にいいものはないよ。だから、忘れず教えておくれ、エルシー。私は朝六時に目覚ましをかけるから。この海辺に来て、朝日を浴びながら、のんびり寝るとするよ」

「六時！」エルシーは声を上げた。「無理をしないほうがいいわよ！」

ハンナは妹を見なかった。マークの表情を読んでいたのだ。彼の目はベンをとらえ、ぎらりと光った。そして、ベンが話をやめたとき、歪んだ笑いをかすかに浮かべた。

ハンナにはマークの頭によぎったことが、まるで彼がそれを声に出したかのように、はっきりわかった。とっさに、こうまくしたてようかと思った。「素敵な思いつきだわ、ベン。私もおつき合いしようかしら。だから、朝六時に起きることにするわ」

だが、ぐっとその衝動をこらえ、ひと言も言わなかった。私の知ったことではない。彼女は自分に言い聞かせた。私に何の関係がある？

とはいうものの、その夜、彼女は寝つけなかった。しばらくのあいだ、ベッドにもぐっていたが、寝返りを打ち、ただ掛け布を乱していただけに過ぎなかった。そのあと、またしばらくのあいだ、窓際に座り、自分の一番新しい〝今月の本〟の一章を何度も読み返した。そして、ついに、午前零時を回り、家が寝静まってしまうと、ため息を漏らし、本を閉じた。そう、私はあの子に何かあったらと心配でたまらない——そのことを素直に認め、向き合うべきなのだ。あの子がどんなに厄介な男であろうと、私をひどい呼び方でけなそうと、それでもかわいい甥なのだから。いや、ただの甥というよりも、もっともっと大切な子なのだから。その思いから、逃れることはできない。どんなに彼に傷つけられようと、六時に海辺へ行き、恐ろしい計画を実行しようとする彼を止めなければならない。

心は決めたのに、それでも眠れなかった。だから、彼女は化粧台の上の時計が五時を指すまで、しかたなく本の続きを読んでいた。そして、着替え、ドアをそっと、わずかの音も立てぬように開け、廊下へこっそり出た。忍び足で、マークの部屋の前を過ぎ、エルシーの部屋の前を通り、皆に気づかれまいと、ぐっと息を殺していく。

十分後、彼女は戸外へ抜け出した。

海までは実際に距離があるので、芝生を歩いていくのはずいぶん時間がかかるように思えた。やがて海辺の手前へ着くと、彼女は少し足を止め、まだ薄暗く寂しい光景を眺めた。そこには空っぽのビーチチェアがあり、誰もいない桟橋に波が静かに打ち寄せている。少しあきらめの気持ちが胸にこみ上げる。こんなことをして、うまくいくのだろうか？　そう思えてくる。そもそも初めからうまくいくはずもなかったのだ！　だが、すぐに、勢いよく頭を振り、そういった愚かしい考えは捨て、海辺へ踏み出した。

隠れるのにふさわしい場所は？　二分ほど考えて決断した。脱衣小屋がいい。わりあい近くにあるので、鍵穴から大きなビーチパラソルの辺りがすべて見える。ベンはそこにいつも陣取り、手足を伸ばして朝のうたた寝をする。彼女は様子を見るために、小屋へもぐりこみ、鍵穴を覗いてみた。いいだろう、問題ない。その限られた空間に見えるのは、砂に刺さったビーチパラソルだ。その前にはベンの枕と掛け布も見える。よし、ここに隠れよう、ハンナは胸に決めた。あとでマークが現れたら、ドアを開けて、彼の目の前に飛び出そう。そうすれば、ぎょっとさせて先手を打つことができる。こんな危うい状況の中で、これほどとんでもない、計算外の先手があるだろうか！

いや、ぐずぐず考えている暇はない。朝日はすでに眩しく輝きはじめ、時計の針も六時十五分前を指している。彼女は小走りに小屋へ急ぎ、ドアを閉めた。そして、小さなスツールを引き寄せ、鍵穴のそばに腰を落ち着けた。

さて、次に何が起こったかというと、ハンナは決して自分を許すことができない。「だけど、ハンナ」あとでミス・ピンカスは慰めてくれた。「人間だもの、しかたないわよ」「人間！」ハンナは答えた。「馬鹿なのよ！　ただ馬鹿だっていうだけ！」実を言うと、ハンナは眠気に襲われたのだった。一晩中寝そびれたせいで、だんだんまぶたが重くなってきたのだ。初めに目をこじ開けているのがつらくなり、次に、自分に言い聞かせた。よし、ちょっとだけ目をつぶろう。まあ、問題はない。ほんのちょっとだけなのだから……

何となく気配を感じ、はっとすると、海辺のほうから足音が聞こえた。まだうつらうつらしていたが、無意識の反応で腕時計に目をやった。六時十五分――確かに六時十五分だ。ごくりと唾を飲み、ハンナはまた鍵穴に目を押し当てた。

ビーチパラソルはあるべきところにある。その下には、ベンの姿が——枕をあてがい、頭まですっぽりと掛け布に覆われた大きな身体の形が見える。

そして、そのじっと動かない肢体のそばには、何と、微動だにせずそれを見下ろすマークがいる！

ハンナはいくらそうしようと思っても、まったく動けず、声一つ出せなかった。まるで縛りつけられたように身を縮め、鍵穴からその光景を見ていることしかできない。マークが唇を舐めた——少なくとも、緊張はしているのだろう。少なくとも、良心のようなものは残っているのだ。すると、彼は顔つきを変えた。ハンナにとっては、二度と見たくないと思うような表情をしている。そして、ポケットから銃を取り出した。小さくて、何とも頼りなげな銃のことか！

彼は狙いをつけた。少し手が震えている。だが、それも治まり、引き鉄を引いた。空ろでどこかくぐもったような銃声が響く。「どうってことないわ！」と、ハンナは思わず自分の胸に確かめていた。

それでも、ハンナは動けなかった。

一発目が終わり、マークはそのあと、何度も何度も引き鉄を引いた。これでもかこれでもかと。すべての銃弾が尽きるまで。それでも、さらに何度か引き鉄を引いた。ハンナはカチッカチッという音が静けさの中に響くのを聞いた。

そして、あっけなくそれが始まったのと同じように、あっけなくそれは終わった。彼は瞬きしながら銃を見つめ、初めて銃弾が尽きたことに気づいたようだった。手を痙攣したかのように震わせながら、銃を捨てた。軽く音を立て、銃は砂地にぶつかって沈んだ。ふらつく高い声で、彼は足元の人影に向かって言葉を吐いた。「ほら、どんな気持ちだ。言ってみろ、言ってみろ。どうなんだ」

そして、やっとハンナは動けるようになった。小屋の扉を押し開け、三歩ほど進み、そっと話しかけた。「マーク。かわいそうなマーク」

彼は恐ろしい形相で振り向き、悲鳴まじりに彼女の名前を叫んだ。「ハンナ伯母さん！」「ああ、マーク」彼女の声はまだささやきのようだ。「何をしたか、自分でわかっている？」マークはしばらく彼女を見つめた。そして、ゆっくりと後ろを向き、そばの毛布に目を落とした。「ハンナ伯母さん」彼は淡々と話はじめた。「ぼくは、あいつを殺した。そして、自分も殺した。ハンナ伯母さん、すべては終わってしまったんだ」

彼女は重々しくうなずいた。「そうね。すべての終わりね」

奇妙にも、彼は引きつったような小さな笑い声を上げた。「『若くて未熟なときは』、伯母さんはそうぼくをさとしたよね？　ぼくは昨夜、その話を聞こうともしなかった。そして今はこう思っている――お父さんが生き返ってくれるなら、何でもするよ」

それは、ハンナが聞きたいと待ち焦がれていた言葉だった。どうしても、微笑が浮かんでしまう。「ほっぺにキスしてくれる？」温かい声で言った。

彼は戸惑い顔で、伯母を見た。

ハンナは何も言わずに砂浜を歩き、ベンの毛布をはぐった。枕がいくつも並んでいる。彼女がうまく毛布の下に置いておいたのだ。「マーク、私が昨夜、林の中で言ったことを思い出して。じゃあ、やればいい、自己主張すればいい、気がすむまでやりなさい、と言ったのよ。あとで、どうしてそんなこと言ったんだろうってすごく後悔したわ。私は年を取ってるのに、愚かねって。そして、もう一度考え直した。私はそんなに馬鹿な年寄りじゃないかもしれない。あれでよかったのではないかって。あなたの邪魔をせず、引き止めない。あれ以上言っていたら、あなたはなおさら興奮し、不満を募らせて、暴力的になっていたもの。だから、あなたの思うようにさせて、勝手にかっかと頭に血を昇らせるままにさせておいて、一刻も早くそれを爆発させてやったほうがいいって。だから、今朝」ハンナはそのことを思い出して、ふっと笑った。「あなたのお父さんの部屋へ忍びこんで、目覚ましを止めたのよ。そして、ここへ来て、あなたのお母さんと二人で子どもの頃よくやったいい手を使ったの。親に、寝ていると思わせるためのね。芸術的なほど、上手にできたんだから。そう思わない？」

ハンナが種明かしをしているあいだ、マークは棒立ちになって枕と毛布を見つめていた。そして、見る見るうちに、苦しみ、粗暴になっていた彼はどこかへ消えていった。肩を落とし、両手をだらりと下げ、そっと静かに泣きじゃくりはじめたのだ。「馬鹿だった」彼は言った。「リンダのことだったんだ、ハンナ伯母さん。あの子のことばかり考えてたから。あんな目をして見ていた、ああやって横たわっていたって。ぼくは正気じゃなかった……」

ハンナはすっと彼のそばに寄り、両手を取って、顔を見上げた。「よしよし、いいのよ。今の世の中、ちょっとくらい、みんな馬鹿なんだから」

彼は伯母に両手を回し、肩に顔をうずめて泣きはじめた。昔、よくそうしていたように。「ああ、ハンナ伯母さん。何とお礼を言えばいいか」

「いいの、いいの、そんなこと。ほら、私がそうしたかったのよ」

すると、マークは自分を取り戻した。

彼は泣いたことで、少しばつが悪そうにしている。そこで、ハンナは彼から手を離し、知らん顔をして、枕や毛布やその辺に散らかったものを集めはじめた。そして、それを脱衣小屋の洗濯物入れに片づけた。そのうち、マークはもうそれほど気まずそうな顔をしなくなった。「さあ、ハンナ伯母さん、もう行こう。頼むよ、コーヒーでも飲もう！」

彼は伯母の手を取り、別荘へ戻った。そして、ハンナはコーヒーを入れながら、めまぐるしかった昨日のことや、必死になって彼の胸中を推量したことなどをすべて話した。彼は少ししゅんとしながらも笑みを浮かべ、伯母のことを〝ミス・シャーロック・ホームズ〟と呼んだ。やがてベンが姿を見せ、「近頃の目覚まし時計は出来損ないばかりだ！」と不平を言った。マークとハンナは目と目で笑い合った。

もちろん、マークはすぐさま落ち着きを取り戻し、穏やかになったわけではない。多くのことがあったし、リンダの死はまだなまなましく彼のそばにあるというのに、そんなふうになれるはずはないのだから。悲しいだけの時間が、彼の前には広がっている。愛する人の死を悼む時間と、彼女を失って生きていくことを学ぶ時間が。だが、それもいつかは過ぎていく。ハンナはそれを知っている。熱が引いていくように、時もやがて過ぎていく。将来のことをふたたび考えられるようになり、描こうと思う素晴らしい絵のことを話す日も、そう遠くはないだろう。

その日の午後、遠距離電話で、ハンナはミス・ピンカスにことの次第を話した。ミス・ピンカスはずっと、はらはらどきどきのしどおしだった。ハンナが失敗寸前のところまでいくたび、ごくっと息を飲み、また持ち直してことがうまくいくと、ほっとため息をつく。殺人や復讐にまつわる箇所では、いちいち舌打ちをしたり、驚いたような小さな悲鳴を上げている。要するに、話をこよなく楽しんで聞いているということだろう。

だが一度、たった一度だけ、大声で、遠慮のない憤りを表した。それは、ハンナがマークに〝小うるさいオールドミス〟呼ばわりされたというくだりになったときだった。

「まあ、ハンナ！」ミス・ピンカスは嘆いた。

「よくも、あの子はそんなことを。まあ、よくもぬけぬけと。まったく、かんしゃく持ちね！あなたがちゃんと目を覚ましてやって、本当によかったわ！」

家族の一人

One of the Family

クイーン編集長の整理ファイル

〔作者〕ジェイムズ・ヤッフェ
〔題名〕家族の一人
〔形式〕サスペンス小説
〔舞台〕ニューヨーク州ニューロシェル
〔時代〕現代
〔短評〕ジェイムズ・ヤッフェの値踏みのできない才能の数々によって組み立てられています。人間性への興味、まなざしの暖かさ、心理的な衝撃、驚くほど現実的な状況に置かれた現実的な登場人物たち――そして、これらすべてが恐怖へとつながっていくのです。

（ＥＱＭＭ一九五六年五月号より）

冬が訪れてからというもの、ジョーン・ポーターは子守がいなくなったらどうすればよいかと、それればかり心配していた。かわいいブルースは、もう三か月になる。ミセス・フィニーをそう長く引きとめておくこともできない。彼女は乳児専門の子守なので、ほかにもたくさん、生まればかりの赤ん坊が世話を受けたいと泣きながら待っている。だから、ポーター家で働くのは、彼女ほどベテランでなくとも、年配でまずまずの後任が見つかるまでという約束になっていた。

だが、代わりを見つけるのはそれほどたやすいことではない。ジョーンは誰でもいいというわけにはいかないと思っていた。何しろ、次の子守には、あと二、三年、いやもしかするとそれより長くブルースの面倒を見てもらうことになる。それに、どの心理学書も、生まれてからの二、三年がいかに肝心かということを強調している。何と、幼児期に受けた何らかの悪影響が、子どもの一生を台無しにするという。

それでも、やがてある晩、ハリーがいい話を持って帰ってきたので、ジョーンは胸をなでおろした。「今日の午後、会社に誰から電話があったと思う？　ほかでもない、フリーダだよ！　ほら、彼女のことはいろいろ話していただろう？　ぼくの子守だった人で、六歳までそばにいてくれてね。ニューロシェル新聞の求人欄でブルーシーのことを知って、よければ世話をしたいが、どうかって」

まさに奇跡的なことだった。ジョーンは、ハリーの昔の子守にまつわる話をはっきりと覚えていた。ドイツ語訛りが愉快だったこと。温かく包みこむような人柄だが、ハリーがいたずらをしたときは、厳しかったこと。寝る前のかわいらしい子守唄に、楽しいおとぎ話。身だしなみにやかましかったこと。そして、しつけのいいハリーが自慢だったこと。

ハリーはフリーダの苗字さえ知らない。何年も前に夫を亡くしたらしいが、それがどういった人だったのか、ハリーにはまったくわからない。ハリーが覚えているのは、彼女が自分のフリーダだということだけだった。彼は何度言ったことだろう。「ぼくが幸せな子ども時代を過ごしたのも、今こうして、まあ分別のある大人になったのも、ほとんどはフリーダのおかげかもしれないな」だから、ジョーンも、いとしい我が子に、そのような素晴らしい子守を見つけられないものかと何度も夢見ていた。

フリーダは翌週月曜の朝にやって来た。ハリーとジョーンは、ニューロシェル駅まで迎えに行った。

会ったとたん、彼女ならすべてうまく行くとジョーンは思った。六十過ぎのフリーダは、どっしりした身体つき、白髪頭、大きな目鼻に浅黒く皺の多い顔の女だった。野暮ったくはあるが、決して下品な印象ではない。慈愛に満ちた目には、ドイツ人らしい活発で有能な雰囲気も宿っている。そして、どこか不思議に悲しげで繊細な微笑みを浮かべていた。地味な灰色のコートはややくたびれてはいるものの、見苦しくはない。帽子も少し流行遅れとはいえ、センスのよいものだ。重く頑丈そうな靴が、女っぽい虚栄などとは無縁であることを物語っている。

二人は、すぐに打ち解けた。「ミセス・ポーター」フリーダは駅のホームで、遠慮がちにジョーンの前に立った。「まあ、私のハリー坊ちゃんの奥様ですね。きっと素敵で綺麗な方と結婚するだろうと思ってましたよ。やっぱり、思ったとおり」ハリーは顔を赤らめ、フリーダにかかると、また六つの子どもになったような気にさせられると言った。ジョーンは笑い声を上げ、フリーダの手を暖かく握り、腕を取って車へ導いた。

車中で、二人は「私たちのハリー」について、いろいろな話を披露しあった。ハリーは運転席から、無駄な抵抗をするしかなかった。

車が家に近づくと、フリーダは興奮しはじめた。「待ちきれませんわ。かわいい赤ちゃんが見たくて。きっと昔のパパと同じくらい、ハンサムでしょうね」

ハリーが車を停めると、フリーダは家について、二、三お世辞を言った。だが、ますます興奮していき、頭には赤ん坊のことしかない様子を隠しきれない。ジョーンは、それがとてもうれしかった。

ついに二階の子ども部屋へ着くと、フリーダはベビーサークルの中のブルースをじっと見下ろした。そして、長いあいだ黙ったまま、見つめていた。やがて、低く震える声でこう言った。「何て美しいんでしょう。こんな綺麗な赤ちゃんは見たことがないわ」

見ると、フリーダが目を潤ませているので、ジョーンは少し胸が詰まった。「奥様、何とお礼を言えばよいか」フリーダが言った。「また昔に戻ったような気がします」

熱い思いがこみ上げ、ジョーンは手をさし伸べて老女を抱きしめた。「お礼だなんて。これからあなたは、家族の一人と同じなんですもの」

ジョーンの直感は正しかった。フリーダは、高級住宅地ウエストチェスターのご婦人たちが「完璧な宝石」と呼ぶ優れた使用人であることをたちまち証明した。おそらくそれが全財産であろう衣類や持ち物を詰めた二つのスーツケースとともに、子ども部屋の隣のメイド部屋に納まると、一週間とたたないうちに、彼女のいないあいだ、どうやって家事の切り盛りができていたのかわからなくなるほどの腕前を発揮した。

もちろん、何をおいても言えることは、献身的にブルースの面倒を見るその姿だった。ひたむきに、愚痴一つ言わず、赤ん坊の世話を一切合財引き受けている。ブルースに食事を与えれば、ジョーンがそうしていた頃より、はるかに食べこぼしが少ない。風呂に入れれば、魔法の手でも持っているのかと思えるほど、見事なまでにむずかりも泣いたりもさせない。おむつの替えどきも、透視力に近いような不思議な勘が働くのか、常に心得ている。そして、絶えずあやしたり、小声で歌いかけたり、くすぐったり、笑わせたりして、そのことに無上の喜びを感じているように見えた。

それでいて、彼女は赤ん坊を独占することはなかった。子どもの生活において、母親より自分のほうが限りなく重要だと考える子守が多いなか、見上げたことに、そうではない。ジョーンがブルースをあやすときは、嫌な顔一つ見せず、いつも陰に退いた。ジョーンが風呂に入れたり食事をさせたりしたいと言えば、素直に従い、ほかの子守にはありがちな、ぶつぶつ皮肉を言ったり、不手際を笑ったりするような不遜な態度は見せなかった。

そういったことに加え、フリーダは家事も進んで手伝った。ジョーンと一緒になって、掃除洗濯をする。料理まで、交替でさせてほしいと頼んでくる。「奥様がお料理上手なことはよくわかっていますよ。でも、この私も長年作ってきましたからね。それに、お二人は素敵で若くて仲のよいご夫婦なんですから、たまにはキャンドルでも点して、見つめ合って、お肉が焦げやしないかなんて心配せずに、ゆっくりと食卓を囲んだらと思うんですよ」

ジョーンは笑い声を上げて言った。「経験者は語るってところかしら。きっと新婚時代、そうだったのね——」

フリーダはやるせなさそうに小さく微笑んだ。「いえいえ、とんでもない、奥様。私の亭主は、ハリー坊ちゃんとは似ても似つかない人だったんですよ。何たって、頑固なプロシア人ですから——」彼女が笑って話題を変えたので、ジョーンはそれ以上訊かなかった。

「フリーダがいないと、お手上げだわ」フリーダが来てひと月ほど過ぎたある日、ジョーンは母親とのお喋りの中で、そう漏らした。その日はフリーダが午後から休みを取り、二人は子ども部屋でコーヒーを飲みながら、ベビーサークルではいはいするブルースを見ていた。「本音を言うと」ジョーンは続けた。「ときどき、うまく行きすぎて嘘じゃないかと思うくらい」

「過ぎたるは猶《なお》及ばざるがごとしってね」母が答えた。「そういうやり方は、我が物顔に振舞いたがるばあやにつきものなのよ。家に入ったとたん、すべてを仕切りはじめる。知らないうちに、坊やに触らせてもくれなくなるわよ」

「ううん、フリーダは絶対そんな人じゃないわ。我が物顔なんてところは、これっぽちもないもの。ブルースの幸せな顔を見たいと思っているのよ。私がブルースを遊ばせているときほど、喜んでくれることはないわ。どんなに優しい人か、お母さんにもわかってもらえたらいいのに――」

「あら、おあいにくさま」母は癪に障ったときよくやるように、つんと顎をしゃくった。「ああいう人たちはね、決まって初めは優しすぎるくらい優しいのよ。そして、だんだん自分たちがいなくてはならないように仕向けていくの。そのうち、そら見たことかってことになる。こうしちゃいけない、ああしちゃいけないってね。坊やはこれからお昼寝の時間です、そっとしておかなくてはいけません、今は会いたがっていないようですよ。しまいには、子ども部屋から締め出されないだけまだましってことに、なりかねないんだから」

そう言われても、ジョーンは笑顔を浮かべたまま、母の手をぽんぽんと軽く叩いた。「ねえ、でも、これだけはわかってもらえるでしょう？　たとえ我が物顔でも、子どもを心からかわいがってくれる子守のほうが、こんな子守よりずっといいわよ」そう言って、椅子のひじ掛けに畳んで置いた夕刊を指した。

「どんな子守なの？」母が訊いた。

「まだ読んでいないの？　サンフランシスコで起きた恐ろしい事件よ」ジョーンは新聞を開き、その記事を読んで聞かせた。

それは、ひと月半ほど前に、男の赤ん坊を亡くしたサンフランシスコのある家族の話だった。

医者はときに赤ん坊の命を奪う、得体の知れないウィルスに感染したものと見なし、その子は普通どおり埋葬された。だが、最近になって、その子の伯母に当たり、その家に同居するオールドミスが、遺体を掘り返し、検死解剖をするよう、警察に訴え出た。するとやはり、遺体からは毒が検出された。警察は今、その悲劇の少し前に解雇された、年配の子守の行方を追っている。その子守は、非常に口うるさい女で、自分以外の者に赤ん坊を触れさせたがらなかった。何より怪しい点は、赤ん坊が死ぬ前日、子ども部屋に鍵をかけ、食事を与える時間に、母親と伯母が入ってこさせないようにしたことだった。実際、それが理由で、彼女は仕事を辞めさせられたという。

もちろん今のところ、その子守が犯人だという確証はないものの、新聞はすでに彼女を〝子殺し乳母〟と呼びはじめている。

「まあ、何て恐ろしいこと」ジョーンの母は身を震わせながら言った。「だからといって、私の考えは変わりませんよ。そういうばあやは、子どもの母親より自分のほうが何でもよく知っていると思っているの。だから、覚えておきなさい――あっ、ジョーン、危ない！」彼女はきゃっと悲鳴を上げた。「ブルースが柵に指を挟んでしまう！」

「怪我なんてしないわよ、お母さん。赤ちゃんにはいろいろ経験させないと。そうじゃなきゃ、臆病で内気な人間になってしまうわ」

「へんてこな心理学の本とやらに、そう書いてあるのね、はいはい！　でも、かわいい孫が指の骨を折りそうなのに、黙って座って見ていることなどできませんよ！　よしよし、ブルース坊や。いい子ね、ほらほら、泣かないで。おばあちゃんですよ……」

そんなことがあった二日後、ブルースは初めて腹痛を起した。真夜中に、大声で泣きはじめたのだ。ジョーンははっと目覚めたが、寝室にいても、いつもとは違う泣き方だとわかった。子どもも部屋に駆けつけると、フリーダはもうそこにおり、ブルースを覗きこみながら小声でなだめていた。

すぐにフラワーズ医師を呼ぶ。理想としては、ジョーンは彼を選びたくなかった。かなりの高齢だし、言うことが曖昧で、のん気に構えているような気がしてならない。だが、昔からハリー家のかかりつけの医者なので、ほかに頼むとなれば、気を悪くするだろう。

「何も心配ありませんよ、はい、大丈夫です」フラワーズ医師はいつものように、甲高い声で一本調子に言った。「ちょっとお腹を壊したんですな、それだけです。薬局に電話しておきましたから、処方薬を持ってくるでしょう。しばらくは冷やさずに安静を守ること。もともと元気な坊やなんですから、朝までにはすっかりよくなりますよ」

ところが、すっかりよくなったのは、朝は朝でも三日目の朝だった。それまでのあいだ、ブルースはぐったりと寝たまま、天井にとろんとした目を向け、むせたり吐いたりを繰り返した。ジョーンはその二日間というもの、まともにものを考えられない状態で、ひどく動揺していた。それでも何とか切り抜けることができたのは、フリーダのおかげにほかならない。フリーダは見事なまでの手際のよさを発揮した。薬を飲ませ、子守唄を歌って寝かしつけ、痛みを和らげてやり、吐けばきれいに始末するというように、赤ん坊の看病を一切引き受けたばかりか、家事も滞りなくこなし、ぴりぴりするジョーンをなだめ、ハリーの食事も整えた。それでも、機嫌が悪くなることは一度もなかったし、いつも穏やかで控えめな態度だった。偉ぶった熟練の子守のような、一切を仕切るのは自分だといわんばかりの振る舞いは決してしなかった。

そして、やっと、ブルースは手足をばたつかせたり、笑い声を上げたりと、元どおりになった。ジョーンはすぐさまベッドに倒れこみ、一週間ほど寝ていたい心境だったが、その前にフリーダの手を握りしめ、「ありがとう」と弱々しい声ながら、お礼だけは言った。

翌日から、日常の生活が戻ってきた。晩の六時になると、フリーダは赤ん坊を二階へ寝かしつけに行き、ハリーとジョーンは一階で食前のカクテルを楽しんだ。

「あら、これ」ジョーンは夕刊の二面に目を通しながら言った。「カリフォルニアのあの事件の続報が載っているわ——子殺し乳母と呼ばれている人のことよ」

「大騒ぎしすぎだね」ハリーが答えた。「一方じゃ、新型の水素爆弾は大都市を丸ごと吹き飛ばすと報道されているのに、サンフランシスコで起きた小さな殺人事件にこれほど色めき立つなんてさ」

「でも、当然だわ。子守がかわいい赤ちゃんを殺したのよ——むごすぎるもの」

ハリーは冷やかすように妻を見つめた。「だけど、都会の人間をいっぺんに殺すほうがむごたらしくはないかい？　その中には数え切れないほどの赤ん坊だっているんだよ。たった一人じゃないんだ」

「そうかもしれないけど。ただ世間ってそうなのよ。そういうものだとしか言いようがないわ」

うまく答えられず何となく残念だったが、ジョーンはまたすぐに新聞に目を落とし、記事の続きを読みはじめた。

そして、少しあと、ふっと苦笑いをした。

「何がおかしいの？」ハリーが尋ねた。

「奇妙な偶然なのよ。死んだ赤ちゃんの家を捜索したら、子守の部屋の化粧台の裏から、瓶が見つかったんですって。中には砒素が半分残っていたそうよ。だから、警察は子守の行方を追っていて、殺人で逮捕するつもりらしいわ」

「ふーん。でも、その奇妙な偶然って？」

「ええ、その子守の人相が書いてあるの。『六十歳。がっしりした体格。身長約五フィート三インチ。白髪。浅黒い。質素な服装。ドイツ語訛り』ジョーンはそこまで読むと、顔を上げて夫を見た。「わかる？　この人相書きって――何だか、フリーダにそっくり」

ハリーは一瞬目を丸くして妻を見た。そして、のけぞって笑いだした。

ジョーンはうつむき、頬を赤らめた。「どうして笑うの？　偶然って言っているだけじゃない」

「なるほど、なるほど。シャーリー・ホームズ・ポーター探偵のお出ましというわけだな。哀れなフリーダさんよ――我が家は偶然、二十五年以上も前から彼女を知っているに過ぎないし、ぼくも事実上、彼女の手一つで育てられたというだけだ。でも、まあそれは置いておいて、彼女は白髪だし、ドイツ語訛りがあるしね。これからは、砒素だとわかる苦いアーモンド臭がしないかどうか、食べ物を嗅いでみるとしようか」そう言って、彼はまた笑った。「ねえ、きみは疲れているんだよ。ここ数日、看病に振り回されて、頭がぼうっとしているんだろう。いいかい、ドイツ人の乳母なら、十人中九人はその人相書きに当てはまるよ！　朝、一度セントラル・パークへ行ってごらん。どのベンチにも、そんな人相のおばあさんが一人はいるさ」

すでにジョーンは、少し後悔していた。だから、夫にもついむきになって言い返した。「これに何か悪い意味があるなんて言った？　ただ偶然の一致を言っただけじゃない。それなのに、私のことを頭のおかしい人みたいに言うなんて」

「ごめん、ごめん」彼は妻に近づき、かしこまって額にキスをした。「頭がおかしいだなんて、とんでもないよ。きみの頭がどうのこうのなんて、まさか」

それ以後、彼は二度とこの話題に触れなかった。一度だけ、夕食のあいだ、まじめくさった顔でサラダの匂いをしばらく慎重に確かめた。そして、当てつけるようにウィンクをしてみせた。

さて、これで終わり、とジョーンは胸の中でつぶやいた。あんな愚かな考えは、これきり頭から追い払おうと。

だが、一度考えが頭にこびりつくと、なかなか簡単にそれを追い払えないこともある。ともかく、ジョーンの場合はいつもそうだった。ひょんなことから何かに思い当たり、疑心が芽生えると、それがどんなに馬鹿げた話だとわかっていても、とことん突きつめて、ただの思い過ごしだったことを確かめずにはいられない。たとえば、大学時代、ハリーと婚約したての頃、彼がサウスカロライナから来たナタリー・テイラーという女と連れ立っていたという噂を聞いて、何日も苦しみ、あげくの果てにハリーに婚約解消を告げ、ひどい言葉を浴びせた。ところが、ナタリー・テイラーとはハリーのいとこで、彼は母に頼まれ、その夜、彼女を連れ出したらしい。それを知ったときの恥ずかしさたるや、今でも忘れられないほどだ。

今回もあのときと同じだと、ジョーンは自分に言い聞かせた。おかしな想像に流されているに過ぎないのだと。

だが、翌朝にはもう、フリーダと主寝室の掃除をしながら、まるで自分の意思に逆らうように、いつの間にかその危険な話題に近づいていこうとしていた。

「ねえ、フリーダ」二人してベッドを挟み、シーツを広げているとき、ジョーンは話しかけた。「あなたはハリーのもとを離れて二十年、どんな暮らしだったのかしら。あまり話してくれないわね。詮索するわけじゃないの、余計なことですもの。でも、あなたは家族の一人のようなものだから、私もハリーも何となく気になって……」

それはやはり、ジョーンの気のせいだったのだろうか？　それとも、フリーダの人なつこい微笑が一瞬凍ったように見えたのは、現実だったのか？　「私の暮らしなど、つまらないものですよ、奥様。ハリー坊ちゃんのお母様にお暇をいただいたあと、アトキンズ家に行きました。お母様のご友人で、ウエスト・エンド通りにお住まいの一家でした」

「あら、アトキンズさんで働いていたことなら知っているわよ、もちろん。七年近くいたのよね。そのあとは、あの画家の家族のところでしょう？　ハリーがいろいろ話してくれたわ。毎年欠かさず、ハリーにバースデー・カードを送ってくれたんですってね。知りたいのは、画家のお宅のあとのことよ、フリーダ。子守の仕事はやめて、結婚した娘さんと西部で暮らすという手紙を、ハリーに書いたんでしょう？　それが十年前。それから音沙汰がなくなったって、彼が言っていたわ」

フリーダは忙しく毛布をベッドにくるんでいる。「結婚した娘との暮らしは、あまりうまく行きませんでねえ、奥様。家がとても狭かったですし、娘の亭主の、あのろくでなしのカールと気が合わなくて。一年ほどして、娘たちはセントルイスへ越しました。一緒に来いと言われましたが、断って、子守の仕事に戻ろうと思いました。それで、今もこうしてこちらでお世話になっているんですよ」彼女は少し顎を上げ、ぎこちなく笑った。「ですから、ちっとも面白くないでしょう？」

「西部では、どんなお宅で働いていたの？」

「いろいろですよ、奥様」

「最後にいたお宅の名前は何て？」

「名前？」フリーダは枕をぽんぽんと叩いて膨らませる腕に、一瞬力を込めた。「名前は――マンスター。ウィリアム・マンスターご夫妻ですよ」

ジョーンは、その名前があの子どもが死んだサンフランシスコの一家とはまったく違うことを頭に入れた。「そのお宅はサンフランシスコにあったの？」

「いいえ。ベーカーズフィールドという小さな町です。サンフランシスコには一度も行ったことがないんですよ」

ジョーンは息をついた。そして、少し震えながら、次の質問をした。「それで、その赤ちゃん

――マンスターさんのところは、やっぱり男の子？」

フリーダは安心したように、笑顔を見せた。「ええ、そうですよ。私は、いつも男の子のお世話係なんです。坊やたちとはうんと仲良しになれるんですよ。さて、奥様。そろそろお風呂のお掃除に取りかからないと」ジョーンがさらに尋ねる前に、フリーダはそそくさと出て行った。

その午前中ずっと、ジョーンは先ほどのやりとりについて考えつづけた。フリーダははぐらかすような態度だった。それは間違いない。ジョーンの勘繰りではないと思う。この何年かの暮らしぶりについて、あまり言いたくないのはなぜだろう？　隠したいことでもあるのだろうか？　何か忌まわしい話でも？

人にはいろいろな事情がある、とジョーンは自答した。個人的な、他人にとやかく言われたくない事情が。プライバシーを守る権利は誰にでもあるものではないか。小うるさいウエストチェスターのご婦人たちに、いちいち自分の身の上話をする必要など、どこにあるだろう？　他人のことに首を突っこむのはやめよう、ジョーンは固く心に誓った。

そっと遠くから、自戒の声が響いてくる。ブルースという子ども、それがあなたにとって大事なこと。あなたはそのことだけをしっかり考えていればいい。

そして、数日後、三つの出来事が起こった。それは、彼女の心の奥にしまいこんだ疑惑というものをすべて浮き彫りにするものだった。

きっかけは朝食のときだった。ニューヨークタイムズ紙の雑報などのページを読んでいたジョーンは、例の子殺し乳母に関する小さな記事に出くわした。

「ちょっと聞いて、ハリー」彼女はさりげなく言おうと心がけた。「このあいだ、サンフランシスコの殺人事件のことを話したでしょう？　その犯人らしき乳母の情報がまた出ているわ。駅の出札係が、殺された赤ん坊のお葬式の翌日、その乳母を見かけたんですって。彼はニューヨーク行きの寝台車の切符を売ったそうよ。サンフランシスコからニューヨークまでは、汽車で三、四日。事件が起きたのは、六週間ほど前――ちょうどフリーダがあなたに仕事をしたいと連絡してきた一週間前頃じゃないかしら？」

ハリーは新聞の残り半分、重要な記事の載るページを読んでいたが、それをゆっくりと下げ、ため息をついた。「だからいったい何だって言うの？」

「別に何も――」

「おや、そう、そうなんだね？　ほかに言いたいことがあるなら、言えば？　ねえ、きみ、お願いだから、もう少し常識を働かせなさい。毎日、大勢の人がニューヨーク行きの汽車に乗るんだよ。それに、その乳母がニューヨークに来たとは限らないじゃないか。あっさりシカゴで降りたかもしれないし、そもそもその汽車に乗ったのかどうかもわからない。どうして、そんなふうに馬鹿なことを考えるのかなあ」

「そうよ、どうせ馬鹿よ。ただ――記事の後半に、権威ある精神分析医にインタビューした話が載っているの。この子殺し乳母がなぜ赤ん坊を毒殺したのか、見解を求めたのね。そこを読むから、聞いて――彼女は、子どもに恵まれなかった、あるいは我が子から疎んじられた中年女性に見られる、典型的な精神病の患者だといって間違いない。こういった女性は、不満が高じ、幼児を持つ若い母親に強い怨嗟《えんさ》の感情を抱くようになる。若い母が自分より幸せなのは不公平だと感じ、しばしば極端で暴力的な手段を使い、いわれなき懲罰を与えようとするものである」

「ご大層な分析だね」ハリーは言った。「ぼくが避けたいと思う典型的な人間がいるとすれば、それは朝食の席で精神分析の話なんかするやつだよ」

「ハリー」皮肉を言われても、ジョーンは引き下がらなかった。「私ははっきりさせたいのよ！きちんと確かめたいの。そうじゃなきゃ、夜もおちおち寝ていられないもの。フリーダは、ここへ来る前、カリフォルニア、ベーカーズフィールドのウィリアム・マンスターさんというお宅で働いていたと言っていたわ。だから、ロサンゼルスにいる兄のエディに電報を打つことにする。弁護士だから、調べるのはお手の物のはずよ。マンスターという人に連絡が取れたら、すぐに電報で知らせてもらうわ。それからもう一つ――地元の新聞に、その乳母の顔写真が載っていたら、送ってもらう。わかってるわよ、馬鹿だってことは。でも、そうせずにはいられないの！」ジョーンは反対される前に、先回りをして押し切った。

朝食を終えるとすぐ、ジョーンはそれを行動に移した――フリーダが裏庭で洗濯物を干しているあいだに。

続いてその日の午後、二つ目の出来事が起こった。フリーダは乳母車を押して外に出ていた。それで、ジョーンは何か自分を安心させてくれる材料が見つかりはしないかと思い、フリーダの部屋の中を調べてみたいという衝動に駆られた。覗き見など、最低の行為だということは重々わかっている。こそこそと卑劣な人間など嫌いだとも思う。だが、〝ブルースのため〟――そう自分に言い訳をした。

ところが、部屋を探る必要はなかった。部屋に入ったとたん、化粧台の上のあるものが目に入ったからである。それは、一本の瓶だった。こげ茶色の液体が四分の三ほど入っている瓶だ。ジョーンは近づき、手に取った。だが、ラベルなどもなく、中身が何かはまるでわからない。蓋を取り、匂いをかいでみる。何であれ、まったく無臭の液体だった。

少しあとで、ブルースを連れてフリーダが帰宅すると、ジョーンは慎重に話しかけた。「あなたの部屋の前を通ったらね、フリーダ。ドアが開いていたから、化粧台の上にあったこの瓶が目に入ったの。もしかすると――私たちの薬棚から持っていったものかしら？」

そう訊かれても、フリーダはまったくうろたえる様子は見せなかった。そのまま赤ん坊の小さなセーターを脱がせてやっていた。「ああ、それなら薬ですよ、奥様。でも、薬棚から持っていったものじゃありません。私のですから」

「あなたが飲むの？」

「いえいえ。私じゃありません。坊やのお薬なんですよ」

あっさり明るくそう言われて、ジョーンは背筋が寒くなった。「でも、フラワーズ先生はこういうものを処方したかしら。覚えがないわ」

「フラワーズ先生からのものではないんですよ。先生は何もご存じありません。ドイツで子どもの頃に使う民間薬のようなものです。赤ちゃんが機嫌の悪いときは、たいてい風邪気味かお腹が痛いかですからね。そういうときに、これを飲ませるんです。フラワーズ先生がくれるお薬より、よほど効きますよ」

「フリーダ――」ジョーンは思わず慌てた声で言った。「ブルースにそういうものを与えないで！」

「奥様、どうしてですか。坊やによく効くんですよ。今までお世話してきた赤ちゃんには、必ずこれを使ってきたんですけれどね」

「ブルースにだけは、絶対にやめて！」いつの間にか、ジョーンの目からは涙が溢れていた。「だめよ、いいわね！」

フリーダは見る見る傷つき、戸惑った表情を浮かべた。「奥様、私は坊やに悪いことをしようなんて、これっぽっちも思ってません。私がどんなに坊やを愛しているか、おわかりでしょう？」

恥ずかしさが、どっとジョーンに押し寄せてきた。「フリーダ――私ったら――ごめんなさい！」最後の言葉をあえぎあえぎ言うと、ジョーンは身を翻し、自室へ駆けこんだ。

その夜、夕食時に、ジョーンはフリーダと顔を合わせたが、二人は何事もなかったように穏やかに親しく振舞った。二人とも、昼間の出来事についてはひと言も触れなかった。

そして、とうとう夜の十時頃、三つ目の出来事が起こった。フリーダは二階で休み、ジョーンとハリーはテレビを見ているときのことだ。電話が鳴り、それは電報会社のウエスタン・ユニオンからだった。ロサンゼルスの兄エディがジョーンへ返信したもので、女の職員はこのような電文を読み上げた。

ベーカーズフィールド各所に問い合わせ。住民票、電話帳、納税簿を調査。過去五年、ウィリアム・マンスター名の居住者なし。写真見つけ次第、速達にて。

ハリーでさえ、この内容にはいささか動揺し、眉をひそめながら言った。「わからないな。どうして嘘なんかついたんだろう。何か理由でもあるんだろうか?」

答えたジョーンの口調には、ヒステリックな棘があった。「私にははっきりと思い当たるわ!」

ハリーは顔をしかめたままだ。「明日の朝、訊いてみよう。きっと納得のいく説明が返ってくるよ。それに、その写真が届いたら、何もかも取り越し苦労だったことがわかるさ。いいかい、ぼくは子どもの頃からフリーダを知っているんだ。ずっと家族の一人のようなものだったんだから」

「家族の一人」ジョーンはぽつりと言った。

だが、翌朝、二人はフリーダに何も尋ねなかった。その夜、ブルースの具合がまた悪くなり、そのことですっかりほかの話は頭から飛んでしまったからだった。

フラワーズ医師は、前回と同じだと診断した。「ちょっと腹痛を起しただけでしょう。まったく心配はいりませんよ。たぶん何かのアレルギーがあるかもしれませんね。落ち着いたら、いろいろテストしてみましょう」

今回、ジョーンはフラワーズ医師の言葉をまったく信用しなかった。自分がそばにいれば、目を離しさえしなければ、ブルースは大丈夫だという思いでいっぱいだった。外出や会合などの予定はすべて断り、自分の手でブルースを入浴させ、食べさせ、簡易ベッドを子ども部屋に運び、次の夜も付き添った。

坊やが寝返りを打ったり、大きな息をついたりするたび、彼女は寝床から出て、ベビーベッドを覗きこんだ。

そんな彼女に、フリーダは何度も手伝いを申し出た。「頑張りすぎですよ。奥様はこういうことに慣れていらっしゃらないんですから。あちらでお休みください。坊やは私が見ていますよ」だが、ジョーンはことごとく跳ねのけた。その断り方も、困って慌て気味なものから、だんだん頑ななものに変わっていった。そして、老いた女が戸惑いと失望の入り混じった顔を見せても、情にほだされてはいけないと心を固くした。

あるとき、ブルースがひどく吐いたあと、またフリーダが手伝うと言うと、ジョーンはつかみかからんばかりに暴言を浴びせた。「出て行って！　あなたの助けなんかいらない！　あなたがいなくたって、ちゃんとできるわ！」

そのすぐあと、彼女はフリーダに詫びた。疲れていて子どもが心配で、自分でも何を言っているのかわからなかったと。フリーダはそれを微笑みながら受け入れたが、目に浮かべたつらい気持ちは隠しようもなかった。

三日目の夜、ハリーが電話を寄こし、地方からの買い手との付き合いがあり、そのままニューヨークにいなければならないので、夕食までには戻れないと言ってきた。

「あなた、何時頃お帰りになるの？」

その声には、不安がにじみ出ていたに違いない。彼は安心させるように笑いながら答えた。

「ほら、どうしてそんなに心配するの？　帰りは夜中になるよ。ブルースの調子が悪くなったら、フラワーズ先生を呼びなさい」

電話を切るとすぐ、ジョーンは子ども部屋へ戻った。ブルースはそれまでと同じように、一人でいた。

夕暮れが忍び寄り、暗くなっていく。夜は苦しいほどのろのろとしか過ぎていかない。ジョーンは自分でブルースの夕食を用意した。だが、そのあいだ、フリーダをキッチンに呼んだ。手を貸してもらいたいと頼んだが、肝心なところでは一切料理に触れさせなかった。そして、二階に行き、ブルースに食事を与えた。フリーダは戸口に立ち、様子を見ていたが、それ以上近づくことはなかった。

その後、ジョーンとフリーダは夕食をとった。ジョーンが食べたものは自分で作ったサンドイッチと一杯の牛乳だけだった。フリーダは何か作ると言ったのだが、ジョーンは強く頭を振った。

「あまりお腹がすいていないの。それに、ブルースをなるべく一人で置いておきたくないから」

そんなやりとりのあと、食事をしながら、二人はほとんど言葉を交えなかった。一度、フリーダがドイツにいた頃の昔話を始め、次に、ブルースが利発な子だと思える点をいろいろ挙げてみせただけだった。いつもなら、それで確実に話は弾むのだが、今夜のジョーンは返事をする気になれなかった。

それから、二人は子ども部屋へ行き、ベビーベッドを挟んで椅子に座り、ブルースの寝顔を見守った。ここでもまた、二人の会話は途切れていた。

「だいぶよくなってきたと思いますよ、坊やは」フリーダが一度口を開いた。「今日は楽な様子でしたもの」遠慮しながら、続けた。「そうでしょう、ほら、今日はだいぶ楽そうでしたよね？」

ジョーンは答えなかった。

しばらくのち、フリーダは小さく笑いながら、もう一度話しかけた。「あのフラワーズ先生。赤ちゃんのこと、ぜんぜんわかっていませんものね。先生に任せておかないほうがいいですよね」

ジョーンは睨むように顔を上げた。なぜ突然そんなことを言うのか、真意を測りかねてしまう。だが、何も訊かなかった。

夜が更けていった。二人の女の影が、小さなナイトランプの光に浮かび、部屋を横切るように濃く伸びている。時折、フリーダがこちらを見ていないのに気づくと、ジョーンは彼女をじっと見つめ、この老いた女の正体を見極めようとした。彼女は見かけどおりの人間なのか。裏表のないフリーダばあやであり、仕事熱心なごく普通のドイツ人の子守と見てよいのか。それとも、皺の刻まれた額の裏には、嫉妬や不満、いつ爆発するともわからない凶暴性に満ちた、濃く暗くどろどろした思いが渦巻いているのだろうか。ジョーンにはわからない。フリーダの顔は、一瞬、悪魔そのもののように見えたかと思うと、たちまち何よりも優しくて素朴で心癒されるものに思えてしまう。

人は他人のことをどれほどわかっているのだろう。ジョーンは一人、胸に問うた。人にはそれぞれ顔がある。自分にとって、ただの他人の顔もあれば、もっとも温かく好ましく、かけがえのない人の顔もある。だが、その顔の裏には何が潜むのか、はっきり知ることなどできるのだろうか。つかの間、ジョーンは人生など悪夢の連続であり、世界にはあざ笑う悪魔がうごめいているように思え、身の毛がよだった。

階下で玄関のベルが鳴った。ジョーンは我に返り、腕時計を見た。十一時半だ。「フリーダ、出てもらえる?」

フリーダは部屋を出て行き、ほどなく二階へ呼びかけた。「郵便局です。速達ですよ」

ジョーンは下へ行き、動悸を隠すようにしながら、フリーダから郵便を受け取った。少し身をそむけ、フリーダに手元を見られないようにした。そして、震える指で封を破った。折りたたんだ新聞の切抜きが手の中に落ちる。切抜きの上部の、太字で書かれた見出しが目に飛びこんでくる。〝ミセス・オスカー・バウムガルトナー――警察は殺人に関与したものと見て捜索中――〟

それ以上、読む必要はなかった。見出しの下の顔写真は、ややぼやけ、黒ずんではいたものの、それで十分だった。

フリーダの顔だった。

間違いようもない。

もはやフリーダは味方などではないとわかった。

目の前が真っ暗になり、ジョーンはその場に凍りついた。

それが過ぎると、恐ろしさのあまり、悲鳴が口を突いた。

階段を何とか駆け上がり、廊下を急ぐ。子ども部屋のドアは閉まっている。乱暴に開けたとたん、目の前の光景に息を呑んだ。

「ブルース！」

フリーダが、ベビーベッドに屈みこんでいる。片手にスプーンを持って。しかも、もう片手には、化粧台にあったあの瓶、あの茶色の液体の入った瓶を持っている。そして、とても優しくなだめる声で、ブルースにささやいていた。「よしよし、坊や。さあ、これを飲んだら、痛くなくなりますよ。また元気になりますからね。フリーダが約束しますから――」ブルースは目を覚まし、おとなしくばあやを見上げている。笑顔で、手を伸ばす。フリーダがスプーンをブルースの口元へ運ぶ。

ジョーンはフリーダに突進し、スプーンをその手からもぎ取った。茶色の液がベビーベッドに飛び散り、瓶ががしゃんと床に砕け落ちる。ブルースが泣き出した。

「人殺し！」ジョーンはフリーダに向かって叫んだ。「殺人鬼！　子殺し乳母！」

フリーダがジョーンに一歩近づいた。唇を片方に歪めている。

「来ないで！」ジョーンは怒鳴った。声が嗄《しわが》れ、ざらついている。「私の子どもに近寄らないで！」

それきり、ジョーンの頭の中はぐるぐると渦を巻いた。フリーダの歪んだ唇。ブルースの泣き声。耳鳴りがし、ナイトランプがどんどん明るくなっていく。最後に覚えていたのは、フリーダの節くれ立った指にきつく腕をつかまれたことだった。

ジョーンは仰向けに寝ていた。ハリーがその様子を見守っている。目の前に靄《もや》がかかり、初めは夢を見ているのだと彼女は思った。やがて、だんだん輪郭がはっきりとしてきて、見慣れた壁紙の模様に気づき、自分のベッドの感触もわかった。

やにわにジョーンは起き上がり、叫んだ。「ブルース！」

ハリーが肩を抑え、優しく枕の上に戻した。「坊やは大丈夫だ。今、眠っている」

「でも、フリーダが――」

「フリーダは自分の部屋にいるよ」

「自分の部屋ですって！」また、ジョーンは起き上がろうとした。「だけど、ハリー、あの人、一人でいるの？　もう一度やるはずよ――ブルースを殺そうとするわ」

ハリーは困ったようにため息をついた。「うーん――昨夜ぼくが帰る前のことは、フリーダから聞いたよ。きみが彼女に言ったことも」ハリーはジョーンの上に身を屈めた。「いいかい、ジョーン。事件のことは今日の夕刊にすべて載っている。ぼくは帰りの汽車で読んだ。赤ん坊を殺した犯人は逮捕された。何もかも自供したそうだ。フリーダは事件に何の関係もないんだよ」

ジョーンは夫の目を見つめ、その言葉をゆっくりと頭に入れようとした。

「でも、ハリー……あの新聞の写真……あれはフリーダの顔よ……」

「ああ、フリーダはあの赤ん坊の乳母だったから、そのとおりなんだよ。フリーダは赤ん坊に誰かが危害を加えようとしていると感じていた。だから、食事を与えるとき、部屋に鍵をかけたんだ」

「だけど、嘘をついたじゃない！　マンスター家で働いていたなんて」

「わからないのかい、きみは。恐かったんだよ。赤ん坊が死んだことや自分が手配されたことを新聞で知って、話すのが恐ろしかったんだ。状況は彼女にひどく不利だったからね――周到にそう仕向けた人間がいたのさ。フリーダは、警察には絶対に信じてもらえないと思った。とにかく」ハリーは苦い顔をして目を伏せた。「自分が親切で優しい人間だということを警察がわかってくれるとは思えなかった。世間だってみな、彼女が悪者だと決めつけていたし」

「でも、あの変なものをブルースに飲ませてたのよ……それに、私が気を失うとき、つかみかかってきたんだから」

ハリーは呆れたように微笑した。「あれが何なのか、聞いたはずだよ。フリーダの大事な自家製の薬だ。ぼくも子どもの頃、週に二回は飲まされていたよ。きみにつかみかかったというのはね――きみが倒れるのを見て、抱きとめようとしただけなんだよ」

「抱きとめた……」胸に痛みが走り、ジョーンの身体は震えてきた。「そうだとしても、ハリー。本当にその赤ちゃんの乳母だったのなら、どうして部屋から砒素の瓶が見つかったの？」

「フリーダのしわざにするために、置かれたのさ。真犯人の手で」

「真犯人？」

ハリーはまたため息をついた。「赤ん坊の伯母に当たるオールドミスだよ。例の精神分析医の言うとおりだったな——不満を募らせた中年女だって。子どもを持てず、自分より幸せな女性に対して憎しみを抱く者ってね。だから、埋葬のすんだひと月後、わざわざ遺体を掘り返せと騒いだんだ。フリーダに罪を着せようとして。赤ん坊の母親に嫉妬の気持ちをぶつけるだけでは気がすまなかったんだよ。フリーダにもひどいことをしてやらなければと思った。なぜなら、赤ん坊は血のつながっていないフリーダに、とてもなついていたからね」

「とてもなついていた」ジョーンは夫の言葉を噛みしめるように繰り返した。すると、自分のしでかしたことの残酷さが身に染みた。

彼女は身を起こした。

「フリーダに会ってくるわ」

フリーダは部屋で荷物をまとめていた。ジョーンが入っていくと、顔を上げた。目を赤く泣きはらし、青白い老けこんだ顔をしている。

ジョーンは彼女のもとへ行き、精一杯、誠意を尽くして話した。「フリーダ、ごめんなさい。許してください。どうかこのまま、ブルースや私たちと一緒にいてもらいたいの」

フリーダは唇を震わせた。少しのあいだ、その震えは止まらなかった。やがて何とか、優しすぎるほど優しく、そして悲しげな微笑を浮かべた。「あなたは悪くありませんよ、奥様。我が子を守るのが、母親というものなんですから。でも、私はもう行ったほうがいいと思うんです」

「お願い、いてもらいたいのよ、フリーダ。あなたは家族の一人みたいなものですもの。本当にそう思っているわ」

だが、フリーダはゆっくりと頭を振った。「家族の一人ですか」皮肉のかけらもない、明るく柔らかい調子で言った。「いえ、そうじゃありません。私のような子守女は、よくそういう思い違いをしてしまう。でも、家族の一人ではないんですよ。子守女は住み込んでいます。赤ちゃんのお世話をします。家の皆さんも、親身になって言葉をかけてくださいます。でも、私たちは家族ではないんです」彼女は間を置き、静かに微笑んだ。「もうそろそろ潮時だと思うんですよ、子守の仕事も。わずかながら蓄えもありますから、どこか住むところを見つけて、暮らしていくことにします。それで、私は幸せなんですよ」そう言うと、下を向き、また荷造りを始めた。

その夜、ジョーンは寝つけなかった。暗がりの中で、じっと身を横たえていた。そして、耐えられず、口を開いた。

「私、フリーダにしたことを決して忘れないわ――絶対、何があっても」

「いや、忘れてしまうさ」ハリーが隣のベッドから答えた。「今は気持ちが落ちこんでいるから、そう言うけど。でも、やがて時が経つにつれて――そういうものなんだよ、きみ。人はこういったことを忘れてしまうんだ」

ジョーンは夫の言葉を、少しのあいだ考えていた。そのあと、力のない声で淡々と言った。

「そのとおりだわ。それが、人間の一番恐いところね」

ママ、女王《クイーン》に会う

エラリー・クイーン

［訳者より］以下の文は、ヤッフェの〈ブロンクスのママ〉シリーズ八作が「エラリー・クイーンズ・ミステリマガジン（ＥＱＭＭ）」に掲載された時に添えられた、クイーンのルーブリックです。

ママは何でも知っている

長年にわたるＥＱＭＭの読者ならば、覚えているに違いありません。一九四三年に、私たちがジェイムズ・ヤッフェの処女作「不可能犯罪課《ＤＩＣ》」を掲載したことを。この短編を書いたとき、ジミー・ヤッフェはわずか十五歳だったことを。そして、私たちが彼の短編の数々――忘れがたい一作を挙げるならば、「皇帝のキノコの秘密」でしょうか――を続けて載せてきたことを。掲載は、ヤッフェが「よりシリアスな」作品に取り組むようになるまで続きました。一九五一年二月、リトル・ブラウン社はジミーの初単行本であり、彼の「よりシリアスな」短編集である『哀れな従姉妹イヴリン（POOR COUSIN EVELYN）』を出版したのです。この本は、名のある批評家のほとんどから、かなり好意的な評価を受けました。そして、私たちがこの文章を書いているたった今も、ジミーは初長編（その長編の一部には、彼がイエール大を卒業して海軍での兵役を終えた後、パリに住んでいた時期の経験が取り込まれているそうです）に取り組んでいます。

そして今、少し歳を取って、少し賢くなったジェイムズ・ヤッフェは、初恋の相手である探偵小説に戻って来ました――あるいは、彼自身の表現を用いるならば「心の底から楽しめるこれまでの仕事に戻って来ました」。さて、新ジェイムズ・ヤッフェが生み出した探偵小説は、どのようなタイプなのでしょうか？　みなさんにそれを教える前に、私たちは、探偵小説全般に対するジミーの思いや意見を伝えたいと思います。ジミーは、長年にわたって、探偵小説から次のことを学んだと認めています。執筆は楽しみにもなりうることを。執筆は常にシリアスで厳格なものである必要はないことを。そして、作家が「作家自身が遊び、あるいは楽しむ」ために書く場合は、シリアスである必要がないどころか、興味をそそるように書く必要さえもないことを。ジミーの考えでは、優れた探偵小説家たちが「自分が楽しむ」ために書いたからこそ、ミステリが「大学教授から原子物理学者までの驚くほど重要で学識のあるグループの間でポピュラーになった」のです。

さらに、ジミーは次の主張もしています。ゲームというものは、何らかの〝軸〟を持たなければ、真に楽しむことはできない。探偵小説の場合は、驚くべき人物や空想的な人物や愉快な人物――すなわち探偵――を軸にして、そのまわりをぐるぐる回っていくべきである。そうすれば、その探偵が解く犯罪もまた、驚くべき、空想的な、愉快なものになっていく。なぜならば、探偵小説の犯罪は、主として、探偵の風変わりで卓越した頭脳を行動によって表現するために提示されているからである、と。そして、ジミーはこの論を、例を挙げて説明します。「偉大なる先達たち——シャーロック・ホームズは、その科学的精神をはるかかなたへ飛翔させ、ほとんどロマンチックな領域まで達しています。ブラウン神父は、その無垢と無邪気さが、無秩序と異端の世界の中で、彼を頂点に立たせています」と。ジミーによると、探偵に共通した特徴は、「その探偵の個性に完璧に適した犯罪を解くことを求められている」ことだそうです。かくして、いわゆる「人工的な」探偵小説は、他のジャンルにおける優れた作品に似てくるのです——プロットによって登場人物を浮かび上がらせるという手法において。

さて、ここまで紹介してきた内なる探偵観をもって、新しい短編シリーズのために、ジミーはどんなタイプの探偵キャラクターを選んだのでしょうか？　本誌編集者の見解では、ジミーの主張の正しさを立証する方向とは、ほとんど逆向きの探偵なのです！　実際、ジミーは、自らの新たな探偵役が「先達よりは、ずっと単純で、劇的さに乏しい」と認めているのですから。ただし、この言葉は額面通りには受け取れません。実のところ、ジミーの新たな探偵には空想的なところがみじんも存在しない、とは言い難いからです。確かに、彼女は現実の存在に限りなく近づいています——彼女の性格を形作るものは、空想的というよりは繊細さですし、ユーモアというよりは良識です。そう、ジミーの新しい探偵は、「ブロンクスの主婦にして善きユダヤ人の母親に過ぎない」ですし、「警察勤めの息子は、自分の担当している事件について、彼女と議論しているだけ」なのですよ。そして、「息子が直面している謎の真相を見抜くことを可能ならしめるのは、

〝ママ〟の賢明さ、優しい心、洞察力、そして人生に対するわずかに皮肉な態度だけ」なのです。

さあ、これでみなさんは、何を期待してよいかがわかったはずです――ジェイムズ・ヤッフェが着手した、大いなるアンチテーゼに限りなく近づいた作品です！　もっとも、みなさんは、作家の意志と実践の矛盾を楽しむかもしれませんね。もちろん、ここにあるのが、地に足のついた登場人物による地に足のついたひらめきであることに、疑いの余地はありません（ジミーは自分の原理主義を貫いていますからね）。しかし、プロットは、わずかに〝空想的な〟ものになっているのです。この「ママは何でも知っている」は、ＥＱＭＭの第七回年次コンテストで第三席を勝ちとりました。そして、ママが料理の腕をふるう第二の冒険も用意されているのです……。

（ＥＱＭＭ一九五二年六月号より）

ママは賭ける

ジェイムズ・ヤッフェは歯に衣着せぬ性格です。彼は自分が好きなものを理解しており、それを公言するのにためらったりはしません。例として、探偵小説の技巧や意義に関する彼の意見を挙げてみましょう。これらの意見は慎重に考え抜かれたものであり、しかも、それを説明したり擁護したりする準備、意志、才能といったものを、彼は持ちあわせているのです。さて、ジミーにとって、探偵小説で最も重要な要素は、探偵それ自身であって――他のものは二の次に過ぎません。もちろん彼は、探偵小説の文体やプロットにおいて暴力的な〝リアリズム〟が正当な場所を占めていることは認めていますし、フロイト心理学が動機付けと行動に影響を与えていることも認めていますし、本職の警察官の捜査活動が馬鹿にできないことも認めています。それでもやはり、彼にとっては、こういったもろもろが意味するものは比較的小さいのです。すなわち彼は、華やかで生き生きとしてわくわくさせてくれる作中探偵が登場する探偵小説ならば、ほとんどのタイプを楽しむことができるというわけですね。

ジミーにとって、犯罪それ自体や、物語の背景や、手がかりや、他の作中人物全員は、単なるスプリングボードに過ぎません。こういったものは、主役の探偵が驚くべき推理をやってのけるために、あるいは気の利いた嫌味を投げつけるために、あるいは警察をまごつかせるためにのみ、重要なのです。そして、探偵それ自身のしびれるような存在感抜きではどうしようもなく退屈にならざるを得ない状況もまた、探偵によってあまねく支配されるためにのみ、重要なのです。

さて、ジミーはこういったことを語るだけではなく、自分が唱えたことを実践しようとしました。ジミーは、ブロンクスの主婦である〝ママ〟を描いた新しいシリーズにおいて、古典名作の系譜に連なると自負する主人公探偵を創造したのです。命を持った人物として登場したママは、私たちの誰よりも才気にあふれているのみならず、その才気を披露する際には、巧みに、そして楽しくやってのけます。加えて、彼女は自分自身で香気を——それはジミーの実社会に向けた観察によって醸し出された香気です——漂わせてもいます。この香気は、ママ独自の冗談と嫌味、さらにはママ個人の人生に対する態度、そしてママ特有の犯罪を解決する手際が混合されたものなのです。

もっとも、みなさんがジミーの主義に同意するかしないかは、重要なことではありません。重要なことは、ジェイムズ・ヤッフェが生み出した〈ブロンクスのママ〉のコンセプトなのです——舌を刺す刺激、新鮮さ、そしてまぎれもないリアリティの風味というコンセプトが……

（EQMM一九五三年一月号より）

ママの春

〔EQMM年次コンテスト第三席〕

ジミー・ヤッフェが私たちに送ってきたママ・シリーズの新作には、いくつかのコメントが添えてありました。みなさんにこの内容を伝えた方が良いでしょうね。彼は、ママの造形を現実化するという試みを進める上において、このママ・シリーズの新作が、大いなる一歩になったと考えています。確かにこの物語では、ママが解く事件と彼女自身の生活の間に、感情的なつながりとも言うべきものが、そっと忍び込んだように見えます。もちろん、事件に関係したどんな人たちとも、ママは個人的な知り合いではありません（言うまでもなく、彼女の息子デイビイと、彼の同僚にして「殺人課の最古参のひとりもの」であるミルナー警部は除きます）。ある事情によって、事件それ自体がママの実人生を反映しているように思われたのです。——そして、この二つの相互関係が、この二つの結びつきが、それぞれの要素の奏でる音色と音程を調和させることに成功したため、あらゆる短編小説の中でもまれな達成を成し遂げました。ジミー・ヤッフェはまた、この新作は、これまでの〈ママもの〉に欠けていた――人の心と人の性格の――深さを持っているとも考えています。私たちも賛成しましょう。「ママの春《スプリング》」は、これまでのすべての〈ママもの〉の中で、最も光り輝き、最も楽しく、最も軽《スプリング》やかなのです。

（ＥＱＭＭ一九五四年五月号より）

ママが泣いた

これまでに書かれた〈ママもの〉すべての中で、最も深刻で、おそらくは、最も人を揺さぶる作品です……。

（ＥＱＭＭ一九五四年十月号より）

ママは祈る

〔ＥＱＭＭ年次コンテスト第二席〕

おそらく「ママは祈る」は、ジェイムズ・ヤッフェが今日まで書いた〈ママ・シリーズ〉の最高傑作です……。ヤッフェ氏が描くブロンクスのママの物語は、私たちに、純粋な〈安楽椅子探偵〉が現代でも受け継がれていることを――彼女がＭ・Ｐ・シールのプリンス・ザレツキーや、バロネス・オルツイの〝隅の老人〟や、ジョルジュ・シムノンのジョゼフ・ルボルニュのような、座ったままで事件に取り組む著名な探偵たちを含む、偉大なる探偵の現在版であることを――思い起こさせます。しかし、これについては、ことさら言葉を並べ立てる必要はありません。今ここで言葉にしておきたいのは、私たちがママ・シリーズによって、不思議にほっとした気分にさせられるということです。「探偵小説の成長とその時代」において、昨今はかなり混沌とした時代に——出版関係者や批評家のみならず、多くの作家たちでさえも、〈ミステリ〉と〈探偵小説〉と〈サスペンスもの〉と〈スリラー〉を、ほとんど同じ意味だと考えている時代に——他なりません。そういった〝混乱の上に混乱を重ねた〟時代に、名探偵の伝統が生き続け、活気を持ち続けていることを発見すると、ほっとした気分になります。そしてまた、古典名作の趣向の数々が死んでもいないし死にかけてもいない——それどころか、時代遅れにすらなっていないことを発見すると、やはりほっとした気分になります。過去の大家たちの技巧の数々を永続させるには、ただ単に、先駆者として崇拝するだけでは足りません。技巧の数々を絶え間なく再生し現代化し、過去の職業作家と新参の作家が文学的なバランスを保ちつつ、等しく読者に提供されることによって、永続するのです。……少なくとも、私たちはそう考えています。

〈ブロンクスのママ〉は、金曜日の夕食の席で、ヌードル・スープとネスルロード・パイを出す間に、息子の担当する事件を解決します。そしてこの時、私たちは、〈小説上の偉大な名探偵たち〉が属する知的な階級の一員である彼女の、温かな心と人間味あふれる性格を目の当たりにすることになります。——同時に、彼女が二つの古典的な犯罪学上の手法を結びつける姿もまた、目の当たりにすることになります。なぜならば、彼女が真相にたどりつくのは、人間性への理解と作り物ではない愛情——すなわち直感的な手法——と、コシャー（ユダヤ教の戒律にかなった）の肉屋の包丁のように鋭い精神――すなわち論理的な手法――を通してだからです。一言で言うならば、一般常識を通して真相にたどりつくわけです。――あるいは、ママ本人なら、こう言うかもしれませんね。セケル（ユダヤ教の天使）を通して真相にたどりつく、と。

（EQMM一九五五年六月号より）

ママ、アリアを唱う

ジェイムズ・ヤッフェによるママ・シリーズ、十一年ぶりの新作！

こんなことがあり得るなんて思いもよりませんでした――でも、前回のママもの「ママは祈る」は本誌の一九五五年六月号なので――十年以上も前なのです！　さあ、帰還を歓迎しますよ、ママ。わが家《ホーム》への――あなたが金曜夜のすばらしき〝推論の冒険〟をお披露目するただ一つの舞台であるＥＱＭＭへの――帰宅を歓迎します。お祝いをしましょう――ゲフィルテ・フィッシュ（魚の詰め物）で、ヌードル・スープで、ロースト・チキンで、そしてできれば少しばかりマニシェウイッツ（ユダヤ教の戒律にかなった商品を扱う店）からも……。

おわかりでしょうか？　私たちは、ある事実を理解するのに十年を要しました。今になって、突然、私たちはひらめいたのです――本質的にママは〝安楽椅子探偵〟だということを。事実、彼女はブロンクスのアパートの自宅を一歩も出ることなく、犯行現場を訪れて捜査することもなく、容疑者たちに質問することもありません。とはいえ、刑事である自分の息子が話した事柄の数々から事件を解く間、彼女が実際に安楽椅子に腰をかけているわけではありませんよ。いつもは、食堂のテーブルの前に腰を下ろし、息子のデイヴとその妻のシャーリイに食事をすすめているのです（もっとも、ママの料理は、わざわざすすめる必要がないのは自明のことですが）。ただし、もしみなさんが望むならば、ママが居間に腰を下ろしている姿を思い描くことは可能です――おそらく、その椅子は、何代にもわたって家族に受け継がれた古風なものに違いありません。さあ、唯一にして無二のママに――唯一にして無二のモリスチェア（安楽椅子の一種）探偵に――会いましょう。人の心の秘められた奥底に対して、彼女が最も魅力的な探求を行った作品の中で……。音楽ファンと――場所もあろうに――メトロポリタン・オペラハウスで起こった殺人をめぐる物語の中で……。その目で楽しんでください！　素晴らしき女性の健在《イス・ゲザント・ハイト》を祝して！

吉報コーナー　ジェイムズ・ヤッフェはママ・シリーズの次作を約束してくれました。私たちはヤッフェ氏にこの約束を守らせるための努力を惜しみません！

［作品末尾のコメント］

編集者のノート　ママ・シリーズの次の新作が届きました！　題名は「ママと呪いのミンク・コート」で、間もなくＥＱＭＭにお目見えすることになります……。

（ＥＱＭＭ一九六六年十月号より）

ママと呪いのミンク・コート

〈ブロンクスのママ〉シリーズの中でも、最も巧妙で最も派手な物語です。この主婦は、ニューヨーク市警殺人課で働く息子を持ち、その息子は金曜日の夕食の間、〝母親の鑑〟に向かって、自分が担当した不可解な事件について詳しく語るのです……。（ＥＱＭＭ一九六七年三月号より）

ママは憶えている

ジェイムズ・ヤッフェによるママ・シリーズの新作中編

探偵が死を見るより明らかなことですが、いずれ、ママの物語は単行本として刊行されるはずです。そして、その際に本の要《かなめ》となるのは、この真新しい中編――短編を上回る長さを持つ、ママのはじめての〈推理の冒険〉――に違いありません。

「ママは憶えている」において、ママは思い出話にふけり、自身の推理の師匠――彼女の生みの親――を回顧して、「はじめて出くわした」殺人について語っています。この殺人が起こったのは、ママがまだ十八歳――四十五年前――の時。ママとメンデルの結婚式の前日に、ママの未来の夫が絶望的な状況に追い込まれたのです。

ですが、この中編が、単なる昔の思い出話で終わると思ってはいけません。この四十五年前の殺人は、現代に限りなく近づいているとも言えるのです――たった今、殺人の罪に問われている十代の少年の運命を握っているのですから。
ママは頭が切れてウィットに富んだ女性です。彼女のウィットと頭の切れは、この中編の輝かしきプロット――読者よ、ヤッフェ氏の探偵小説的神技に警戒を怠らないように――の中で語られる出来事において、驚くべき芽生えを見せてくれます。そして、それに劣らず重要な点は、「ママは憶えている」が心温まる人情の記録でもあるということです。読み、而して楽しまれよ！

（ＥＱＭＭ一九六八年一月号より）

解説

飯城勇三（エラリー・クイーン研究家）

本書には二つのコンセプトがある。

一つめは、ジェイムズ・ヤッフェの単行本未収録短編集であるということ。現時点で判明しているヤッフェのミステリ短編の内、ママ・シリーズ以外の全作を収録したので、ヤッフェのファンにとっては、この上ない贈り物になったと思う。そして、『ママは何でも知っている』（早川書房）を読み、他の短編も読んでみたいと思った本格ミステリ・ファンにとっても、嬉しい贈り物になったと思う。さらに、アンソロジーや雑誌で〈不可能犯罪課〉シリーズを読み、残りの短編も読んでみたいと思った不可能犯罪もののファンにとっても、楽しい贈り物になったと思う。

二つめのコンセプトは、編集者クイーンの名伯楽ぶりを味わえるということ。エラリー・クイーンが、自らが編集した雑誌「エラリー・クイーンズ・ミステリマガジン（ＥＱＭＭ）」を通じて多くの作家を育て上げたことは、よく知られている。しかし、残念ながら、これまでは系統立てて紹介されていなかった。本書では、収録作がＥＱＭＭに掲載された際に添えられたクイーンのルーブリック（注釈・解説）も併せて訳し、さらに発表順に並べているので、その名編集長ぶりを味わうことができると思う。加えて、〈ブロンクスのママ〉シリーズのルーブリックも巻末にまとめて訳載したので、『ママは何でも知っている』の愛読者には、興味深いサブテキストになったと思う。これらEQMM掲載時のルーブリックは、早川書房の「ミステリマガジン」では訳されないか縮められてしまうことが多かった。（例えば、〈ブロンクスのママ〉シリーズの八作中、ルーブリックまで訳されたのは二作だけ。しかも、完訳ではないのだ。）ほとんどの読者は、今回初めて、クイーンのルーブリックの全貌を知ることができたはずである。なお、これらのルーブリックのみ、私が訳したことをお断りしておく。

その最後のルーブリックにおいて、クイーンは〈ブロンクスのママ〉シリーズの短編集の刊行を期待しているが、この希望はクイーン没後の一九九七年に実現することになった。*MY MOTHER, THE DETECTIVE*という題で、クリッペン&ランドリュ社から刊行されたのだ。しかも、ヤッフェがEQMM掲載時の思い出や自らのミステリ観を語った、十ページにも及ぶ——同じ字組の収録短編「ママは何でも知っている」が十四ページである——序文付きで。この序文（以降は〈序文〉と表記）は、一九七七年刊行の早川書房版『ママは何でも知っている』には、当然のことながら収録されていないので、未読のファンが多いと思う。以下、この〈序文〉とクイーンのルーブリックを参考にして、ヤッフェの作家としての軌跡をたどっていくことにする。日本のミステリ・ファンや、ファンからミステリ作家になった人たちにとっては、実に興味深い道のりだと思う。

一九二七年シカゴ生まれのヤッフェが初めて読んだミステリは、コナン・ドイルの「赤毛連盟」。

当時七歳か八歳だったヤッフェは、たちまち虜になり、さまざまなミステリを読みふけった。
だが、そのうちに、リアリズムの欠如やパターン化したプロットに、物足りなさを感じるようになってくる。〈序文〉から引用するならば、「例えば、S・S・ヴァン・ダインのファイロ・ヴァンスは、その捜査において、いつも犯人に助けられている。犯人は、〝本の三分の二にさしかかるまでに自分以外の容疑者全員を殺害する〟という思慮深き慣習の持ち主なのだ」といった風に（このあたりは、日本のミステリ・ファンの金田一耕助シリーズに対する不満と重なり合うはずである）。

それでも、クライマックスの謎解きシーンなどには抗しがたい魅力を感じ続け、ヤッフェは実作にも手を染めることになる。

最初のチャレンジは、はしかで寝込んでいた十二、三歳の頃。長編ミステリを少しずつ書き進め、一章を書き終えるたびに、十四歳年長の姉に見せていたのだ。残念ながらその長編は完成しなかったらしいが、十五歳の時、今度は短編に挑むことになる。この作品こそが、ヤッフェのEQMMデビュー作「不可能犯罪課《DIC》」に他ならない。〈序文〉より、この時期を回想した部分を訳してみよう。

十五歳の時、私は最初の短編探偵小説を書き上げ、「エラリー・クイーンズ・ミステリマガジン」に送った。この雑誌の編集者は、合作コンビ〝エラリー・クイーン〟の片割れであるフレデリック・ダネイ。彼は偉大な探偵作家であるのみならず、この分野における世界最高の編集者にして真の学識者にして見識ある批評家でもあった。——もっとも、この処女作を書いた作家の未熟さを見抜くことはできなかったらしいが。そして、私の見たところ、その見落としこそが、フレッド・ダネイがこの作品を掲載することを決めた理由だったのだろう。この短編は、その後の二年間にわたって私が書いた半ダースの作品——そのすべてにおいて、〈不可能犯罪課〉として知られるニューヨーク市警の分課の一つで長を務めるポール・ドーンという名の探偵が活躍する——の第一作となった。

この馬鹿げた設定は、当時の私に何が生じていたかを、まごうかたなく示している。この時期の私にとっては、探偵小説はパズルであって、パズル以外の何ものでもなかった。少年時代に数多《あまた》の作家によって味わうことができた〝パズルを解く興奮〟。私が自作で再現しようと試みたことは、これだけだと言っても過言ではないのだ。これはゲームであり、私はこのゲームをプレイすることに、かなりの楽しみを感じていた。

そして私は、どの短編においても、おそまつなプレイしかできなかった。当時の私は、しばしば下手くそで未熟な姿をさらけだしたからだ（二作の短編については、フレッド・ダネイが、読者に対して、論理的に大きな誤りを——その作品の説得力を台無しにしてしまうような誤りを——指摘するように求める〝編集者のノート〟を添えなければならなかったほどである）。だが、一方では、当時の私は狡猾なまでに創意に富んでいた。ときおり私は、単なる巧妙さという見地からは、ポール・ドーンものの最後の二作を書いた十七歳の時こそが、自分のピークだったように思えるのだ。

——と、作者本人は言っているが、では、実際に読んでみると、どうだろうか？

＊以下の文では本書収録作の真相等に触れているので、本編を先に読んでほしい。

不可能犯罪課《DIC》

この処女作は本邦初訳なので、本書で初めて読んだ人が多いはずである。そして、私と同様、日本のミステリ・ファンが投稿した短編ミステリを思い出した人も多いに違いない。おそらく、舞台を日本に変えて公募アンソロジー『本格推理』（光文社文庫）あたりに収録しても、違和感はないはずである。既存作家（本作の場合はＪ・Ｄ・カー）へのオマージュを感じさせる設定、作り物めいた探偵役、典型的な不可能犯罪、そして——独創的とは言えないトリック。

まず、トリック（ルーブリックでは「プロット上のアイデア」）について考えてみよう。クイーンが指摘している本作の先例とは、おそらく、十九世紀末に発表された、ユダヤ人作家による古典名作のことだと思われる。アメリカでは、ホームズものなどの一部を除けば、古典ミステリは入手困難なので、当時のヤッフェは読んでいなかったのだろう。

しかし、ここで注目したいのは、クイーンの方。クイーンは、自分が先例を知っていることを自慢したくて、ルーブリックに書いたのだろうか？　私は、むしろ逆だと感じた。クイーンは、マニアックなＥＱＭＭの読者ならば先例に気づいて批判するであろうと予想して、先手を打ったように見えるのだ。つまり、「本作には先例がありますが、それで評価を下げることはしないでください」という予防線を張っているのではないだろうか。本作が掲載された一九四三年七月号は、通算十一号にあたり、ＥＱＭＭはまだ幅広い層には受け入れられていなかった。この時期は、古典名作にまで目を通し、トリックの先例にこだわるマニアックな読者の割合が大きかったのだろう。

では、クイーンがトリック以外で評価した点とは、何だろうか？

真っ先に目につくのは、クロスワード・パズルの使い方。トリックの要《かなめ》となる部分のヒントを、クロスワードを利用してあらかじめ読者に提示しておくアイデアは、プロ顔負けと言ってよい。

二点めは、データ提示の巧みさ。不可能状況を強調しつつ、同時に、マーティン医師だけが犯行可能だったことをきちんと提示。しかも、その中に、「医師とミス・キングズリーの証言の矛盾」という手がかりも組み込んでいる。さらに、いささか弱いが、医師には動機（の可能性）があるという伏線も張っている。このあたりは、〈ブロンクスのママ〉シリーズの魅力でもあるので、まさしく「栴檀は双葉より芳し」と言えるだろう。

三点めは、ポールとフレッジ警視の皮肉混じりのユーモラスな会話。これを「〈ブロンクスのママ〉シリーズにおける嫁と姑の会話のプロトタイプ」と言うのは、さすがに牽強付会かもしれないが、「十五歳にしては卓越している」とは言ってよいはずである。

ところで、ルーブリックを読んだ読者は、クイーンが誉めすぎていると感じたに違いない。しかし、クイーンの本作に対する評価の高さは、掲載作への提灯持ちなどではない。それは、クイーンが一九四四年に編んだ*THE BEST STORIES FROM ELLERY QUEEN'S MYSTERY MAGAZINE*というアンソロジーを読めばわかる。ＥＱＭＭに一九四三年までに掲載された短編から傑作二十三編を選んだこの本では、Ｄ・ハメット、Ｃ・ライス、Ｃ・ウールリッチ、Ａ・クリスティ、Ｍ・アリンガム、Ｇ・シムノン、Ｊ・Ｄ・カーといったそうそうたる顔ぶれに混じって、新人ではただ一人、ヤッフェが本作によって加わっているのだ。

こういった、ヤッフェに対する高い評価やその後のめざましい成長ぶりを見ると、クイーンの炯眼がよくわかるではないか――と言いたいところだが、必ずしもそうではない。実は、処女作がクイーンに絶賛されたにもかかわらず消えていった新人の方が、圧倒的に多いのだ。

例えば、ヤッフェと同じ十六歳という若さで、しかもヤッフェと同じ不可能犯罪もので一九四六年にＥＱＭＭデビューをした作家、レナード・トンプスンを見てみよう。処女作「スクイーズ・プレイ」をＥＱＭＭに投稿する際に、トンプスンは「密室トリックは独創的でＪ・Ｄ・カーの作にも使われていない」という意味のコメントを添えている。これに対してクイーンは、そのトリックの独創性と見事さを讃え、さらには性格描写も優れているとまで評価しているのだ。これが掲載作への提灯持ちではないことは、クイーンが一九四八年に編んだ*20TH CENTURY DETECTIVE STORIES*というアンソロジーを読めばわかる。傑作十四編を選んだこの本では、Ｄ・ハメット、Ａ・クリスティ、Ｊ・Ｄ・カー、Ｅ・クイーンといったそうそうたる顔ぶれに混じって、新人ではただ一人、トンプスンが加わっているのだ。（「スクイーズ・プレイ」は、続編

「剃りかけた髭」やクイーンのルーブリックと併せて、角川文庫のアンソロジー『北村薫の本格ミステリ・ライブラリー』に収録されているので、一読をお薦めする。)

しかし、クイーンが「大きな可能性を秘めている」と評したトンプスンは、二作で消えてしまった。消えた理由は不明なので断定はできないが、二作めの進歩のなさを見る限りでは、クイーンの眼鏡違いと言えるのではないだろうか。

では今度は、ルーブリックの後半に注目してほしい。EQMMが新人の投稿を歓迎するというくだりを読んだクイーン・ファンは、「いつも言っていることじゃないか」と感じたに違いない。しかし、実を言うと、この当時のEQMMは、新人の原稿は募集していなかったのだ。創刊の一九四一年は季刊で、二年めから一九四五年までは隔月刊だったので、さほど作品数を必要としていなかったためだろう。

だが、ヤッフェが状況を一変させた。EQMM一九四五年三月号掲載のR・N・ウェーバーの短編に添えられたルーブリックによると、ヤッフェのデビューとその後の活躍に刺激を受けたアマチュアたちが、次々とEQMMに投稿するようになったらしいのだ。もちろん、ウェーバーもその一人で、彼もまた、十七歳という若さだった(——そして、三作で消えた)。前述のトンプスンも、この流れに乗って投稿したわけである。

若いアマチュアは「このアイデアは先例があるのではないか」とか「文章や人物造形が稚拙ではないか」と考え、投稿に二の足を踏む場合が多い。しかし、ヤッフェの作品とクイーンのルーブリックが、その壁を取り払ったのだ。アイデアに先例があっても料理法が優れていれば問題はないし、未熟な文章は編集部が手を入れてくれる。そして、何よりも、ミステリ・ファンの偶像であるクイーン自身に目を通してもらえるのである。

かくして、ＥＱＭＭには若い才能が集うことになった。もちろん、前述のように、数作で消えた新人の方が圧倒的に多い。だが、彼らの〝一発ネタ〟の短編が、ベテランの安定した水準の短編に混じることによって、独特の光を放っていることは否定できない。そして、そのためにミステリ・マニアの印象に残り、アンソロジー等に選ばれたりするわけである。クイーンは、ここまで考えてヤッフェをデビューさせ、ルーブリックを添えたのだろうか……。

キロシブ氏の遺骨

二作めの本作では、ルーブリックにあるように、トリックには（有名な）先例はないようだ。「大人の計画犯が子供の実行犯をあやつる」というアイデアは、クイーン・ファンならニヤリとするに違いないが、先例というほどではないだろう。密室殺人の発見者が、「犯人がまだ現場に留まっているのではないか」と考える場合、大人が隠れることができる場所しか調べないのが普通なので、盲点を突いた秀逸なトリックだと言って良いはずである。加えて、「なぜ犯人は死体を移動したのか」という疑問からトリックを見抜く流れも、これまた優れている。

しかし、本作においても、注目すべきはトリックではなくプロットの巧さ。密室殺人で始まって捜査が続くだけの処女作と異なり、謎の人物からの謎の依頼で幕を開け、物語の半ばでは名探偵の目の前で殺人が発生、とダイナミックに物語が展開している。しかも、舞台はすべて列車の中であり、その舞台を充分に生かしたプロットになっているのだ。ヤッフェの成長ぶりがうかがえるではないか。（唯一、日本人の扱いの悪さが気になるが、掲載時に直さなかったということは、これが当時のアメリカ人の典型的な考え方だったのだろう……あまり良い気分ではないが。）

　ルーブリックの方で注目すべきは、やはり〈誤り〉の指摘。単にミスを指摘するだけでなく、クイズ形式にして、ミステリ小説の中のミスを〈ミステリ小説の中のミステリ〉に仕立てたのは、いかにもクイーンらしい。

　しかし、ここで重要なのは、〈誤り〉の内容。クイーンは「犯人が密室を作るメリットがない――デメリットが大きい――のが誤り」だと言っているが、これは本当に誤りなのだろうか？

「七口目の水」のルーブリックには、「多くのファンが彼の弁護に押しかけ、『〈誤り〉は編集者の側にあり、作者の側にはない』と熱烈な主張をした」と書いてあるが、本書の読者にも、同じ意見の人は多いはずである。「そんなことを気にしていたら、密室ミステリなんか読めないよ」といった本音をはく人も少なくないだろう。

　だが、プロの作家にとっては、これはまぎれもない〈誤り〉なのだ。例えば、Ｊ・Ｄ・カーの密室ミステリを読むならば、「犯人が密室を作った理由」や「犯人の計画外の密室状況が生じた理由」が、きちんと書いてあることに気づくと思う（『白い僧院の殺人』では、犯人が密室状況を作る〈理由〉の分類もしているのだ）。一流の作家ならば、犯人側のメリットやデメリットを考えずにプロットを組み立てるのは、恥ずべき行為なのである。

言い換えると、クイーンはヤッフェに、そして未来の新人作家に、こう言いたいのだ。「あなたが読者であるならば、犯人のメリットなど考える必要はありません。ですが、あなたが作家であるならば、犯人のメリットは必ず考えなければいけないのです」と。

最後に余談を少々。本作が「ミステリマガジン」一九八〇年十一月号に訳された際には、クイーンによる〈誤り〉の指摘も訳されている。ただし、「いったい、若いオスカーにベッドに上り、死体の下にもぐりこむ必要があったでしょうか。単にすぐさま部屋を出ていく方が、ずっと自然ではありませんか。」と、わずか七十一字に縮められた上に、意味も微妙に異なる訳になっていた。残念ながら、これではクイーンが得意げにミスを指摘しただけにしか見えない。本書の完訳を読んで、初めてその真意がわかってもらえたと思う。

七口目の水

クイーンが指摘している本作のトリックの先例とは、おそらくJ・D・カーの長編のことだと思われる。しかし、これまたクイーンが指摘しているように、使い方が実に巧妙。特にすばらしいのは、コップに氷が入っていることが、どこにも書いていない点。氷の描写が一ヶ所でもあれば、読者はトリックを見抜けるかもしれない。しかし、まったく書いていなければ、コップには水しか入っていないと思い込んでしまうのだ。しかも、「虫食いあとのあるコート」等の描写で、寒い季節の事件であることを示しているので、よけいに「コップに氷を入れる」という発想が生じにくくなっている。まったくもって、狡猾きわまりないではないか。——もっとも、「氷の入ったコップを目の前にしながら、なかなかトリックに気づかないポール・ドーンが間抜けに見えてしまう」という欠点があるのも否定できないのだが。このあたりは、ヤッフェの未熟さと言えるだろう。クイーンもこういった手をしばしば使うが、手際のよさには雲泥の差があることを認めざるを得ない。(例えば、あるクイーン作品では、被害者が体温計を使っていることを記述していないために、読者はトリックを見破りにくくなっている。だが、探偵エラリーは一度も被害者宅を訪れていないため、条件は読者と同じ——すなわちフェアなのだ。)

ただし、今回もまた、作品の魅力はトリック以外の部分、すなわちプロットにある。犯人が探偵に殺人予告をするという衝撃の幕開け(C・ライスの『大はずれ殺人事件』にヒントを得たのだろうか?)。講演会での高まるサスペンス。ついに起こる不可能犯罪。捜査によってより強固になる事件の不可能性。石鹼の手がかりの発見。関係者を集めてのトリックの再現と解決。ベテラン作家と比べても、何ら遜色ない出来と言える。

また、ミステリとは関係ない部分では、ドーンとフレッジの会話の面白さを挙げておこう。処女作と比べると、かなり上達したと感じないだろうか?

ところで、本作を最後まで読んでも、犯人が探偵に挑戦する理由が明らかにされていない。作者は不可能犯罪をめぐるハウダニットを描きたいのだが、氷のトリックは関係者なら誰でも使えるので——トリックを使える者が一人しかいなかった前二作とは異なり——フーダニットにも枚数を割く必要が生じてしまう。それならば、読者に対して事前に犯人を提示しておいて、謎をハウダニットだけに絞り込む方がプロットがスマートになる。——という考えはわかるのだが、これは作者側の都合にすぎない。犯人の側には、予告するメリットは何もないように思える。「キロシブ氏の遺骨」のルーブリックにおいて、犯人がメリットのない密室トリックを使ったことを〈誤り〉だと指摘したクイーンが、どうして見過ごしたのだろうか？

この疑問は、今回、解説を書くために読み直して、ようやく解消した。

犯人のジャネットは被害者チャールズの妻なので、最重要容疑者である。従って、何らかのトリックを弄して容疑圏外に逃れようとするのは当然の話。つまり、氷を使った毒殺トリックは、夫人が「私には犯行は不可能でしたよ」と主張するために考案されたのだ。言い換えると、密室トリックではなく、アリバイ・トリックなのだ。

ではここで、犯人が予告をせずに殺人を行った場合、犯行現場はどうなっていたかを考えてみよう。講演の最中に講演者が倒れた場合、周囲の人が最初に考えるのは、心臓発作や脳卒中といった病気に違いない。となると、現場保存がされず、不可能状況が弱まってしまうことは確実である。すなわち、「夫人がカプセルで毒を飲ませ、コップには後で青酸カリを入れておいた」といった推理や、「夫人に買収されたビーグルがコップに毒を入れた」といった推理が成立してしまう余地が生じてしまうのだ。つまり、犯人の予告は、ドーンを自らのアリバイの証人に仕立てるためだったのである。

興味深いのは、クイーンが一九五〇年代の作品で、「探偵エラリーが予告つき密室殺人の不可能性の証人として招かれる」というアイデアを扱っていること。あるいは、クイーンはこの作品のアイデアを、「七口目の水」から得たのかもしれない。

袋小路

次の「皇帝のキノコの秘密」のルーブリックに書かれているように、犯人のトリックに致命的なミスがある作品。解説の冒頭に掲げたコンセプトのために本書には収録したが、おそらく、これが最初で最後の単行本化になると思われる。

このミスについては、本国版EQMMにクレームが殺到したそうだが、それは日本でも同じ。本作が訳された「ミステリマガジン」一九七八年十月号の翌月号のおたよりコーナーには、読者によるミスの指摘が載っているのだ。しかも、添えられた編集部のコメントによると、「同様のご指摘は多数寄せられました」とのこと。実は、私も初読時には編集部に手紙を出そうと思ったくらい、誰でも気づくミスなのだ。

しかし、あえてこのミスから目をそらすと——目をそらして良いレベルのミスではないのだが——なかなか優れた作品であることがわかる。

例えば、「ハイフン付きの」犯人の造形は、「Lが二つの」前作の犯人を発展させたもので、より魅力的になっている。フーダニットの興味を放棄してハウダニットの謎に絞り込むというプロットも前作と同じだが、よりスマートになっている。不可能状況の検証も前作より徹底している。

そして、何よりもすばらしいのは、トリックを解明するための手がかり。前作の石鹸の手がかりは、犯人が間抜けとしか思えないのだが、本作は違う。犯人が持っているはずの「娘へのお土産」が見つからないという――クイーンお得意の「あるべきものがない」という――〈負の手がかり〉なのだ。

本作に添えられたルーブリックの中では、初稿版のプロットが破棄された件が興味深い。助け出す価値がある「プロット上の基本的な仕掛け」とは、〝風船を使う〟というアイデアのことだろう。つまり、初稿版では、風船は使っているものの、使い方が異なっていたのだ。果たしてヤッフェは、風船を使ったどんなトリックを描いていたのだろうか？　ゴルゴ13のように凶器を風船で飛ばす〈凶器消失トリック〉だったのだろうか？　それとも、カールじいさんのように家を風船で飛ばす〈家屋消失トリック〉だったのだろうか？

皇帝のキノコの秘密

本作は、〈不可能犯罪課〉シリーズの最高傑作と言われる短編。ヤッフェは「袋小路」の汚名返上を見事になしとげたわけである。

真っ先に評価したのは、もちろんクイーン編集長。本書収録のルーブリックからも、その高い評価はうかがえるが、やはり、一九四六年のアンソロジー *TO THE QUEEN'S TASTE* に収録したことが、最大の評価だろう。このアンソロジーは、前述の *THE BEST STORIES FROM ELLERY QUEEN'S MYSTERY MAGAZINE* の増補改訂版とも呼ぶべき内容なのだが、クイーンは、「不可能犯罪課《DIC》」を本作と差し替えているのだ。（ちなみに、収録に際しては、ＥＱＭＭ掲載時に本作に添えられたルーブリックを、全く手を加えずに再録している。アンソロジーの読者がＥＱＭＭを読んでいるとは限らないので、前作のミスの件などはカットしてもかまわないはずだが……。ひょっとしてクイーンは、「袋小路」でのヤッフェのミスに気づいていながら、あえてＥＱＭＭに掲載したのだろうか？）

賛美者をもう一人挙げると、Ｅ・Ｄ・ホック。彼は、不可能犯罪テーマのアンソロジー『密室大集合』（一九八一年。邦訳はハヤカワ・ミステリ文庫）に、「アイデア巧みな不可能犯罪」である本作を収めているのだ。この時に添えられたヤッフェのコメントが面白いので、一部を引用してみよう。

> 「（前略）少年期に書かれたこの一篇は文章といい、性格描写や社会的背景といい、その子供っぽさに思わず赤面するが、プロットが巧みだという点はわれながら認めざるをえない。いや、実を言うと、これにはショックを受けている。三十五年前のあの頭脳明晰な少年はどこへ行ってしまったのだろう。プロット作りに悪戦苦闘しているわたしを助けにきてもよさそうなものじゃないか」（『密室大集合』より。訳者不明）

そして、本作を読み終えた読者ならば、この評価の高さも納得できると思う。
今回は、珍しく（失礼！）トリックが冴えている。過去四作では、プロットはプロ顔負けだったものの、トリックはアマチュアの思いつきの域を出ていなかった。だが、本作の毒殺トリックは違う。設定と巧妙に絡み合い、ある状況下においてのみ成立するトリックが用いられているのだ。過去の四作がトリックだけ抜き出して別の設定にも流用できるのに対して、本作はこの作品のこの設定でなければ使えないものになっているのである。特に秀逸なのは、〝被害者の病的なまでに用心深い性格〟と、〝あらゆる飲食物を試す毒味役の存在〟という設定。問題篇を読んだ限りでは、この二つの設定こそが不可能状況を成立させているように見えるのだが、解決を読むと、逆に、この二つの設定こそが、不可能を可能にしていたことがわかるのだ。実に見事なアイデアだと言えよう。

しかし、それでも、今回もトリック以外の方が優れているのだ。

二千年前に起こった不可能犯罪をドーンが解くという魅力的な設定。タキトゥスの『年代記』でも言及されている史実を用いた歴史ミステリの趣向。「なぜボトル教授はドーンに過去の事件を解かせようとしたのか？」というホワイダニットの謎とその意外な真相。まさしく、三十五年後のヤッフェがうらやむくらい巧妙なプロットである。

そして、手がかりや伏線についても、相変わらずお見事。特に、ホワイダニットの謎については、ミス・ポインデクスター（この名前は〈毒味役《ポイズンテイスター》〉のもじりだろうか？）がらみのデータ等が、実に巧みに散りばめられている。前二作と同様にハウダニットに絞り込んだプロットだと思い込んだ読者は、まず見逃したに違いない。加えて、ドーンが尋ねたクラウディウスとアグリッピナの性格についてのデータが、二千年前の殺人と現在の殺人計画の双方の手がかりになっている点もお見事。こういった巧みさが、本作を不可能犯罪ミステリの傑作にとどまらず、本格ミステリの傑作の域にも押し上げているのだ。

さらに、おなじみの皮肉な会話も冴えている。今回は相方のフレッジ警視が不在なのであまり目立たないが、ドーンと教授の間で交わされる「道徳観」の会話などは、ニヤリとする読者が少なくないに違いない。

もっとも、私が本作で最も興味深かったのは、〈ブロンクスのママ〉シリーズの萌芽がうかがえる点だった。

一つめは、安楽椅子探偵の設定が導入されている点。ドーンは現場に出向かず（まあ、出向くことはできないわけだが）、文字通り「心地よい安楽椅子に寄りかかり」ながら推理をするのだ。二つめは、関係者の内面に踏み込んでいる点。教授はまだ殺人を実行していないので、ドーンは内面を覗くことによってしか、ホワイダニットの謎を解くことはできないのだ。

もう一つだけ、本作の興味深い点を指摘しておこう。それは、作り物の探偵小説にヤッフェが飽いてきた様子がうかがえる、という点である。例えば、一三〇ページでは、ドーンは「鎧戸が閉まり、蝶番が軋み、嵐が哮っている」心境になり、自分が今いる「現実の世界が、たとえば探偵小説の中に出てくるような架空の世界にすっと変わってしまう」感覚に襲われる。これは、探偵が自らを作中人物だと――特に、重要な場面では雷鳴がとどろくJ・D・カーのような作品の登場人物だと――感じ始めてきたという意味に他ならない。プロットとは何の関係もないこの一文は、ヤッフェが〝作り物の探偵小説〟に別れを告げる時が近づいて来たことを暗示しているように見えないだろうか……。

最後に余談を少々。現在の史実では、クラウディウスの毒殺は、「毒味役のハロトゥスがアグリッピナに買収されてキノコに毒をふりかけた」とされているらしい。おそらく、毒味の後に毒を盛ったということなのだろう。しかし、用心深いクラウディウス（史実によると、彼の用心深さは性格ではなく、何度も暗殺されかかったためらしいが）の目の前で、どうしてそんなことができたのだろうか？　本作におけるヤッフェの推理も、あながちフィクションとは言えないのかもしれない。

喜歌劇殺人事件

本作の一般的な評価は「皇帝のキノコの秘密」に及ばないが、私個人としては、こちらが〈不可能犯罪課〉シリーズの最高傑作だと思っている。

まず、一人二役による密室消失トリックについては、ミステリ・ファンならば、よくある手だと考え、さほど評価しないに違いない。しかし、その「よくある手」を使ったJ・D・カーの有名長編は、本作の少し前に刊行されたばかりなので、ヤッフェは読んでいない可能性が高いのだ。

一九四六年当時は、まだ斬新なトリックだったと言っても良いのではないだろうか。また、これまでの五作の密室トリックがすべて時間差を利用したものだったため、意表を突かれた読者も多いはずである。（ドーンが「鹿と思っていた獲物が実はスカンクだった」と言うエピソードは、このトリックのヒントなのだろうか？）

さらにこのトリックが巧妙なのは、犯人には不可能犯罪を演出する意図がなかったという点。犯人は単なる失踪事件で終わらせる予定だったのが、予期せぬ目撃者のために、密室状況が生じてしまったのだ。「キロシブ氏の遺骨」でクイーンに指摘された〈誤り〉は、本作ではあざやかに解消されていることになる。

しかし、本作もまた、密室トリック以外の部分が優れていることは言うまでもない。中でも秀逸なのは、「単なる自殺を、〝死刑執行大臣〟のメッセージを利用して連続殺人の一環に見せかけ、容疑圏外に逃れる」という犯人の計画。類似のアイデアを用いたクイーンの長編は本作の数年後、ほとんど同じアイデアを用いたW・L・デアンドリアの長編は三十年以上後なので、本作が先駆と言っても間違いではないはずだ。デアンドリアは――熱烈なクイーン・ファンなので――自作のヒントをクイーンの長編から得た可能性が高いが、クイーンの方は、ヤッフェの本作からヒントを得たのではないだろうか？

もう一点秀逸なのは、ドーンがフレッジ警視に出す五つの問い合わせ。「『軍艦ピナフォア』の老水夫ディック・デッドアイ役を演ずる劇団員は誰か？」といった、事件と無関係に見える質問が解決に結びつく――このアクロバティックなロジックに膝を打った読者は少なくないはずである。そして同時に、〈ブロンクスのママ〉が息子に毎回出す〝事件と無関係に見える質問〟を思い出した読者も多いはずである。そう、ママの推理のルーツは、本作にあったのだ。今回もドーンが安楽椅子探偵を演じる設定と併せて考えると、本作は〈ブロンクスのママ〉シリーズのプロトタイプだと言っても過言ではない。実際、ドーンをママに、フレッジを息子デイビイに変えたならば、〈ブロンクスのママ〉シリーズに組み込んでもおかしくないのではないだろうか。

また、ドーンとフレッジのユーモラスなやりとりも、本作が最も面白い。何とかドーンを事件に引きずり込もうとするフレッジと、なかなか腰を上げないドーンとの手紙の応酬は、ユーモア・ミステリとしても充分楽しめるはずである。

なお、本作は早川書房の日本版ＥＱＭＭ創刊号（一九五六年七月号）に、クイーンのルーブリックを添えて訳載されている。この号は一九九五年に復刻版も出ているので、本作を読んだことがある読者は多いだろう。ただし、ルーブリックの方は、本書で初めて読んだ人が多いに違いない。実は、日本版ＥＱＭＭのルーブリックは、クイーンが「喜歌劇殺人事件」に添えたものではなく、日本版の編集者がそれ以前のルーブリックを組み合わせて作ったものなのだ。ヤッフェの初登場作品なので、作者を紹介する内容に変えたのは問題ない。しかし、その文に「一九四六年二月号、Ｅ・クイーン」と入れて、クイーンのルーブリックの翻訳であるかのように見せかけるのは、いささか問題ではないだろうか。

〈ブロンクスのママ〉シリーズ

「喜歌劇殺人事件」の後の六年間、ヤッフェはミステリを発表していない。〈序文〉にはその理由が書いてあるので、紹介しよう。
ヤッフェはまず、自分の〈不可能犯罪課〉シリーズにはリアリティが欠けていたことを認め、その原因は「私の着想の元とお手本は、実人生ではなく、他人が書いた探偵小説だった」からだと述懐してる。そして、以下の文章へと進む。

私が十八歳の時には第二次世界大戦は終わりに近づいていた。だが、私は海軍に徴集され、ポール・ドーンは早期の、そして長期間の休職へと追いやられた。海軍を除隊して大学に戻った時、私の探偵小説に対する態度は敵意とも呼ぶべきものに変わっていた。
私は「リアルな」文学に出会ったのだ。（中略）私は（チャールズ・）ディケンズや（イーディス・）ウォートンや（リング・）ラードナーのような作品を書きたいと思った。自分が生まれ育ったこの世界に存在する知り合いたちを元にした、ちゃんと血肉を兼ね備えた登場人物を創造したいと思った。

ヤッフェはこの言葉通り、雑誌に数々の「リアルな小説」を書き、一九五一年には初単行本を上梓している。（余談だが、出版元のリトル・ブラウン社は、当時、クイーンの小説のみならず、アンソロジーやダニエル・ネイサン名義の普通小説『ゴールデン・サマー』まで出している。ヤッフェの本の刊行の陰に、ドル箱作家であるクイーンの推薦があったという可能性も無視できないだろう。)

しかし、その翌年、ヤッフェはＥＱＭＭに〈ブロンクスのママ〉シリーズの第一作を発表することになる。その理由についても、〈序文〉から引用しよう。

(前略) 私が自ら主張する主義にそむいたのは、純粋に実利的な理由からである。私は金が欲しかったのだ。

少なくとも、それが自分自身に言い聞かせた理由だった。ママ・シリーズの執筆は――休みをはさんで十五年も続いたのだが――私にとって(リアルな小説の執筆と同様に) 楽しいものだった。そしてまた、当時、私はこの矛盾について真剣に考えてはいなかった。私の性格にはまだ子供っぽいところが残っているからだ、と自分に言い聞かせ、そんなものはいずれ捨て去ることができるはずだ、と思い込んでもいたのだ。

三十年後の私は、当時の自分がたどり着いた〝探偵小説観の第二段階〟と呼ぶべきものが何だったのかを、はっきりとわかっている。パズルは私にとって重要なものであり続けたのだ。私は、高いところにある審美的止まり木から、このジャンルを軽蔑のまなざしで見下ろしていた。だが同時に、このジャンル自体が持つ条件に対して敬意を払うことを決めてもいたのだ。パズルがその範疇を越えてしまうことはかまわないが、論理的で精緻な解決は必ず持たねばならないという条件を。そして、作者は読者に対してフェアプレイであらねばならないという条件を。さらにつけ加えるならば、（探偵小説には）今でも私の想像力を捕らえて離さない、パズルよりもっと重要なものがあったのだ。

　それは、作中の探偵である。（この後に続く名探偵についてのヤッフェの考えは、本書に訳出したクイーンのルーブリックで紹介されているものと同じなので省略する。）


　そして、ヤッフェがその考えを実践した〈ブロンクスのママ〉シリーズを読むならば、探偵役の設定以外は、〈不可能犯罪課〉シリーズと大差ないことがわかるはずである。前述のように、「安楽椅子探偵の設定」や「探偵役の無意味に見える質問」や「関係者の内面に踏み込む推理」や「皮肉混じりのユーモラスな会話」といったものは、すべて〈不可能犯罪課〉シリーズでも使われているからだ。不可能犯罪のテーマは「ママと呪いのミンク・コート」でしか使われていないではないか、と思う読者がいるかもしれないが、そうではない。〈ブロンクスのママ〉シリーズでは、「警察が疑っている人物が犯人ならば不可能犯罪ではないが、それ以外の人物が犯人ならば不可能犯罪になる」という状況を扱うことが多いからだ。被疑者が犯人ではないことは読者には明らかなので、これは――カーの『ユダの窓』のようなタイプの――不可能犯罪ものと言っても間違いではないはずである。

　だが、そうは言っても、探偵役の違いはあまりにも大きい。ポール・ドーンの活躍とママの活躍を比べて、後者がはるかに面白いと感じる読者がほとんどだろう。ヤッフェの狙いは、見事に成功したわけである。

　それにしても、エキセントリックな名探偵として作られたポール・ドーンよりも、リアルさを重視して生み出されたママの方が名探偵らしいのは、実に興味深い。そして、同じようなプロットなのに、名探偵を変えるだけで、これだけ印象が変わるというのも、実に興味深い。シャーロック・ホームズにはベル博士という実在《リアル》のモデルがいたことを考えると、そして、ブラウン神父がエキセントリックな名探偵の対極に位置するように造形されたことを考えると、本格ミステリとは、作り物の事件にリアルな名探偵を組み合わせた時に、最も光り輝くものなのかもしれない。

　ところで、ヤッフェの〈序文〉を読むと、彼自身のミステリ観やミステリ論が大部分を占めていることに驚かされる。これらは、〈不可能犯罪課〉シリーズを書くことによって固まっていき、〈ブロンクスのママ〉シリーズで実践されたのだろう。わが国の都筑道夫——彼の〈退職刑事〉シリーズは、ヤッフェの〈ブロンクスのママ〉シリーズを意識している——の軌跡とよく似ているではないか。

　〈不可能犯罪課〉シリーズがまとめて読めるようになった今、そして、両シリーズに添えられたクイーンのルーブリックをすべて読めるようになった今、本格ミステリのファンが考察する材料はかなり集まったと言える。ぜひ、考えをめぐらしてほしい——〈不可能犯罪課〉シリーズについて、〈ブロンクスのママ〉シリーズについて、ヤッフェについて、名探偵について、そして、本格ミステリについて。

　なお、ヤッフェは一九八八年からママが活躍する長編四作（邦訳はすべて創元推理文庫）を、二〇〇二年には短編「ママは蠟燭を灯す」（邦訳は東京創元社「ミステリーズ！」二〇〇三年冬号）を発表している。舞台をニューヨークから地方の小都市に移したこの新シリーズは、クイーン中期のライツヴィルものを彷彿させる。これらの作品に対するクイーンのコメントが読めないのは、残念としか言いようがない。

間一髪

初の邦訳となる本作は、名探偵が登場しないサスペンスもの——というよりは、ミステリ要素のある文学と言える。ヤッフェの考える「リアルな」文学とは、書き手としてあげている三人の顔ぶれを見るとわかるように、純文学というよりは、普通文学に近い（日本なら芥川賞ではなく直木賞か？）。そして、普通文学には、ミステリの要素を持つものが少なくないのだ。例えば、クイーンが編んだ文豪ミステリのアンソロジー『犯罪文学傑作選』（邦訳は創元推理文庫）にはディケンズとラードナーの短編が収められているし、ウォートンもＥＱＭＭに掲載されているのである。

そして、これらの作品同様、「間一髪」も大きなミステリ要素を二つ持っている。主人公ハンナが甥のマークに芽生えた殺意と殺人計画を読み取ろうとするプロットと、ラストに仕掛ける罠である。前者は事件関係者の内面に踏み込むママの推理や「皇帝のキノコの秘密」を彷彿させるし、後者は「キロシブ氏の遺骨」を連想させる。特に前者は、ハンナが最後に「ミス・シャーロック・ホームズ」と呼ばれることからも、作者が意図的に組み込んでいることがわかるだろう。しかし、これらの要素はメインではない。クイーンがルーブリックで述べているように、本作には二つの狙いが存在するからである。

一つめは、ルーブリックの中のヤッフェの言葉を借りると、「高貴で高潔な人さえも、然るべき状況に追い込まれたならば、殺人を犯すことを考えざるを得ない」、その〝状況〟を描き出すこと。立派な甥マークは、父親によって追い込まれ、殺人に踏み出す決意を固めたのだ。

二つめは、再びヤッフェの言葉を借りると、「怒りや欲求が、われわれ自身を暴力をふるい不正を行う人間へと追い込んでしまい、結果、われわれが戦おうとしている人物のレベルまで自分自身を引きずり落としてしまう」、その〝状況〟を描き出すこと。立派な甥マークは、父親の身勝手で理不尽な行為に対する怒りのために、殺人という身勝手で理不尽な行為を決意し、結果として、父親と同じレベルに成り下がってしまったのだ。

ここで注目したいのは、二つめのテーマ。9・11後のアメリカの狂騒のさなか、何人もの識者が「われわれは、われわれの敵に似ることを恐れなければならない」という警告をしていたことを、読者は覚えているだろうか？　これは「テロを恐れ憎むあまりに自分たちがテロリストになってはいけない」という意味なのだが、ヤッフェが同じ警告を一九五〇年代に発していたことは、実に興味深い。

そして、クイーン・ファンならば、『ガラスの村』との類似にも注目するはずである。本作の二年前に刊行されたこの長編は、「間一髪」同様、名探偵エラリー・クイーンは登場せず、〝魔女狩り〟ならぬ〝赤狩り〟をテーマとしている。そして、リアルな文学としても本格ミステリとしても、高い評価を受けているこの作品は、村人たちが仲間を殺された恨みをはらすため、法を無視してよそ者を殺そうとするのを、主人公が未然に防ごうとする物語を描いているのだ。

この『ガラスの村』の存在を頭に入れて読むならば、クイーンのルーブリックの最後の部分に、新たな意味が見えてくるのではないだろうか……。

最後に、本作が第三席を獲得したEQMMの年次コンテストについて触れておこう。一九四五年に始まったこのコンテストは、EQMMでの公募に応じた毎年千篇ほどの中短編をランク付けし、そのランクに応じて賞金を払うというもの。従って、「第三席」というのは「Cクラス」といった感じで、第三位という意味ではない。

「間一髪」が入賞した一九五二年度を例に採るならば、第一席（最優秀作）がスティーヴ・フレイジーの「追うものと追われるもの」（邦訳はハヤカワ・ミステリ文庫『黄金の13／現代篇』）。第二席は四作で、作者はR・ヴィガーズ、S・エリン、A・H・Z・カー、リリアン・デ・ラ・トーレ。第三席は十一作で、作者はヤッフェの他にC・アームストロング、A・バウチャー、D・S・デイヴィスら。アマチュアの投稿は別枠で、最優秀作が一作、次点が十二作である。ちなみに、次の「家族の一人」は〈入選作〉となっているが、これは第三席の次のランクになる。

家族の一人

本作は、プロットだけを見ると、典型的なサスペンス・ストーリーである。「ヒッチコック・マガジン」あたりに載りそうな——事実、「ヒッチコック劇場」でドラマ化されているのだが——切れの良いどんでん返しを備えている。

しかし、作品全体を見るならば、むしろ、D・L・セイヤーズの「疑惑」あたりのムードに近い。登場人物が、オチのための道具ではなく、生き生きと描かれているからである。一般に、この手の「悪人だと思っていた人物が実は善人だった」というどんでん返しを持つ作品では、ミスリードのために、作中人物に不自然な思考をさせたり行動をとらせたりするものが多い。だが、本作の作中人物に——ポーター夫妻とフリーダの三人に——こういった不自然さを感じた読者はいないだろう。

また、ミステリ部分もすばらしい。特に優れているのは、フリーダに不利なデータを積み重ねていく中に、真相につながるデータを潜ませている点。これがあるからこそ、終盤のどんでん返しが生きているのだ。

そして、最も魅力的なのは、ラストシーン。フリーダが殺人者ではないとわかったジェーンは、〝家族の一人〟として子守を続けてほしいと頼むが、「でも、(私は)家族の一人ではないんですよ」と断られる。落ち込むジェーンに対して、夫は「(そのうち)忘れてしまうさ」と言う。それに対するジェーンの返事、そして「家族の一人」という題名は、読者にさまざまなことを考えさせるに違いない。ヒッチコック風とはほど遠い、「リアルな」文学的とも言えるこのラストこそが、クイーンの指摘する「ジェイムズ・ヤッフェの値踏みのできない才能」の表れなのだろう。

なお、本作に添えられたクイーンのコメントは、この時期のEQMMで共通して用いられた整理カード形式になっている。残念ながら、これまでのルーブリックに比べ、物足りないと言わざるを得ない。だが、それでも、コメント中の〝現実的な〟等の言葉には、いろいろ考えさせられるはずである。


本書に収められた〈不可能犯罪課〉シリーズによって、文字通り稚気満々の若きヤッフェの手になる本格ミステリを楽しんでもらえたと思う。そして、ノン・シリーズの一作によって、「リアルな」文学を志向するヤッフェのもう一つの顔も楽しんでもらえたと思う。さらに、クイーンのルーブリックによって、これらの作品に新たな楽しみ方を提示できたと思う。

しかし、私としては、編集者クイーン（ダネイ）が作家を育て上げる姿を紹介できたのが、何よりも嬉しい（もちろん、クイーンとヤッフェが交わしたおびただしい数の手紙や電話に関しては、ルーブリックで触れているごく一部しかわからないのだが）。ある時は励まし、ある時はミスを指摘し、ある時はフォローして、十五歳の少年作家を一人前に育て上げていく——しかも、自身の創作やアンソロジーの編集やラジオドラマの脚本と併行して。クイーンにとって、電話や手紙での作家との打ち合わせ、それにルーブリックの執筆といったものに、金銭的なメリットはない。それなのにクイーンは、部下に任せることをしなかった。ミステリに対する愛と、ミステリを発展させなければならないという使命感が、クイーンにこれだけの情熱を注ぎ込ませたのだろう。

では、ヤッフェの方は、その編集長クイーンに対して、どう思っていたのだろうか？　その答えは、前述の*MY MOTHER, THE DETECTIVE*の献辞を読めばわかる。この本の献辞は「フレッド・ダネイへの手紙」と題され、ヤッフェから今はなきダネイに宛てた手紙の形をとっているのだ。そして、手紙の内容は以下の通り――

親愛なるフレッド

この本は、あなたが、「いつの日か誰かが出版することを望んでいる」と言った本です。もちろん、今ここにこの本があるのは、出版者のダグラス・グリーンの熱意と献身によるものに他なりません。でも、何よりもまず、あなたの編集者としての手腕と、友人としての寛大さがあったればこそ、この本が出来たのです。

もう四十年以上も昔の話になりました。当時は、あなたが私のためにしてくれたことの価値を理解するには、あまりにも若く、あまりにも愚かでした。今、あなたにお礼を言うことができたならば、と心から思っています。

すべての愛を込めて

ジム

フレデリック・ダネイ（左）とジェイムズ・ヤッフェ（1943年）

〔訳者〕

上杉真理（うえすぎ・まり）

英米文学翻訳家。訳書に『断崖は見ていた』『溺愛』『メリリーの痕跡』（ともに論創社）、『生命と若さの秘密』（メディアート出版）、『ＡＦＮニュースフラッシュ』（アルク）など。

不可能犯罪課《ふかのうはんざいか》の事件簿《じけんぼ》

——論創海外ミステリ 92

2010年6月15日　初版第1刷印刷
2010年6月25日　初版第1刷発行

著　者　ジェイムズ・ヤッフェ
訳　者　上杉真理
装　丁　栗原裕孝
発行人　森下紀夫
発行所　論 創 社
〒101-0051 東京都千代田区神田神保町2-23 北井ビル
電話 03-3264-5254　振替口座 00160-1-155266

印刷・製本　中央精版印刷

ISBN978-4-8460-1049-2

論創海外ミステリ

RONSO KAIGAI MYSTERY

順次刊行予定（★は既刊）

★81 知りすぎた男　ホーン・フィッシャーの事件簿
G・K・チェスタトン

★82 チャーリー・チャン最後の事件
E・D・ビガーズ

★83 壊れた偶像
ジョン・ブラックバーン

★84 死せる案山子の冒険　聴取者への挑戦 II
エラリー・クイーン

★85 非実体主義殺人事件
ジュリアン・シモンズ

★86 メリリーの痕跡
ハーバート・ブリーン

★87 忙しい死体
ドナルド・E・ウェストレイク

★88 警官の証言
ルーパート・ペニー

★89 ミステリの女王の冒険　視聴者への挑戦
エラリー・クイーン原案

★90 リュジュ・アンフェルマンとラ・クロデュック
ピエール・シニアック

★91 悪魔パズル
パトリック・クェンティン

★92 不可能犯罪課の事件簿
ジェイムズ・ヤッフェ